KB274924

서석 김만기와 서포 김만중을 길러낸

윤씨부인의 삶과 그 정신

저자 설성경

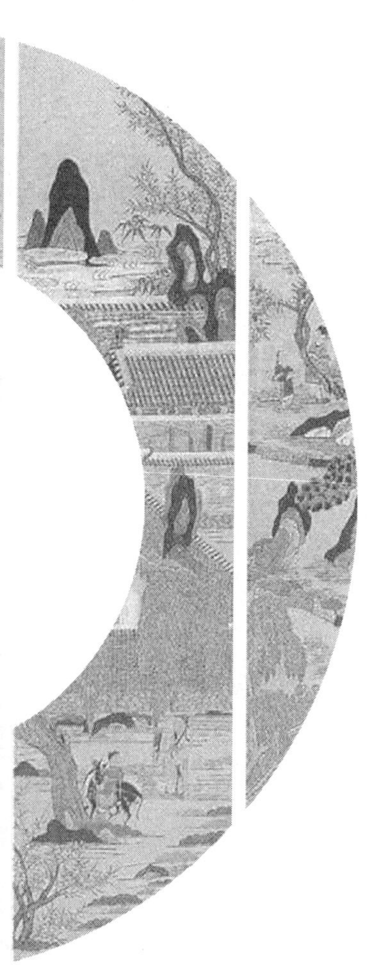

작사랑교양

머리글

　이 책은 충정공 김익겸의 부인이요, 문충공 서석 김만기와 문효공 서포 김만중의 모친 정경부인 해평 윤씨에 대한 최초의 연구물이다. 윤씨부인이 세상을 떠난 지 322년이나 되었지만, 교양물은 물론이고 본격적인 논문이나 저술이 없었다는 것은 한국문화의 역량으로 볼 때 참으로 안타까운 일이었다. 그러하기에 필자는 윤씨부인에 대한 기록이 얼마 남아있지 않다는 현실적인 여건을 극복할 수 있는 방안을 적극 모색하여, 한국여성사에 큰 획을 그을 수 있는 윤씨부인에 대한 교양과 학술의 중간 접점에 놓일 수 있는 한 권의 책을 저술하게 되었다.

　남성 중심의 시대였던 조선왕조 5백 년이 지나고. 근대화 시대를 거친 이후, 지금은 본격석인 남녀평등의 시대에 들어섰다 해도 과언이 아니다. 필자는 그 오랜 불평등 사회 속에 묻혀 살았던 여성들 중에는 남성중심의 우월한 조건 속에서 그들이 이루어낸 성과와 동등하거나 혹은 그 이상의 성과를 낸 여성들이 있었고, 이러한 여성들 중에 정경부인 윤씨부인이 당당히 자리하고 있었음을 주목하게 되었다.

　흔히 우리들은 동양의 여성들을 거론할 때, 교육의 측면에서는 중국에서는 맹자의 모친을, 조선조에서는 율곡 선생을 낳고 기른 현모 사임당 신씨를 대표로 내세우고 있다. 그래서 온 국민의 존경을 받는 사임당 신씨는 현재 한국지폐의 최고액인 5만 원 권에 그 모습을 새겨 한국인의 귀감으로 삼고 있다.

이 책을 통하여 필자는 사임당 신씨와 어깨를 나란히 할 수 있는 또한 분의 여성인물로 정경부인 윤씨부인을 독자들에게 추천하고자 한다. 이 두 분이 쌍두마차가 되어 이끄는 여성 문화전차는 이 시대의 참 여성이요, 참 어머니 상으로서 세계 각국에서 그 어떤 여성인물을 대표로 내세운다 할지라도 당당히 실력으로 겨루어 월드컵을 한국민에게 안겨줄 수 있을 것이라 확신한다.

흔히, 조선조의 명문가를 일컫는 기준의 하나로 대제학을 배출한 수를 거론하기도 한다. 이 경우, 윤씨부인의 두 아들 서석 김만기와 서포 김만중, 그리고 손자 죽천 김진규, 증손자 건암 김양택으로 이어지는 3대의 대제학을 주목하게 된다. 이로 인하여 광산 김씨 문중이 조선왕조의 대제학 배출 수의 평가에서 최고의 위치에 오르게 된 데에는 윤씨부인이 크게 기여한 것임을 우리들은 주목하지 않을 수 없다.

윤씨부인이 살았던 시대는 내우외환이 겹쳐서 국가적 위기와 시련이 많았을 때였고, 그 위기 때마다 윤씨부인은 비록 한 가정을 지키는 여인의 위치에 있으면서도 조용함으로, 강인한 여군자·여장부로서 보여준 실천적인 삶을 통해, 그가 이끄는 가족의 힘이 나라에 얼마나 큰 힘을 발휘하는가를 여실히 보여준다.

그러기에 필자는 윤씨부인의 지혜로운 삶을 통하여, 친정의 선대와 시집의 선대, 그리고 당대에 얽힌 사건들을 중심으로 하여 기구한 일생이지만, 그 속에서 일구어낸 공로를 독자들에게 제시하고자 한다. 특히, 이 책에서, 올곧은 삶의 세계를 보여준 허주 김반, 그의 아들 충정공 김익겸과 윤씨부인, 그리고 손자 서석 김만기와 서포 김만중의 의미 있는 삶의 궤적을 유기적인 관계 속에서 탐색하여 제시하고자 한다.

윤씨부인이 일구어낸 삶의 중심에는 유가시대를 살다간 남편없이 홀로 자식을 키운 생활속의 덕성, 그리고 두 자식을 성공적으로 키워낸 독특한 교육관과 그 실천적 언행이 자리하고 있다, 특히, 윤씨부인의 작은 아들 서포 김만중은 특출한 효심을 보여준 유복자 출신으로서 자신이 창작한 두 소설 속에서 어머니 윤씨부인을 최상으로 존대하여 『구운몽』에서는 위부인으로, 『사씨남정기』에서는 관음보살로 형상한 사실을 서포소설 연구사상 최초로 밝혀, 충효소설로서의 실상을 독자들에게 제공하고자 한다.

또, 필자는 이 책의 출간을 계기로 하여, 서포 김만중이 유배지에서 한양에서 고생하고 계신 노모를 대표 독자로 생각하며 창작한 소설 『구운몽』에서, 주인공 양소유가 모친을 위하여 마련한 '경복당(慶福堂)'을 정경부인 해평 윤씨의 당호로 바치기로 하였다.

이 '경복당'은 서포가 창작하여 모친에게 헌증한 『구운몽』 속에서 작가 자신을 투사시킨 양소유의 모친인 유씨부인이 만년에 거처한 곳이다. 즉, 양소유가 영웅적인 삶의 절정에서 대궐 수준의 전당을 조성히고 그 중심에 모친 유씨부인을 거처하게 한 곳이 경복당이기에, 그 곳은 이미 서포가 은유적으로 윤씨부인에게 헌증한 집인 셈이다. 또, 이 '경복당'은 작품 밖의 현실에서는 조선 정궁인 경복궁의 서궁에 있을 뿐만 아니라. 서포 모자가 숙종의 각성을 절실히 염원하다가 세상을 떠난 직후에, 깨달은 군왕 숙종이 일시적으로 왕비로 세웠던 장씨를 희빈으로 강등시키고 폐비가 되었던 인현왕후 민씨를 복위시켜 안국동 사가에서의 고생을 마감하고 환궁하여 거처하게 한 역사적 의미가 서린 곳이다. 그러기에 비록 때늦은 감이 있지만, 이런 기이한 인연이 담긴 당호를 서포의 속마음에 서렸던 불효의 한을 해소시켜 주는 작은 보답으로 윤씨부인에게 '경복당'이라는 당호를 국민의 마음을 모아서 봉헌할 때가 된 것으로 믿기 때문에 문중의 동의를 받아 이렇게 당호를 헌증하기에 이른 것이다.

필자는 이제 경복당 윤씨부인을 글로벌 시대의 이상적인 여인상으로 국민 앞에, 아니 세계인들 앞에 당당히 추천하고자 한다. 21세기형의 여성상의 귀감이 될 수 있는 '코리아의 대표 여성'으로, 밖으로는 감성적이요 지성적이요, 야성적인 한국의 고전 여성상으로 세상에 알리고, 안으로는 그 지혜로운 삶과 정신을 우리들의 문화적 유전인자로 공유하고 싶기 때문이다.

21세기 세계 경영을 주도해나갈 한국인들은 윤씨부인이 역사 속에서 보여준 그 숭고하고 장한 정신을 각 가정과 학교, 그리고 각종 사회단체와 기업에서 배우고 되살려 여성교육, 국민교육의 모델로 삼아간다면, 분명 한국은 더욱 많은 세계의 지도자를 배출하게 될 것이고, 그것은 한국만이 아니라 전 세계인들에게 더 많은 행복을 제공해 줄 수 있다고 믿어 의심치 않는다.

끝으로 이 책을 기획하는 데에는 평소에 윤씨부인을 남달리 존경해온 노은 김달중님의 특별한 배려가 있었기에, 이 자리를 빌어서 깊은 감사를 드린다.

2011년 7월 7일
남해군 상주면 노도에서
설성경

목 차

머리글 3

제1장 들머리 9

제2장 윤씨부인의 자녀 교육과 덕행 21
 1. 정혜옹주의 손녀로 성장한 해평 윤씨 23
 2. 허주 김반 가문의 머느리 역할과
          자손들에게 베푼 교육과 덕행 26
  1) 두 아들에게 베푼 교육과 덕행 28
  2) 손자와 손부들로 이어진 윤씨부인의 자애 69

제3장 윤씨부인이 감내한
     서석의 죽음과 서포의 유배 77
 1. 윤씨부인의 큰 아들 서석 김만기의 영광과 종말 79
 2. 윤씨부인의 작은 아들 서포 김만중의 직언과 유배 93

제4장 어머니 윤씨부인을 향한
     서포의 효심과 서포소설 125
 1. 서포가 보여준 윤씨부인에 대한 특출한 효심 127
 2. 윤씨부인의 송강가사류 창작 권유와
          충효소설의 창작 144
 3. 윤씨부인에게 바친『구운몽』과
          정조가 본받은 효심의 문학 156

제5장 소설에 새겨놓은 윤씨부인의 이미지와
　　　 행장 속의 윤씨부인　171

　1.『구운몽』에 위부인과 유씨부인으로 새겨놓은
　　 윤씨부인의 이미지　173
　　1) 윤씨부인을 모델로 한
　　　 형산을 다스리는 위부인의 이미지　173
　　2) 윤씨부인을 모델로 한
　　　 양소유의 모친 유씨부인의 이미지　179
　2.『선비정경부인 해평윤씨행장』으로 본 윤씨부인　201
　3.『사씨남정기』에 관음보살과 아황·여영으로 새겨놓은
　　 윤씨부인의 이미지　209
　　1) 윤씨부인 사후에 남해 노도에서 창작한『사씨남정기』　209
　　2) 윤씨부인을 모델로 한
　　　 구제자인 관음보살과 아황·여영의 이미지　215

제6장 윤씨부인의 정신세계로 본
　　　『구운몽』저작시기에 대한 편견　237

제7장 마무리　265

참고문헌　271
찾아보기　273

제1장

들머리

17세기 후반의 정통적 양반 가문사의 한 단면을 윤씨부인의 자녀교육, 두 아들의 선비정신, 충과 효의 실현 등을 통해 살펴본다. 특히, 윤씨부인에 대한 서포 김만중이 보여준 효심의 수준을 서포소설에 투영된 모부인의 이미지 분석으로 제시한다.

윤씨부인의 삶과 그 정신

정경부인 해평 윤씨(1617~1689)는 조선시대의 여인 중에서는 여러 가지 측면에서 그 유례를 찾기 힘든 아주 특출한 여장부이다. 그의 두 아들인 서석 김만기와 서포 김만중은 형제이면서도 그들이 남긴 궤적들은 형제로서의 동질성도 있지만, 그에 못지않게 각자의 개성이 빛나는 학자요 고급 관료였다.

이 책에서는 17세기에 살았던 이들 모자가 보여준 가족 단위로서의 집단적인 삶과, 개별적 존재로서 세 사람의 삶을 윤씨부인을 주축으로 하여 그녀의 덕성과 자애, 그리고 두 아들의 효행과 국가에 대한 충렬 의식을 교직시켜 독자들이 그 총체적 성격을 입체적으로 이해할 수 있도록 전개하고자 한다. 그래서 전반적인 구성 또한, 때로는 윤씨부인과 큰 아들 김만기의 관계에서, 때로는 윤씨부인과 작은 아들 김만중과의 관계에서, 때로는 김만기와 김만중 형제의 관계에서 서술되지만, 궁극적으로는 한 가족 세 모자의 삶이 하나로 인식될 수 있도록 하여, 17세기 후반 전통적인 양반 가문사의 한 단면을 자녀 교육, 선비정신, 효와 충의 실현 등을 통한 구체적인 사건을 중심으로 독자들에게 제공하고자 한다. 여기에 덧붙여, 윤씨부인에 대한 서포 김만중이 보여준 효심의 수준을 서포소설 속에 투영된 양상을 통하여 살펴봄으로써, 서포 김만중이 모친을 존경하는 질량이 그간 우리들이 상식적으로 판단해온 그것과는 너무나 현저한 차이를 보이는 높이에 위치한다는 사실을 증명해보고자 한다.

물론, 서포소설을 읽었던 창작 당시의 독자들도, 작가 서포 김만중과 대표 독자인 윤씨부인의 교감만큼 깊은 수준에서 그 의미를 향수하지 못하였겠지만, 이제 글로벌 시대를 맞아 한국의 고전문학과 세계의 고전문학에 대해 국가적 명예를 걸고 자국 문학의 훌륭함을 겨루는 문화전쟁 속에서는 윤씨부인의 모습이 투사된 서포소설 속의 여성 주역들의 삶이 보여주는 의의는 더욱 높아질 수밖에 없다. 특히, 윤씨부인의 삶이 위대해지면 질수록, 서포소설 속의 위부인과 관음보살, 그리고 신격화 된 열녀 이비의 이미지가 더욱 더 위대해질 수 있고, 역으로 서포소설 속의 위부인과 관음보살, 그리고 신격화 된 열녀 이비의 역할이 더욱 더 미약해지면 질수록, 윤씨부인의 삶도 더욱 더 미약해질 수 있는 것이다. 이러한 상대성을 가진 두 여인, 즉 작가의 실존한 모친 윤씨부인이라는 역사 속의 한 여인의 삶과, 작가가 창작한 서포소설이라는 소설 속에 형상된 위부인과 관음보살, 그리고 신격화 된 열녀 이비라는 소설 속의 존재들의 삶은 『구운몽』의 준거로 삼고 있는 금강경의 진리에 입각해서 본다면, 다른 존재들이 아닌 한 존재의 상대적인 두 모습일 수 있기 때문이다.

　이런 방향의 추정이나 판단과는 달리, 필자는 이 책에서 『구운몽』에서는 육관대사와 성진이 아닌 위부인과 유씨부인의 아들로서의 양소유가 주요한 독서 대상 존재이고, 『사씨남정기』에서는 사씨나 유한림이 아니라 관음보살과 순임금의 이비인 아황과 열녀가 주요한 독서 대상 존재임을 강조하고자 한다. 그 까닭은 작가 서포가 『구운몽』 창작에서는 살아있는 모친 윤씨를 모델로 한 특별 주역인 위부인을 설정하여 모친에게 바쳤고, 『사씨남정기』 창작에서는 돌아가신 모친 윤씨를 모델로 한 특별 주역인 관음보살과 이비를 설정하여 모친의 영혼에 바쳤다고 볼 수 있는 근거가 있기 때문이다.

　서포가 창작한 두 소설 중에서 서포가 한양에서 고생하고 계시는 모친을 위해 『구운몽』을 창작하여 바친 의도는 모친의 파한거리로 삼게 하여 위로하는 수준의 것만이 아니라, 효자인 서포가 유배 등의 사건으로 인하여 현실적인 행위로서 효의 실천을 못다 한 아픔을 소망의 세계인 소설 속의 내용을 통하여 그 아픔을 해소하고, 그런 아픔이 생긴 원천과 자신과 모친의 삶의 진심을 드러내고자 한 것으로 판단된다.

　이제 필자는 서포가 이런 수준에서 소설을 창작하게 되었다는 것을 입증할 수 있는 근거로 『구운몽』의 주요 소재로 사용하였고, 소설 텍스트에서도 표면에 노출된 대승경전인 금강경을 제시해 보겠다.

　금강경의 원래 명칭은 『금강반야바라밀경』으로 '반야'는 지혜로 깨달음에 이른다는 뜻으로 '지(智)'란 어리석은 마음이 일어나지 아니하는 것을 뜻하고, '혜(慧)'란 지의 방편과 작용함을 뜻한다. 또, '바라밀'이라는 것은 직역으로는 도피안으로 번역되는데, 그 뜻은 살아있는 자는 당연히 죽음을 맞게 되는 생사의 세계와는 다른 세계인 강 건너 저쪽 언덕에 있는 생멸과 윤회에서 벗어나는 길을 제시하는 성스러운 책이라는 뜻도 담고 있다. 큰 지혜를 갖추어 모든 법에서 원만하게 생멸의 상을 벗어나서 저쪽 언덕에 이르는 것이지만, 그것을 입으로만 말하고 마음으로 행하지 아니한다면 바라밀은 없는 것임을 강조하고 있다.[1]

　설법의 구체적인 내용은 사고의 바탕을 분석하는 것으로서, 번뇌의 근원은 아집인데 그 아집의 주체인 욕망은 현상의 이분화에서 나왔고, 그 이분화는 실재하는 것이 아니라, 인간들의 인위적 조작에 따른 것

---

1 「豫章沙門宗鏡提頌剛要序」, 乘龍寺, 金剛經五家解講釋, 1996, 33~38쪽.

임을 대각하게 하는 공(空)의 지혜를 일깨워 주는 것을 핵심으로 하고
있다.[2] 즉, 상(相)에 대한 집착은 대상을 바로 의식하는 데 장애가 되
므로, 상에 대한 집착을 부정해야 한다는 것이다. 그러나 상을 부정해
도 비상(非相)의 상태에 머물게 되는데, 이 비상에 대한 집착도 또한
집착에 해당되므로 그 비상의 상태마저 부정하게 되는 비비상(非非相)
의 경지에까지 이르러야 한다는 것이다. 그래서 비비상의 경지에 이르
러서 공의 지혜를 터득한 보살은 아상(我相), 인상(人相), 중생상(衆生
相)에서 벗어난 존재가 된다는 것이다.[3]

또, 대승불교 경전인『금강경』에서는 세존이 불법(佛法) 유포의 공
덕을 강조하면서『금강경』중에 단지 네 구절로 된 게송만이라도 지
니고 읽거나, 남을 위해 설법해주게 되면 그 공덕은 참으로 무한한 것
이라는 것을 거듭 거듭 강조하고 있다. 예를 들면, 본문 총 5,203자 중
에서, 1,009자가 복덕론에 직접 관련된 서술이므로 전체 내용의 20%
에 해당하는 것이다.

구체적인 본문을 통하여 살펴보면, 제8회의 의법출생분에서는 다음
과 같이 강조하였다.

"수보리여! 어떻게 생각하느냐? 만약 사람이 삼천대천 세계에 칠보를
가득히 하여 보시하면 이 사람의 얻은 복덕이 많겠느냐?"
수보리가 아뢰었다.
"매우 많습니다. 세존이시여! 왜냐하면 이 복덕이 곧 복덕의 본성이 아
니므로 여래께서는 복덕이 많다고 말씀하시나이다."

2 한태동,「金剛經과 心經에 나타난 釋伽의 思想」,『연세춘추』, 1982년 5월 24일.
3 曹溪 六祖禪師의 序.

"만약 또 어떤 사람이 이 경 가운데에서 사구게(四句偈) 등을 받아 지니고 남을 위하여 말한다면 그 복이 앞의 복덕보다 수승하니라. 어째서인가? 수보리여! 일체 모든 부처님과 모든 부처님의 아뇩다라삼먁삼보리법이 다 이 경에서 나오기 때문이니라. 수보리야, 이른바 불법이라는 것도 곧 불법이 아니니라.[4]"

제11회의 무위복승분에서는 다음과 같이 강조하였다.

"수보리여! 항하 가운데 있는 많은 모래들을 어떻게 생각하느냐? 이 모든 항하의 모래가 많겠느냐?"

수보리가 아뢰었다.

"매우 많습니다. 세존이시여! 단지 모든 항하가 많아 그 수를 헤아릴 수 없거늘 하물며 그 모래이겠나이까."

"수보리여! 내 이제 진실한 말로 너에게 말하노니, 만약 선남자 선여인이 칠보로써 이런 항하의 모래 수만큼 삼천대천 세계에 채워 보시하면 복을 얻음이 많겠느냐?"

수보리가 아뢰었다.

"매우 많습니다. 세존이시여!"

부처님께서 수보리에게 말씀하셨다.

"만약 선남자 선여인이 이 경 가운데에서 사구게 등을 받아 지니고 다른 사람을 위하여 말해 준다면 이 복덕은 앞의 복덕보다 수승하니라.[5]"

---

4 須菩提於意云何若人滿三千大千世界七寶以用布施 是人所得福德 寧爲多不 須菩提言 甚多世尊 何以故是福德卽非福德性是故如來說福德多若復有人於此經中受持乃至四句 偈等爲他人說其福勝彼 何以故須菩提一切諸佛及諸佛阿耨多羅三藐三菩提法皆從此經 出須菩提所謂佛法者卽非佛法

제13회의 여법수지분에서는 다음과 같이 강조하였다.

"수보리야, 만일 어떤 선남자 선여인이 항하의 모래와 같이 많은 목숨을 보시하였더라도, 또 어떤 사람이 이 경 가운데서 네 글귀로 된 한 게송만이라도 받아 지니고 다른 사람을 위하여 일러 준다면 이 복이 앞의 복보다 매우 많으리라.[6]"

제14회의 이상적멸분에서는 다음과 같이 강조하였다.

"수보리야, 미래 세상에 만약 어떤 선남자 선여인이 능히 이 경을 받아 지니고 읽고 외우면 곧 여래께서 부처님의 지혜로써 이 사람을 다 알고 다 보나니 한량없고 가이 없는 공덕을 모두 다 성취하게 되느니라.[7]"

제15회의 지경공덕분에서는 다음과 같이 강조하였다.

"수보리여! 만약 어떤 선남자 선여인이 아침나절에 항하의 모래 수와 같은 몸으로 보시하고 점심 때에 또 항하의 모래 수와 같은 몸으로 보시하며 저녁 때에 또 항하의 모래 수와 같은 몸으로 보시하며 이와 같이 헤

---

5 須菩提如恒河中所有沙數如是沙等恒河於意云何是諸恒河沙寧爲多不須菩提言甚多世尊
　但諸恒河尚多無數何況其沙須菩提我今實言告汝若有善男子善女人以七寶滿爾所恒河
　沙數三千大千世界以用布施得福多不須菩提言甚多世尊佛告須菩提若善男子善女人於
　此經中乃至受持四句偈等爲他人說而此福德勝前福德
6 須菩提若有善男子善女人以恒河沙等身命布施若復有人於此經中乃至受持四句偈等爲他
　人說其福甚多
7 須菩提當來之世若有善男子善女人能於此經受持讀誦即爲如來以佛智慧悉知是人悉見是
　人皆得成就無量無邊功德

아릴 수 없는 백천만 억겁 동안에 몸으로 보시하여도 만약 어떤 사람이 이 경전을 듣고 신심이 거슬리지 않으면 그 복이 앞사람의 복보다 수승하니라. 하물며 이 경을 베껴 쓰고 받아 지니고 읽고 외워 다른 사람을 위하여 해설하여 줌에야 말할 것이 있겠느냐? 수보리여! 요약하여 말하건대 이 경은 가히 생각할 수 없고, 가히 헤아릴 수 없으며 끝이 없는 공덕이 있으니, 여래는 대승에 발심한 자를 위하여 이 경을 말하고, 최상승에 발심하는 자를 위하여 말하느니라. 만약 어떤 사람이 능히 받아 지니고 읽고 외워 널리 다른 사람을 위하여 말한다면 여래는 이 사람을 다 알고 이 사람을 다 보나니, 이 사람은 헤아릴 수 없고 잴 수 없고 끝이 없는 생각할 수도 없는 공덕을 성취하게 되느니라.[8]"

제16회의 능정업장분에서는 다음과 같이 강조하였다.

"또 수보리야, 만약 선남자 선여인이 이 경을 받아 지녀 읽고 외우는 데도 다른 사람에게 가벼이 업신여김을 받게 된다면 이 사람은 선세의 죄업으로 마땅히 악도에 떨어질 것이지만, 금세에 다른 사람에게 가벼이 업신여김을 받는 까닭으로 선세의 죄업이 곧 소멸되고 마땅히 아뇩다라삼먁삼보리를 얻을 것이니라.[9]"

---

8 須菩提若有善男子善女人初日分以恒河沙等身布施中日分復以恒河沙等身布施後日分亦以恒河沙等身布施如是無量百千萬億劫以身布施若復有人聞此經典信心不逆其福勝彼何況書寫受持讀誦爲人解說須菩提以要言之是經有不可思議不可稱量無邊功德. 如來爲發大乘者說爲發最上乘者說若有人能受持讀誦廣爲人說如來悉知是人悉見是人皆得成就不可量不可稱無有邊不可思議功德如是人等卽爲荷擔如來阿耨多羅三藐三菩提何以故須菩提若樂小法者着我見人見衆生見壽者見卽於此經不能聽受讀誦爲人解說須菩提在在處處若有此經一切世間　天人阿修羅所應供養當知此處卽爲是塔皆應恭敬作禮圍繞以諸華香而散其處復

또 제 16회의 능정업장분에서는 다음과 같이 강조하였다.

"만일 또 어떤 사람이 이 다음 말세에, 능히 이 경을 받아 지니고 읽고 외운다면 그 공덕은 내가 모든 부처님께 공양한 공덕으로는 백분의 일에도 미치지 못하고, 천만억분 내지 어떤 수의 비유로도 능히 미치지 못하느니라.10"

제 19회의 법계통화분에서는 다음과 같이 강조하였다.

"수보리야, 어떻게 생각하느냐? 만일 어떤 사람이 삼천대천 세계를 칠보로 가득 채워서 보시한다면, 이 사람은 이 인연으로 받는 복이 많지 않겠느냐?"

"그러하옵니다 세존이시여. 이 사람은 이 인연으로 받는 복이 대단히 많겠습니다."

"수보리야, 만일 참으로 복덕이 있는 것이라면 여래께서 복덕이 많다고 말하지 않으시겠지만 복덕이 없는 것이므로 여래께서 복덕이 많다고 말씀하시느니라. 11"

제 24회의 복지무비분에서는 다음과 같이 강조하였다.

---

9 次須菩提善男子善女人受持讀誦此經若爲人輕賤是人先世罪業應墮惡道以今世人輕賤故先世罪業卽爲消滅當得阿耨多羅三藐三菩提

10 若復有人於後末世能受持讀誦此經所得功德於我所供養諸佛功德百分不及一千萬億分乃至算數譬喻所不能及須菩提若善男子善女人於後末世有受持讀誦此經所得功德我若具說者 或有人聞心卽狂亂狐疑不信須菩提當知是經義不可思議果報亦不可思議

11 須菩提於意云何若有人滿三千大千世界七寶以用布施是人以是因緣得福多不如是世尊此人以是因緣得福甚多須菩提若福德有實如來不說得福德多以福德無故如來說得福德多

"수보리야 만약 어떤 사람이 삼천대천 세계 가운데 모든 수미산왕들 만한 칠보 덩어리로 보시하더라도 만약 다른 사람이 이 『반야바라밀경』에서 네 글귀로 된 한 게송만이라도 받아 지니고 읽고 외우며 다른 사람을 위하여 일러 준다면 앞의 복덕으로는 백분의 일에도 미치지 못하며 백천만억분의 일에도 미치지 못하며 온갖 산수나 비유로도 능히 다 미칠 수 없느니라.[12]"

제32회의 응화비진분에서는 다음과 같이 강조하였다.

"수보리야 만일 어떤 사람이 한량없는 아승지 세계에 칠보로 가득히 채워서 보시한다고 하더라도, 만일 어떤 선남자 선여인이 보살심을 낸 이가 있어 이 경을 지니되 네 글귀로 된 한 게송만이라도 받아 지니고 읽고 외우며 다른 사람을 위하여 잘 일러주면 그 복은 저 복보다 더 수승하리라.[13]"

이처럼. 모두 32회분 중 9회 10번을 "이 경을 지니되 네 글귀로 된 한 게송만이라도 받아 지녀 읽고 외우며 다른 사람을 위하여 잘 일러주면 그 복은 한량없는 아승지 세계에 칠보로 가득히 채워서 보시하는 것보다 많다"는 것을 거듭 거듭 강조하였다. 물론, 이 경에서 제시하는 진리, 즉 공론에 입각하여 본다면, 이러한 복덕 또한 무위법의 차원에

---

12 須菩提若三千大千世界中所有諸須彌山王如是等七寶聚有人持用布施 若人以此般若波羅蜜經乃至四句偈等受持讀誦爲他人說於前福德百分不及一百千萬億分乃至算數譬喩所不能及

13 須菩提若有人以滿無量阿僧祇世界七寶持用布施若有善男子 善女人發菩薩心者持於此經乃至四句偈等受持讀誦爲人演說其福勝彼

서 인식하면 복덕이 아닌 것이기에 "복덕이 있는 것이라면 복덕이 많다고 말하지 않겠지만 복덕이 없는 것이므로 복덕이 많다고 한다."는 것이다. 이런 두 가지 측면을 고려해서 보면, 최소한 유위법의 차원에서 본다면, 그 복덕은 "한량없는 아승지 세계에 칠보로 가득히 채워서 보시하는 것보다 많다"는 것으로, 이런 복덕으로 바라밀인 강 건너 언덕의 세계에 도달하게 되고, 거기에 도달하게 된 것을 그 바탕인 보살이 다다른 지혜로 인식하면, 복이라 할 게 없는 공의 세계인 것이다.

이런 논리를 근거로, 『금강경』의 전법 내용을 중심 서사 체계로 전환시켜 창작한 『구운몽』을 읽고 보급하는 것은 유위법 차원에서의 복덕을 짓는 일인 것이다. 그러므로 서포가 창작한 『구운몽』 속의 사구게를 인용한 육관대사의 설법을 통한 복덕은 물론이고, 『구운몽』을 읽고, 듣고, 필사하고, 판각하고, 인쇄한 이들의 복덕, 『구운몽』을 연구하고, 비평하고, 강연하거나, 국내외에서 번역하고 재창조한 이들의 복덕도 대단한 것이다. 이런 갖가지 인연으로 얻을 수 있는 복덕 중에서도 가장 대표적인 복덕은 효심 많은 서포가 『구운몽』을 헌증한 대상 인물이요. 작품 속에 이상적인 삶으로 투사된 위부인과 유씨부인의 모델인 현실의 윤씨부인에게 돌아가는 공덕이요, 복덕일 것이다.

제2장

윤씨부인의 자녀 교육과 덕행

윤씨부인의 교육열은 큰 아들 김만기는 물론 둘째 아들
김만중, 그리고 손자 김진규, 증손자 김양택까지 3대에
걸쳐서 4명의 대제학을 배출시키는 원동력이 되었다.
또, 윤씨부인이 보여준 두 아들에 대한 자애의 실천과
적극적인 지혜교육은 두 아들이 충효를 실현하고 손녀
를 왕비의 자리에까지 오르게 하는 초석이 되었다.

윤씨부인의 삶과 그 정신

1. 정혜옹주의 손녀로 성장한 해평 윤씨

해평 윤씨는 1617년 문목공 윤신지의 손녀요, 이조참판 윤지의 딸로 한양에서 태어났다. 그녀의 고조부 문정공 윤두수는 1555년에 생원시험에 장원급제하였고, 다시 1558년에는 식년문과에 을과로 급제한 후 승문원에 들어간 뒤 정자·저작 등을 지내는 것으로 출사의 길을 걸었다. 그는 1563년 이조정랑으로 있을 때, 명종의 왕비 인순왕후의 외삼촌으로 권세를 누리던 이조판서 이량이 아들 이정빈을 이조좌랑에 천거하자, 이에 반대하다가 대사헌 이감의 탄핵을 받고 파직당하기도 하였지만, 곧 무죄임이 밝혀져 수찬으로 서용된 뒤, 이조참의·장령·사복시정·부응교·우승지 등을 지냈고, 1576년에는 대사간이 되었다. 그는 또, 1577년 사은사로 명나라에 다녀왔으며, 이듬해 도승지로 있다가 이종동생 이수로부터 뇌물을 받았다는 양사의 탄핵을 받고 파직되었으나, 다시 1579년에는 연안부사로 복직되었다. 이어 한성부좌윤·형조참판을 거쳐 1587년에는 전라도관찰사, 1589년에는 평안감사를 지냈다. 그 뒤, 대사헌·호조판서를 지냈으며, 1591년에는 서인의 영수 정철이 광해군의 세자 책봉을 건의하다가 유배를 당할 때 연루되어 회령·홍원 등지에서 유배생활을 하다가 선조의 특명으로 낙향하여 살았다. 임진왜란을 당해서는 선조를 호종한 후, 우의정, 좌의정, 판중추부사를 거쳐서 1599년에는 영의정까지 이르렀다. 이런 중신으로 활동한 윤두수는 온화한 성품을 지닌 재상으로서, 직언도 서슴지 않았던 충신으로서 시대적 사명을 다하였던 인물이었다.

윤씨부인의 증조부 문익공 윤방은 율곡 이이의 문인이었다. 그는

1588년 식년문과에 급제 후 승문원 정자 등을 지냈다. 이어 예문관검열 겸 춘추관기사관, 예조좌랑·정언 등을 거쳤다. 1591년에는 부친 윤두수가 광해군의 세자 책봉 문제를 둘러싸고 정철과 함께 파직되어 유배당하자 병을 이유로 사직했다. 그는 임진왜란 때에는 부친과 함께 왕을 호종하면서 정언·지평·이조좌랑·전적·응교·사예·군기시첨정 등을 지냈다. 그 뒤에 경상도 순안어사·군기감정·평산부사를 거쳤으며, 1597년 정유재란 때에는 순안독찰로서 군량운반을 맡았으며, 이어 철원부사로 옮겼다가 동부승지가 되었다. 이 해에 둘째 아들 윤신지가 선조의 부마가 되어 해숭위가 된 후에는, 병조참판 겸 동지춘추관사에 임명되었고, 도승지·한성판윤을 지냈다. 광해군이 즉위한 뒤에는 형조판서, 경상도감사를 지내면서 지춘추관사로『선조실록』의 편찬에 참여했다. 1618년에는 인목대비 폐모론에 반대하다가 병을 구실로 정청에 불참하여 탄핵을 받고 벼슬에서 물러났으나, 인조반정 이후에는 다시 기용되어 예조판서·우참찬·우의정, 좌의정을 거쳐서 1627년에는 마침내 영의정에까지 올랐다. 정묘호란이 일어나자 강화로 피할 것을 주장하여 인조를 호종하였고, 1631년 다시 영의정에 올랐다.

윤씨부인의 조부는 윤신지요, 조모는 선조의 따님인 정혜옹주였다. 해숭위가 된 윤신지는 총명하였으므로 선조로부터 사랑을 많이 받았기에, 선조는 그에게 때때로 시를 지어 바치게 하였다. 인조 때에는 군주의 덕을 극론하는 데 서슴지 않았지만, 인조는 이것을 잘 받아들였다. 인조는 능묘의 대사가 있을 때마다 그에게 감독하게 하여 마침내 정1품에 올라 지위가 재상과 같았다. 그는 병자호란 때에는 왕명을 받아 부친 윤방과 함께 강화에 피신하였다. 그때 묘사를 지키고 있던 부친 윤방이 그를 소모대장으로 삼아 죽진에 있게 하였다. 그때 적군이 강화부에 접근해오자 그는 군사를 지휘하여 성을 나와 죽기를 결심하고 자살하려 하였으나 구조되었다.

한편, 윤씨부인의 조모인 정혜옹주는 1590년경에 선조와 인빈 김씨[1] 사이에서 옹주로 출생하였다. 선조의 총애를 받았던 인빈 김씨는 왕자로는 의안군 이성, 신성군 이후, 후에 원종이 된 정원군을 낳았고, 옹주로는 정신옹주, 정혜옹주, 정숙옹주, 정안옹주, 정휘옹주를 낳았다.[2] 그런데 인빈 김씨와 아들 정원군이 죽은 후에 인빈 김씨의 손자 능양군 광이 1623년에 인조로 왕위[3]에 올랐기 때문에, 정혜옹주는 인조의 고모로 그 위치가 올라가게 되었다.[4]

그때는 정혜옹주는 30대 중반이었고, 해평 윤씨는 6세밖에 되지 않은 어린 손녀였기에 정혜옹주는 인조의 고모요, 윤신지의 아내로서, 윤지의 모친으로서 총명하고도 단 하나뿐인 어린 손녀 해평 윤씨를 금쪽같이 생각하면서 양육하는 데에 정성을 다하였다.

이런 가정 환경 속에서, 해평 윤씨는 정혜옹주로부터 궁중의 예법과 교육을 본격적으로 전수받게 되었다. 그래서 윤씨부인의 성장에는 모친인 홍씨보다 조모인 정혜옹주의 힘이 더 막강하게 작용하였다.

---

1 선조와 정빈 민씨에서 출생한 정인옹주(남편은 홍우경, 부친은 홍식), 정선옹주(남편은 권대임, 부친은 권신중), 정근옹주(남편은 김극진), 정빈 홍씨에서 출생한 정정옹주(남편은 유적, 부친은 유시행)이 있다. 온빈 한씨에서 출생한 정화옹주(남편은 권대항)가 있다.

2 혼란한 정국 속에서도 후에 인조가 된 능양군 집안은 조모인 인빈 김씨가 생존해 있는 동안은 인빈 김씨가 선조의 총애를 받으면서 광해군을 보호하였기 때문에 무사하였다. 그러나 정혜옹주의 모친은 능양군이 19세 때인 광해군 5년 1613년 10월 29일에 세상을 떠났다.

3 지두환,『인조대왕과 친인척』, 역사문화, 2000, 42쪽

4 즉, 인빈 김씨의 소생인 오빠 정원군의 아들 능양군이 인조가 됨으로서, 정혜옹주의 위치는 그 위상이 군왕 인조의 고모로 높아지게 되었다.

2. 허주 김반 가문의 며느리 역할과
자손들에게 베푼 교육과 덕행

1617년에 태어난 윤씨부인은 14세 때에 광산 김씨 가문의 촉망받는 김익겸을 남편으로 맞이하였다. 그녀의 시집인 광산 김씨 가문은 당시의 대표적인 명문가였다. 이 가문은 신라 말엽에 왕자 김흥광이 전라도 광주에 은거한 이후에 크게 현달하여서, 잇달아 여덟 명이 평장사의 자리에 올랐고, 조선왕조에 들어와서도 대사헌 황강 김계휘는 김익겸의 증조부로서 총명과 박람으로써 일대의 추숭을 받았던 인물이었다.[5]

윤씨부인의 시부인 허주 김반은 사계 김장생의 3남으로 태어났다. 그의 모친은 창녕 조씨로 부사 조대건의 딸이었다. 그는 한편으로는 부친의 학문을 물려받고, 한편으로는 구봉 송익필의 문인으로 성리학을 탐구하는 학문의 길에 들어서서 1609년에는 사마시에 급제하여 태학에 들어가 성균관 유생이 되었다. 1613년 광해군이 영창대군을 역모사건으로 몰아 제거한 계축옥사가 일어나자, 화가 미칠 것을 염려하여 관직을 버리고 낙향하여 10년 동안 은거하면서 학문에 전념했다. 인조가 집권한 후, 그는 빙고별제에 임명되었으나 나가지 않았다. 1624년 이괄이 반란을 일으키자 공주까지 임금을 호종하였는데, 그곳에서 실시한 정시문과에 급제한 뒤로, 형조좌랑·사간원 정언·홍문관 수찬·이조좌랑 등을 지냈다. 정묘호란 때에는 강화까지 인조를 호종하였고, 그 후에는 사인·응교·전한 지경연, 병조참판, 대사간, 대사

---

5 김진규,『문효공휘만중행장』

헌, 부제학 등을 지냈다. 사후에 영의정에 추증되었다

윤씨부인의 시모는 연산 서씨였다. 허주 김반은 처음에 안동 김씨 첨지중추부사 김진려의 딸을 맞아 학주 김익렬과 3녀를 얻었으나 사별한 뒤에, 연산 서씨를 계배로 맞았다. 연산 서씨는 임진왜란 때 군공으로 원종공신에 녹권되었고 인조 때에는 병조참판에 증직된 서주와 광주이씨 사이에서 태어났다. 서씨부인은 이조판서, 양관대제학을 거쳐 영의정에 증직된 창주 김익희와, 병자호란 때 강화도에서 절사하고 영의정에 증직된 충정공 김익겸, 형조참판을 거쳐 이조판서에 증직된 충헌공 김익훈, 승문원 정자를 거쳐 이조참판에 증직된 정자공 김익후, 그리고 사헌부 대사헌을 지낸 도헌공 김익경 등 다섯 형제와 3녀를 낳아 길렀다.

서씨부인은 타고난 원만한 품성에다가 가정에서 훌륭한 부덕과 예절교육을 닦으면서 자랐으며, 출가한 뒤로는 대대로 이어오는 가풍을 충실히 지키면서 위로는 시댁의 어른을 공경하고, 아래로는 자녀들을 의롭게 가르쳤다. 서씨부인의 인품에 대하여 아들 김익희는 "어려서부터 성품이 효도하고, 심히 부덕이 있어서 출가 후에는 삼가며 어질고, 용서하며 집을 다스리는 데에 법도가 있어서 엄하지 않아도 정돈되었고, 여러 아들을 가르치는 데 있어서는 의리로써 하며, 내외 친속을 접대함에 있어서는 곡진한 은의가 있었다.[6]"고 하였고, 청음 김상헌이 지은 신도비명에도 "서씨부인은 부녀의 덕이 있어 늙어도 서로 공경하니 내외 친척들이 그 예경을 칭찬하였다.[7]"고 기술하고 있다.

윤씨부인의 남편인 충정공 김익겸은 허주 김반[8]의 둘째 아들로서,

---

6 김익희, 『가장, 광산김씨문헌록』, 보전출판사, 1983. 157쪽
7 김상헌, 「참판 허주공 휘반 신도비명 병서」, 『광산김씨 허주공 파보 수권』, 165쪽

광해군 6년인 1614에 태어나 인조 14년인 1637년에 세상을 떠났다. 그는 창주 김익희와 함께 부친 허주 김반에게 수학했고, 결혼한 몇 해 후인 1635년 9월 27에 증광 별시에서 생원과 진사를 각각 1백 인씩 선발하는 가운데, 생원시의 장원으로 뽑혔다. 그는 또, 1636년 후금의 태종이 국호를 청으로 고쳤을 때 경축사절로 간 이확 등이 조선을 속국으로 취급한 국서를 가지고 청의 사신 용골대와 함께 귀국했을 때, 성균관 유생들과 함께 이들을 처형할 것을 주장한 절의파였다.

그의 특별한 충절의식은 사후에 광원부원군에 영의정으로 추증되는 영광을 얻었다.

이처럼, 이들 가문이 보여준 선대로부터의 덕망과 절렬은 대대로 벼슬과 덕행으로 계승되었기 때문에 이 집안은 삼한 갑족 예문 종가로 일컬어졌다.[9]

1) 두 아들에게 베푼 교육과 덕행

윤씨부인이 허주 김반의 며느리로서, 두 아들 서석 김만기와 서포 김만중을 키우는 과정에서 보여준 언행에 관한 기록은 아주 단편적인 일화 형태로 남아 있다. 그 대표적인 기록으로는 서포 김만중이 지은 『선비정경부인 해평윤씨행장』과 손자 죽천 김진규가 지은 『대부인행장습유록』이 있다.

---

8 허주 김반의 큰 아들인 김익희에게는 아들 김만균, 김만중, 김만준이 있고, 둘째 아들인 김익겸에게는 아들 김만기, 김만중이 있고, 셋째 아들 김익훈에게는 아들로 김만채, 김만선이 있고, 넷째 아들인 김익후에게는 아들 김만길, 다섯째 아들 김익경에게는 아들 김만규, 김만견, 김만지, 김만근이 있었다.

9 김진규, 『문효공휘만중행장』

　　이들 행장은 간략한 전기에 속하기 때문에 사건의 연계성이 미흡하
고, 행적에 관한 몇몇 기록들은 과장이 없이 있는 그대로의 모습을 전
하고 있다.　이러한 윤씨 행장의 취지를 최대한 살리면서 윤씨부인이
두 아들과 손자 며느리들에게 베푼 교육과 덕행에 관한 일화들을 〈81
개의 토막 이야기〉로 재구성해보면 다음과 같다.

(1) 윤씨부인은 정축호란을 만나서, 강화도에서 순국한 남편과 사별하고
　　모친 홍부인을 따라 강화도를 출발하여 대부도를 거쳐서 한양 소공주
　　동에 있는 친정으로 돌아왔다.
　　그녀는 이곳에서 친정 부모를 모시고 어린 만기와 만중 두 형제를 키
　　웠다.[10]

(2) 친정은 물론 시집의 전통을 이어야 할 처지가 된 윤씨부인은 죽지 않
　　고 살아남은 자신에게 부여된 소명은 어떤 어려움이 있더라도 양가의
　　아름다운 가통을 앞장서서 이어가야 하는 것임을 가슴 속에 깊이 새
　　기게 되었다.
　　이렇게 마음을 다잡아먹은 윤씨부인은 자신이 조모 정혜옹주 등으로
　　부터 물려받은 훈도로 자신의 인격을 실천적으로 길러가면서 그 생생
　　한 모습으로 두 자식을 키워내는 것이라고 믿었다.[11]

(3) 윤씨부인은 비록 그러한 큰 뜻을 세웠지만, 현실적으로는 당장 자식
　　들에게 제대로 밖에서 스승을 모시게 해 줄 경제적 형편이 되지 않았

---

10 김진규, 『문효공휘만중행장』
11 김만중, 『정경부인윤씨행장』(이하의 인용 중에서, 『정경부인윤씨행장』은 주를 생략함)

기 때문에 어쩔 수 없이 자신이 8세의 큰 아들 만기와 3세의 만중을 위해서 직접 글공부를 시키게 되었다.

(4) 얼마 뒤에 어린 두 아들이 글공부의 기초를 터득하자 윤씨부인은 친정 부친인 하빈공 윤지에게 외손자들의 스승을 맡아달라고 부탁하였다. 이렇게 하여 두 아들의 유아기 교육이 성공적으로 진행되었다.

(5) 한번은 당대의 대문장가인 택당 이식이 참판공 허주 김반을 만나보려고 집으로 찾아왔다. 이때 마침 큰 아들 만기가 『맹자』를 읽는 소리가 사랑방에까지 들려왔다. 택당 이식은 만기의 글 읽는 소리를 듣고서는 크게 칭찬하여 말하기를, "이 아이가 글을 읽으매 능히 그 뜻을 이해하니. 후일에 반드시 문장에 능할 것이다." 하였다. 그러나 윤씨부인은 부친과 자식들로 이루어진 사제의 관계와, 이들 사이에서 일어나는 두 아들의 일취월장하는 학문의 앞길에 서광이 비치는 것을 보며 느끼는 기쁨도 잠시뿐이었다.[12]

(6) 1640년 4월에 접어들자 만기가 9세, 김만중이 4세가 되었을 때에 윤씨부인에게 감당하기 어려운 또 한번의 큰 시련이 닥쳐왔다. 윤씨부인은 4월 초에 시부인 참판공 김반을 저세상으로 떠나보내었고, 이어서 같은 달에 윤씨부인은 함께 지내며 하늘같이 믿고 따르던 친정 부친인 하빈공 윤지마저 세상을 떠나보내어야 하는 고통을 겪게 되었다.

---

12 김진규, 『문효공휘만중행장』

(7) 윤씨부인은 겹상중의 몸이지만, 마음을 더욱 다잡아서 어린 두 아들의 스승의 자리로 나아갈 수밖에 없었다. 이제 윤씨부인은 다시 부친의 자리를 이어 지난 번보다는 훨씬 성숙한 글솜씨를 지닌 두 아들을 직접 가르치게 되었다.

이렇게 하여 윤씨부인은 혼신의 힘으로 가르치면서 어려운 여건 속에서도 두 아들의 학문이 진취할 수 있도록 뒷바라지를 하게 되었다. 모친의 이런 배려를 익히 알고 있는 두 아들은 모친의 지극 정성 속에서 자라며, 날과 달로 학업이 진취하였다. 그러나 윤씨부인은 모친으로서의 처지, 스승으로서의 처지 간의 조화를 유지하면서 어린 두 아들에게 그 어려운 학업 과정을 결코 독촉하지는 않았다.

(8) 1640년 9월이 되자, 서씨부인과 김익겸의 무덤을 파서 이장을 하게 되었다. 윤씨부인은 아들과 함께 뱃길로 한강에 이르러 서씨부인의 체백은 허주 김반의 영구와 합폄을 하고, 그 바로 위에다 시부인 허주 김반의 유언에 따라서 남편인 충정공 김익겸의 시신을 안장하였다.

(9) 서포 김만중은 어릴 때의 별명인 선생(船生)이란 말을 가끔씩 들을 때마다 자신이 난리 때에 태어나서 아버지 얼굴을 알지 못함을 평생토록 지극한 아픔으로 여겼다.[13]

(10) 윤씨부인은 길가에서 거주했는데, 어느 때는 청나라 사신이 당도하여 채색의 사다리가 문 앞을 지나게 되자 많은 사람들이 구경을 하였

---

13 김병국 등, 『서포년보』, 서울대학교출판부, 1992, 28쪽

다. 김만기는 홀로 문을 닫고, 보지 않으면서 말하기를 "이는 원수 오
랑캐를 위하여 베푼 것인데 내가 어찌 보겠는가!" 했다.[14]

(11) 윤씨부인은 조정에서 생원공 김익겸이 순절한 일로 특별히 통선랑
사헌부 지평을 추증하였기에, 이에 자극을 받아 두 아들에 대한 교
육에 더욱 정성을 기울였다.

(12) 윤씨부인은 부친인 참판 윤지가 세상을 떠나자 김만기가 13세가 된
이후에는 외증조부 윤신지, 백부 김익희에게 글 공부를 시켜서 학문
에 크게 진취하게 하였다. 김만중은 형의 스승을 따라 배우게 하다
가 그 다음에는 우암 송시열의 문인이 되게 하였다.

(13) 1643년에는 김만중이 7세의 어린 나이인데도 이미 문장의 재주를
드러내기 시작하였다. 윤씨부인은 자식들이 연이어 조부 김반과 외
조부 윤지의 상을 당하게 되자, 윤씨부인 자신도 서포에게 『소학』·
『십팔사략』·『당시』 등을 직접 가학으로 가정에서 가르쳤다.

(14) 윤씨부인은 김만기를 외증조부 윤신지와 백부 창주공에게 경서와 역
사를 배우게 주선하였다. 1646년에 김만기가 겨우 15세가 되었는데
도 두루 경사를 읽고, 시문을 지으매 아담하고 유창하니 모두 칭찬하
여 장차 대제학감의 재목으로 기대했다.[15]

---

14 김진규, 『문충공휘만기가장』
15 김진규, 『문충공휘만기가장』

(15) 이때 김만중도 김만기를 따라 시 짓기를 배웠다.[16] 1648년에 김만중은 12세가 되었을 때 이미 과거문장에 나갈 수 있을 정도로 시 짓기 능력이 성숙되었다. 김만중은 장성하매 재주가 더욱 초월하여 옛 작가의 궤범을 따르고 공부에 진력하였으나 과거문장에는 염두를 두지 않았다.[17]

(16) 윤씨부인은 김만중이 14세 때에는 총각으로 처음으로 공식적인 학교 시험인 상시를 볼 때, 몸소 상투를 매어주고 시험장에 들여보내놓고 온종일 가마에 앉아서 눈물을 흘리며 기다렸다. 이 날 향시에서 김만중은 남보다 뛰어난 문장실력으로 합격하였다.

(17) 김만기가 광주부윤으로 부임할 때, 김만중은 전송하는 시로서 어릴 때의 모친에게 글을 배우던 어린 형제간의 추억을 이렇게 썼다. "큰 아이는 낭랑하게 시와 예를 외우고 작은 아이는 글을 배우면서 젖을 떠나지 않았네. 좌측엔 죽을 가지고, 우측엔 매를 잡았네. 가르침으로서 사랑을 삼는 어머니 마음, 마냥 괴로웠겠지.[18]"

(18) 윤씨부인의 부친 윤지는 다른 자녀가 없었고, 정혜옹주도 다른 손자가 없었기에 윤씨부인은 조모 정혜옹주가 친히 안아 길렀다. 정혜옹주는 손녀 윤씨부인에게 직접 『소학』을 외워 가르쳤는데, 워낙 총명하여 한번 가르쳐주면 바로 깨달으니 항상 말하기를 "아깝다. 여자

---

16 김진규, 『문효공휘만중행장』
17 김진규, 『문효공휘만중행장』
18 김진규, 『문효공휘만중행장』

됨이여!"하였다. 정혜옹주는 윤씨부인이 성장할 때 가르치기를, "의복과 음식을 풍족하고 사치스럽게 낭비하지 말 것이며, 후일에 빈한한 선비의 아내가 된다면 어찌 이와 같이 아니할 수 있겠는가?"하였다.

(19) 윤씨부인이 젊어서 조부 윤신지와 부친 윤지를 모시고 앉아서 혹 시험삼아 시사 문제를 물으면 다 이치에 합당하게 답하였고, 예측하는 것들도 대부분 어긋나지 아니하므로 두 분이 늘 그 명달하여 사리가 밝음을 칭찬하였다.[19] 이렇게 자란 윤씨부인은 성품이 인자하고 용서함이 많아서 자손을 어루만지고 비복을 부림에 항상 은혜와 사랑으로 대하였다. 그리고 태도는 단아하고 방정하여 깨끗하고, 명랑하면서도 준엄한 열장부의 풍도가 있었다.

(20) 〈혼인할 때〉에 정혜옹주는 윤씨부인이 김익겸에게 출가하자, 경계하여 이르기를, "너의 시댁은 예법의 가문이니 부인의 법도에 어긋나서 나에게 수치스런 일을 끼침이 없게 하라"하였다. 그 훈계함이 이와 같으므로 윤씨부인이 출가할 때 나이 14세인데도 시댁 가족에게 칭찬을 얻었다.

(21) 윤씨부인의 시어머니인 서부인은 단장 정숙하여 규문의 궤범을 모두 겸비했다.[20]

윤씨부인이 며느리로 시집살이를 할 때, 집에 동서와 시누이가 많았지만 마땅하게 아니 여기는 이 없었다. 한번은 사계 김장생이 향리

---

19 김진규, 『대부인행장습유록』
20 김진규, 『문충공휘만기가장』

에 계시다가 들으시고 기뻐하여 말하기를, "내 들으니 신부 심히 어질다 하니 무릇 자식이 어미를 닮는 이 많은지라. 이 반드시 현자를 낳을지라. 내 비록 즉시 보지 못하나 실로 집이 흥할까 한다."하니 그 후 삼년에 큰 아들 김만기가 출생하였다.[21]

(22) 1637년 정축호란 때에 김익겸이 강화도에서 순절하였는데, 이때 윤씨부인은 바야흐로 잉태하여 달이 찼었다. 윤씨부인은 모친인 홍부인이 머무르고 있던 강화 포구에서 배를 얻어 화를 면하니, 이때 큰아들 김만기는 겨우 다섯 살이요, 둘째 아들 김만중은 모태에서 나오지도 않았었다.

(23) 김익겸이 순절할 때 윤씨부인은 바야흐로 만중을 임신 중이었고, 친정 어머니가 외촌에서 머무르고 있었으므로 소식을 서로 듣지 못한 채, 뱃길에서 난리를 피하고, 1637년 2월 10일에 만중을 전선 속에서 낳으니, 이때 만기의 나이는 겨우 다섯 살이었다. 윤씨부인은 비보를 듣고, 기절하였다가 다시 소생되어 말하기를 "내가 따라서 죽는 것이 지아비에 대한 도리이긴 하나, 고아로 하여금 성립하지 못하게 한다면 장래에 어떻게 남편을 지하에서 보겠는가" 하고, 아픔을 참고, 기르는데 사랑으로써 가르침을 풀지 않았다.
서부인도 병자호란에 순절함으로써 정려문이 세워졌다.[22]

---

21 김진규, 『대부인행장습유록』
22 김진규, 『문충공휘만기가장』

(24) 김만중이 젖을 먹을 때 어머니가 입으로 글을 가르쳐 주었고, 만중 또한 어릴 때부터 총명하여 곁에서 만기의 글 읽는 것을 듣고, 문득 대체의 뜻을 통했고, 7~8세부터 문재가 이미 발월하니, 사람들은 윤부인이 뜻을 가다듬어 고아를 기르고, 만중 형제의 재질이 기특함을 탄복했다.[23]

(25) 윤씨부인이 며느리로 일상에 자손들에게 일러 말하기를, "세간 부녀 능히 부모 사랑으로써 시부모에게 옮기지 못함을 한했으나, 나는 젊었을 때 맹세하여 그 말을 다하고자 하였다. 그러나 다 일찍 세상을 떠났기에 마음을 다하고자 하여도 할 수 없었음을 늙도록 통심한다."하였다. 그러나 윤씨부인은 그 일상에 깊이 침묵하시어 조금도 바깥 말을 아니하고, 아들 김만기, 김만중을 종사하기에 이르되, 또한 조정 정사를 묻지 않고, 집의 기별과 정사가 있으되 가다가 보지 않았다.[24]

(26) 윤씨부인은 일찍 남편을 잃고 홀로 지냈기에 큰 아들 만기가 귀하게 되지 못했을 때까지는 집안이 심히 가난하였다. 그래서 집의 세간을 팔아서 철철이 제사를 지낼 적에 날이 춥고 나무가 없었는데, 다만 족자 하나가 있어서 이것을 팔아서 비로소 불을 사르고 조석 자리에 다 칭대하여 지냈지만, 일찍 근심하시는 빛을 드러냄이 없이, 오직 아들 만기의 학업이 진취됨을 즐겨하였다.

또 윤씨부인은 아들 만기가 글공부를 하는 데에 사촌이 방문하면,

23 김진규, 『문효공휘만중행장』
24 김진규, 『대부인행장습유록』

"공부를 쉬지 말라."하시며, 스스로 음식 대접함을 게으르게 하지 아니하였기에 가난하지 아니한 집 같이 느끼게 되었다. 먹을 것이 없을 때에도 베를 짠 옷감과 몇 말의 곡식으로 사고 팔 때, 즉시 부르는 값을 주시고, 만약 그 값이 뜻에 마땅치 않으면 사례하여 보내고, 이로 인하야 더불어 값이 싸고 비싼 것을 다투지 아니하였다.[25]

(27) 윤씨부인은 난리가 난 지 얼마 되지 아닌 때여서 책을 구하기가 어려웠다. 『맹자』, 『중용』 같은 모든 책을 모친 윤씨부인은 곡식으로 구입하였고 『좌전』을 팔고자 하는 자가 있어서 만기가 사고 싶은 마음이 간절하였으나, 수가 많으므로 값을 감히 묻지 못했다. 그러자 윤씨부인이 곧 베틀에 있는 명주를 다 베어 그 값을 치르니 그 이후로는 아무런 저축이 없었다.

또, 윤씨부인은 이웃 사람 중에 옥당의 아전이 된 자에게 부탁하여 홍문관 내의 사서와 『시경언해』를 빌려 모두 손수 등초하였는데 자획이 정교하고 섬세함이 구슬을 끼운 것과 같았고, 한 구절도 구차함이 없었다.

(28) 윤씨부인은 이런 가정 형편 속에서 두 아들 만기와 만중이 어렸을 때 밖에서 따로 스승을 모실 수 없었기 때문에 직접 『소학』, 『사략』, 『당시』 등을 가르쳤는데, 장애는 많았지만 공부의 과정은 지극히 엄격하게 했다. 그래서 항상 말하기를, "너희들은 다른 사람과는 같지 않으니 남보다 한층 더 공부해야 겨우 남들과 같은 공부 수준에 들리

---

25 김진규, 『대부인행장습유록』

라.”하고, “사람들은 행실이 없는 자를 꾸짖으며 말하기를 반드시 과부의 자식이라 하니 이 말을 너희들은 마땅히 뼈에 새기듯이 깊이 명심하라.”하였다.

(29) 윤씨부인은 두 아들 만기, 만중이 허물이 있으면 반드시 손수 매를 잡고 우시면서 말하기를, “너희 아버지가 너의 형제를 나에게 부탁하고 세상을 떠나셨으니, 너희들이 만약 이와 같이 한다면 내가 무슨 면목으로 너의 아버지를 지하에서 보겠는가? 학문을 아니 하고 살려면 빨리 죽는 것만 같지 못하다.” 하였다. 그 말씀의 애통 박절하심이 이와 같으시므로 만기의 문장이 비록 천품적이긴 하지만 그 공부가 일찍 성취된 것은 모친 윤씨부인의 격려한 힘이 많았고, 만중은 어둡고 미련하여 스스로 포기할 정도였지만, 모친의 가르침이 지극하였기 때문에 성취한 것이다.

(30) 윤씨부인이 손자 진규 등에게 말하기를, “정축호란 때에 내 천행으로 죽지 아니하여, 성중을 돌아보니 불꽃과 연기가 하늘에 치솟고 죽고 신음하는 소리가 사방에서 들려서 살고 싶은 마음이 없어 장차 바다에 빠져 죽기를 결단하고 물속으로 뛰어들어가 물이 허리까지 차올라왔는데, 그 때 마침 비복이 지나가는 배를 불러서 모친 홍씨가 붙들어서 배에 올렸다. 그때는 아이를 잉태하여 달이 찼기 때문에 온몸이 얼고 젖어서 이슥토록 정신이 없다가 깨어났으니, 이는 하늘이 가엾게 여겨서 자손을 보존하려고 하심이라. 내가 이렇게 하여 살아났네. 무릇 어머니 홍씨부인이 능히 절개를 온전히 지켜 다시 살아남은 것은 참으로 천행이라. 다시 만일 난리를 당하면 오직 죽기를 결

단할 것이라."하시더라.[26]

(31) 우리나라 풍속에 첫째 아들과 나머지 아들을 구별하지 아니하고 모두 돌려가면서 선대의 제사를 지내는 까닭에 이런 일을 빙자하여 재산을 나누게 되니, 그 분재함에 차등이 없었다. 그래서 윤씨의 집안에서도 이런 풍속을 따르되, 윤씨부인은 홀로 이것이 적절하지 않다고 하여서 자식들이 돌아가면서 제사하지 말게 하고, 재산을 나눌 때에도 당신께서 박히 하시고 종가에는 후히 하여 제사를 모시게 하였다.[27]

(32) 윤씨부인은 시아버지 친척들과 의논하여 허주공 김반의 장지를 충청도 회덕 정민리로 정하고 장례를 치루었다. 남편 김익겸은 그 뒤에 부장하게 되었는데, 어느 지관이 말하기를 "그 장소가 후손에게 이롭지 못하다."하였다. 이에 윤씨부인의 부친 윤지가 의심하시어 윤씨부인에게 말하기를, "나의 힘이 능히 개장할 만하고, 내 마음으로는 한양으로 장지를 옮겨서 절일 때에 성묘하는 데에 편하게 하려고 하고 싶은데, 너는 어떻게 생각하느냐." 하였다.

이때 윤씨부인이 부친에게 대답하기를, "풍수의 말이 본래 망매하여 믿기 어렵고, 선영을 한양 부근으로 이장을 한다면 신도가 편안할 것으로 생각은 되지만, 충청도에는 시댁 가족들이 많이 거주하는 만큼 아이가 장성하기 전에는 그들에게 수호를 의뢰하고 싶으므로, 이장을 원하지 않습니다." 하였다.

---

26 김진규, 『대부인행장습유록』
27 김진규, 『대부인행장습유록』

(33) 부친 윤지가 병으로 누워계시므로 가히 시중을 들만한 자손이 없
는지라, 윤씨부인이 홀로 앉거나 눕거나 할 때 간호하시고, 약물을
맛보아 밤을 세워서 죽음을 기다리기에 이르러 또한 비복을 시키
지 아니하시고, 또 이따금 시서와 이문을 담설하여 병회를 기뻐하
게 하니, 대개 눈을 붙이지 아니 하시고 끼니를 거르심이 심히 오
래였다.[28]

(34) 그 후 참판공 윤지가 세상을 떠나자, 홍부인은 애통과 신병으로 일을
보살피지 못하고, 또한 자제들의 가사를 간검할 만한 사람도 없었다.
그래서 윤씨부인은 홀로 몇 명의 여종과 더불어 장례에 필요한 물품
을 장만하되, 의상 침구와 제사 음식을 정결하고 풍결하게 하여, 예
절에 맞지 않은 것이 없게 하니, 보는 사람들이 특이하게 여겼다. 윤
씨부인은 그 후에 어머니 홍부인의 상을 당했을 때에도 그와 같이 하
였다.

(35) 함께 살아가던 친정의 부모가 다 세상을 떠나자, 집안 형편은 더욱
어려워졌기 때문에 윤씨부인은 몸소 길삼을 하여 조석을 이어가야
하는 형편이 되었지만, 두 아들 만기와 만중이 그런 형편을 알면 어
릴 때부터 공부에 방해가 될 것을 염려하여 항상 태연하여 근심과 격
정을 하는 모습을 보이지 않았다.

---

[28] 김진규, 『대부인행장습유록』

(36) 윤씨부인은 곤궁함을 갖추어 두루 겪었지만, 재산붙이에는 담백하여 거리낌이 없어서 일찍 부녀의 인색한 기운이 없었고, 비록 얻었으나 그것이 적절한 것이 아니면 물리치시고, 비록 얻는 것이라 해도 남에게 베풀고자 하면 곧 나누어주었기에 감추어 두었다가 매매하여 세간붙이로 하지는 않았다.[29]

(37) 윤씨부인이 만년에 자손에게 말하기를, "옛날 정축년에 망극한 난리를 만났을 때, 큰 아들 만기는 어리고, 작은 아들 만중은 뱃 속에서 해산을 하였고, 또 두 아이가 오래동안 역질을 앓았기 때문에 진실로 그 아이들이 살아견딜 수 있을지를 점치기도 어려운 형편 속에서 너무나 애석하여 잇받아 기르고 가르칠 형편이 되지 못하였지만, 내가 생각하기를, '내 죽지 않은 것은 아비 없이 외롭게 크는 아이들을 제대로 세우기 위함이니, 만일 어려서 가르침을 잃어서 마침내 배우지 못한 무식한 사람이 되면 비록 장성한다 해도 자식이 없는 사람과 다르지 아니할 것이니, 진실로 내가 가르침을 다하다가, 저 아이들이 혹시 단명하여 능히 뜻을 이루지 못하면 내가 다시 어이 구차히 살겠는가?' 이러므로 능히 용경하여 힘들어 하는 모습을 보임 없이 독서에 열중케 함을 심히 엄하게 하였더니, 이제 손자들이 글을 착실히 읽지 아니함을 보니, 독서에 열중케 함을 능히 옛날과 같이 못하니, 이는 시세가 비록 같지 않음이 아니라, 내가 기운이 또한 쇠하였음을 알겠네. 슬프다, 너희 여러 손자들은 옛날 힘들게 너희 아비 형제를 가르쳐 출세시킨 줄을 알아라."하였다.[30]

---

29 김진규, 『대부인행장습유록』
30 김진규, 『대부인행장습유록』

(38) 윤씨부인은 두 아들을 낳았는데, 맏아들은 김만기요 영돈녕부사 광
성부원군로서, 일찍이 병조판서와 대제학을 지냈다. 윤씨부인은 큰
아들 김만기가 직급이 높고 현달하였을 때에도 기쁜 기색을 보이지
않았었는데 대제학이 되었을 때에는 탄식하며 말하기를, "내 홀로
너희 형제를 가르치며 항상 두려워하기를, 너희들이 고루하고 배움
이 없어 네 아버지에게 수치와 모욕이 될까 걱정하였는데, 이제서야
거의 모면하게 되었다." 하였다.

(39) 윤씨부인이 남항의 옛집에 있을 때, 이미 일품의 작위를 받았지만,
스스로 몸가짐이 빈천할 때와 다름이 없이, 거처하는 방의 도배한
종이가 옛 휴지로 만들어 헤어지고 더러워 쓰지 못하게 되었으나 바
꾸지 아니하였다. 또 집을 옮김에서도 자손들이 가까이 거처하는
이가 있으므로 도배한 종이를 그대로 두었기 때문에, 후일에 새로
혼인한 집에서 들어와 보고서는 칭찬하기를 "아무 부인이 존귀함으
로서 그 검소함이 이 같으니 이는 진실로 세상에 드문 일이다." 하
였다.[31]

(40) 윤씨부인은 큰 아들 만기가 일찌기 모친을 위하여 털옷을 지어 드려
추위를 막게 하니, 윤씨부인이 드물게 입을 열어 말하기를, "너의 정
성으로 주는 것이기에 받아서 억지로 잠깐 입었으나, 내 성품이 이런
귀한 의복을 즐기지 아니한다." 하였다.[32]

---

31 김진규, 『대부인행장습유록』
32 김진규, 『대부인행장습유록』

(41) 윤씨부인은 이미 궁궐에 손녀를 왕비로 두었을 때, 일로 인하여 궁중에서 담비 털옷을 내려주었으나, 아껴서 감추어두고 입지 아니하기에 손자들이 그 옷을 입으라고 권하자, 윤씨부인이 말하기를, "은혜로이 내리신 것을 마땅히 귀히 여겨서 공경해야 할 것이니, 어찌 감히 섣불리 입겠는가?" 하였다.[33]

(42) 윤씨부인은 평소에 음식과 의복을 다 고풍에 준하여 입고, 당시의 유행을 따르지 않았다. 그런데, 궁궐과 인연을 맺고부터는 더욱 순순히 집안 식구들에게 경계하여 책망하기를, "이상한 음식은 먹지 말고, 기묘하고 정밀하지 않은 것은 취하지 말아라." 하였다. 이렇게 말한 것은 대개 왕가 인척들이 숭상하는 바를 따르다보면 사람들이 장차 사가보다 사치한다고 지적할 것이므로, '마땅히 더욱 검약으로 해야 한다'고 주의시킨 것이다.[34]

(43) 윤씨부인은 일상생활에서 검소해야 한다고 자손들을 권하였는데, 손자 진규가 일찍이 옷이 뚫어져서 기워달라 하였으나 부인이 궁색하게 보인다고 입지 말라고 권하자, 마침 옆에 있던 윤씨부인이 말하기를, "부인은 당연히 검약으로써 장부를 도와야 할 것이므로 세상사람들이 따르는 화려하고 사치한 것을 즐기는 태도를 본받지 말아라. 알지 못해서 그러는지 몰라도 비록 장부가 옷을 기워서 입었다고 사람들이 조롱하며 웃을지라도 어찌 부끄럽다고 생각해야 겠는가? 마땅히 즉시 기워서 내 손자에게 입혀라." 하였다. 부인이 이에 명령을 따

---

[33] 김진규, 『대부인행장습유록』
[34] 김진규, 『대부인행장습유록』

르니, 윤씨부인이 손자인 진규에게 말하기를, "네가 벼슬길에 나선 이후에 입게 되는 의복을 그 전에 입던 베옷보다 화려하지 않게 하여 입어라." 하였다.[35]

(44) 또 윤씨부인은 여러 손자들에게 말하기를, "너희들은 오직 학문에 힘쓰되 빈곤을 근심하여 이익을 얻고자 하는 것에는 마음에 두지 말아라. 사람이 비록 가난해질 수는 있지만 굶어죽는 사람은 적으니라." 하였다. 또, 자손들에게 말하기를, "내 성정이 오활하여서 비록 부녀가 되었지만 가산을 중히 여기지 아니하고 오직 학문을 귀히 여기니 전생에는 몸이 응당 남자였을 것이다." 하였다.[36]

(45) 윤씨부인은 부친 참판공 윤지가 말년에 서자를 두었기에, 부친이 세상을 버린 후에 종질을 계모 어머니처럼 섬겨서, 늙기에 이르도록 사람들은 적자와 서자 출신의 차별을 한다는 말이 없었다. 윤씨부인은 그들과 살림을 나눌 때에도 밭은 천박한 것을, 노비는 늙고 가난한 자를 선택하여 말하기를, "내가 청렴하다는 이름을 얻기 위한 게 아니라, 이렇게 선택하는 것이 내가 하고자 하는 것이기 때문이다." 하였다.

(46) 윤씨부인은 이복동생이 세상을 떠나자, 그의 고아를 데려다가 자기 손자와 더불어 같이 배우게 하였고, 이때 윤씨부인은 이미 나이가 들어서 56세가 되었지만 손자를 여러 명이나 직접 가르쳤는데, 이것은 즐거워서 하는 일이었기 때문에 피로하다는 생각을 하지 않았다.

---

35 김진규, 『대부인행장습유록』
36 김진규, 『대부인행장습유록』

(47) 윤씨부인은 스스로 미망인이라 일컬으며, 종신토록 몸에 빛난 의복을 가까이 아니하였고, 연회에 참여하지 아니하며 음악도 듣지 않았다. 한번은 큰 아들 만기가 영귀하게 되어 수연을 베풀 것을 간청하였으나 끝내 허락하지 않았다. 오직 자손이 과거에 급제한 경사에서만 잔치와 음악을 허락하면서 말하기를, "이는 진실로 문호의 경사요, 내 한 몸의 사사로운 기쁨이 아니다."하였다.

(48) 윤씨부인은 둘째 아들 만중이 일찍이 병조판서를 제수 받고는 사직하기를 굳게 하면서 병권을 잡는 것을 즐거워 아니하시고 즉시 바꾸지 못함을 깊이 근심하다가 드디어 숙종의 윤허를 받다 사직을 하게 되니, 혼연히 손재[김진규]에게 말하기를, "너의 숙부가 거듭하여 상소하여 병조판서를 거두어 주시기를 간청함을 보니, 내 마음이 안타깝더니 이제야 임금께서 청원을 들어주시니 내 마음이 심히 상쾌하다." 하였다.[37]

(49) 윤씨부인이 뒤에 인경왕후가 된 손녀가 어릴 때에는 직접 품에서 키우셨는데, 반드시 바름으로써 가르쳤기에, 어린 나이 11세로 세자빈 간택에 응하게 되었을 때, 주선에 응답하면서 말하기를 성인과 같이 하니 궁중 사람들 모두가 기뻐하고 탄복하였다.

(50) 윤씨부인은 이따금 인경왕후를 보게 되면 문득 경계하여, 옛 어진 왕비의 일을 일컬으며 조금도 사적인 혜택에 대한 언급은 하지 않았으

---

37 김진규,『대부인행장습유록』

므로, 효종의 왕비인 인선왕후 장씨, 현종의 왕비인 명성왕후 김씨인 두 국모는 정경부인 윤씨부인을 공경하고 존중하였다.

(51) 1680년에 인경왕후가 승하하자 자식이 없었기 때문에 평소에 사용하시던 의복과 기물을 왕자와 공주에게 넘겨줄 곳이 없었다. 그래서 선왕 현종의 왕비 명성왕후가 궁인에게 말하기를, "내가 차마 물건을 보지 못하겠다. 이제 이 물건들을 인경왕후의 본가에 주고자 하니 나의 뜻 전달하라."하니, 이 말을 전해들은 윤씨부인이 답하기를, "인경왕비께서 비록 불행하시여 아들이 없으셨으나, 훗날에 국가에서 자손의 경사가 있으시면 이 또한 인경왕후의 자손이시니 저장하여 기다림이 옳을 뿐만 아니라, 궁중에서 사용하시던 좋은 물건을 어찌 감히 사가에 둘 수 있겠습니까?"하니, 궁인이 복명하자 명성왕후는 크게 칭찬하면서 말하기를 "내가 진실로 본가의 훌륭함이 이렇게 처리할 줄 짐작했다." 하였다. 숙종께서 이 말을 들으시고, 또한 말씀하기를 "이는 사군자의 행실이로다." 하셨다.

(52) 윤씨부인은 큰 아들 만기가 일찍이 경기도 고을의 원이 되어 녹봉이 적어 봉양이 부족함으로써 한탄하니, 윤씨부인이 말하기를, "다행히 국은을 입어 따뜻한 온돌방에서 배불리 먹는데 이것이 부족하다면 어디서 만족을 취하겠는가. 네가 능히 직책에 마음을 다한다면 이 봉양이 이보다 더 두텁겠느냐?" 하였다.

(53) 윤씨부인의 나이가 많아지자 김만기가 미리 모친의 수의를 마련하고자 했는데, 이 사실을 아시고 말하기를, "1637년 정축년 호란 때 너의

아버지 김익겸의 상사를 당하여서, 재물이 없어서 장례의 예절을 제
대로 갖추지도 못한 점이 많은데, 이제 나에게 그 보다 더 잘할 수 있
겠는가?” 하였다. 이에 김만기가 대답하기를, “전후의 가정 형편이
같지가 않습니다?” 하니, 윤씨부인이 말하기를, “내 또한 그것을 어찌
모르겠는가? 다만 같은 무덤에 장사를 지내면서 후하고 박함이 서로
다르다면 내 마음이 어찌 편안하겠느냐.” 하였다.

(54) 1687년 봄에, 큰 아들 김만기가 윤씨부인의 슬하를 영원히 떠나게 되
었는데, 그때 윤씨부인 나이는 칠십이 넘었다. 자손들은 차마 최복을
드리지 못했다. 그러자, 윤씨부인이 묻기를, “어찌해서 상복을 만들
지 아니 하느냐?”하였다. 자식들이 대답하기를 “우리나라 풍속에 부
녀자들은 오직 3년상에 최복을 갖추고, 기년복 이하는 다만 의대로
써 성복하는데, 이번 일은 기년복에 해당되므로 최복을 만들지 않았
습니다.” 했다. 윤씨부인이 말하기를, “장자의 복을 어찌 다른 기년
복에 비하겠는가?”하시고, 드디어 예문과 같이 성복하셨다.
이때 둘째 아들 김만중은 윤씨부인이 상을 당해 애달픔 속에 있으면
서 모친이 조석으로 슬퍼 눈물을 흘리며 병환이 될까봐 염려하여 자
기집으로 모시고자 하였다. 그러자 윤씨부인이 울면서 말하기를,
“내 비록 늙고 병들어 제사에 참여하지 못하지만, 조석으로 곡소리
를 들으면 내가 참제함과 같은 생각이 드는데, 만약 너의 집에 간다
면 어떻게 마음을 진정하겠는가? 또한 여러 손자를 보면 그 아비를
보는 것과 같은데, 만일 너희 집에 가 있으면 저 손자들이 어떻게 나
를 자주 와서 보겠는가?” 하시고, 여러번 간청해도 따르지 않았다.
이처럼 비록 비애 중에 있으면서도 예문을 돈독함이 이와 같았다.

(55) 윤씨부인은 젊어서는 병환이 들어서도 탕약을 들지 않았는데, 중년 이후로는 비록 자손을 위하여 억지로라도 먹었지만 비싼 약과 인삼 같은 것을 더욱 즐겨하지 아니하였다. 그런데 1687 가을에는 큰 아들은 죽고, 둘째 아들은 유배중인 상황에서 병환이 생겨 아주 위중하게 되어 의원이 말하기를 "마땅히 인삼을 많이 써야 합니다." 하되, 잘 잡숫지 아니하여서 손자인 진규가 심히 염려하여 감히, "인삼탕으로 달임이라," 말하니, 병환이 혼침하여 능히 살피지 못하고 먹었으나, 병에서 회복된 다음에 탄식하여 말하기를, "너희가 나를 속여서 또 구차히 목숨을 건지게 되었다." 하였다.

또, 타락죽을 달인 약이 제호탕이다. 사람들이 늙은 때의 보양으로 먹는 것인데, 윤씨부인은 잡숫지 않는 것은 홀로 검약을 하고자 하는 것이 아니라, 그 뜻이 대개 정축호란 이후에는 잔치에 참례하지 아니하고 음악도 듣지 않는 것과 같은 뜻이었다.[38]

(56) 1687년 가을에 둘째 아들 김만중이 국사를 쟁론하고 직언하다가 서새인 평안도 선천으로 귀양을 가게 되었다. 이때 윤씨부인은 성 밖에서 아들을 전송하시면서 말하기를, "나의 염려는 하지 말아라." 하였다.

(57) 1688년에 나라에서는 숙종이 왕자를 얻은 큰 경사가 있어, 둘째 아들 만중이 유배에서 석방되는 은혜를 입고 집으로 돌아와서 윤씨부인을 모시게 되었다. 그러나 몇 달이 채 되지도 않아서 다시 기사사화가

---

38 김진규, 『대부인행장습유록』

일어났다. 그러자 윤씨부인은 곧 둘째 아들 김만중이 다시 국문을 당하고 사형에서 겨우 감면되어 남해로 위리안치 되었고, 이어서 두 명의 손자도 잇달아 남쪽의 절도인 제주도와 거제도로 귀양을 가게 되는 슬픔을 맞게 되었다.

(58) 윤씨부인은 천성이 글을 좋아하여서 늙어서도 글 읽기를 폐지하지 아니하였고, 더욱 더 역대의 치란과 명신의 언행을 읽기를 즐겨하여서 그 읽은 것을 새겨두었다가 이따금 자손에게 가르쳐주었고 음영에는 마음을 두지 않았다.

(59) 윤씨부인은 부녀를 가르칠 때에는 길삼, 음식, 차사, 향사에 넘지 않았고, 일에 임해서는 더욱 경건하여 이미 집안일을 며느리에게 인계하였음에도, 몸소 그릇도 씻고 반찬을 만들었기 때문에 특별히 심한 질병과 피곤함이 아니면 남에게 대리로 시키지 않았다.

(60) 윤씨부인이 이미 나이가 많이 들었으나 오히려 손수 바느질을 하면서, 자손들이 그렇게 수고롭게 하지 말기를 청하면 대답하기를, "남자가 독서를 하고, 여자가 바느질을 함은 직분임이니, 내가 비록 늙었으나 어찌 편안하게만 있겠는가? 내 본디 성품이 바느질하기를 좋아하기에 괴로움이 없다." 하였다.[39]

---

39 김진규, 『대부인행장습유록』

(61) 윤씨부인이 여러 번이나 상을 당하는 아픔을 맞아서 상을 치르면 몸에 병이 많이 생겼지만, 그 정력이 남보다 뛰어나고 총명이 늙어서도 조금도 줄어들지 않아 눈빛이 늘 맑고 밝아 소년같이 능히 등불 아래에서도 작은 글자를 볼 수 있었고, 어렸을 때 배운 구두점을 다 기억하였다. 윤씨부인의 유액하심이 이와 같으므로 모든 손자들이 두려워하면서도 귀엽게 대하여 스스로 오고, 줄 지어서 옆에서 모시되, 감히 태만치 못하였다.

또, 윤씨부인의 여러 손자들이 곁에서 함께 글을 읽을 때, '이오' 하는 소리가 잡되므로, 혹 노모가 병환 중에 고요히 요양하는데 해로울 것을 염려하여 여쭈니, 윤씨부인이 말하기를, "내가 이 소리를 좋아하니, 비록 소리가 크게 나더라도 나에게는 시끄럽게 들리지 않는다." 하였다.[40]

(62) 윤씨부인은 충서하고 인후하여 조금도 시기하는 마음이 없어 매양 큰 며느리에게 말하기를, "내 평소에 며느리들이 친정의 편을 드는 야박한 습속을 싫어하였는데, 어찌 우리 며느리는 전혀 나만을 받드는가? 이제 친가의 모친이 늙었고, 자녀 중에는 오직 네가 귀히 되었으니 마땅히 시집과 친정의 두 집 노모를 고루 봉양하며, 한 가지 맛있는 음식이라도 있으면 반드시 나누어 누리게 해야 할 테니, 나에게만 잘 대하지는 말아라." 하였다.[41]

---

40 김진규, 『대부인행장습유록』
41 김진규, 『대부인행장습유록』

(63) 윤씨부인은 큰 아들 김만기가 세상을 떠난 이후로는 공양의 풍성함이 이전보다 못하였으나, 염연히 하여 평안히 여기었다. 또, 평소에 검약한 것은 대개 천성으로 타고난 것이었다. 그래서 세속의 부인들이 혹시 늙은이 봉양이 풍성하거나, 박약함으로써 기뻐하고 기뻐하지 않음이 많다고 생각할 수가 있다 하겠지만, 윤씨부인은 좋은 음식이 많이 있음을 보시면 탄식하고 불편하게 생각하였다.

또, 탄식하며 말하기를, "우리 할아버지께서 귀한 궁궐의 음식을 대하고서도 스스로 심히 검박하게 행동하였고, 일찍 소의 간을 먹으려고 하였다가 값이 너무 비싸므로 잡숫지 아니 하였는데, 이제 내가 지금 누리는 바를 보니, 마음에 심히 불안하다." 하였다.[42]

(64) 윤씨부인은 손자 김진규가 감사가 되었을 때, 관할 내의 수령이 윤씨부인의 생일을 맞아서 옛 규례에 의거하여 폐백을 보내왔는데, 사람은 진실로 통가의 자제였다. 모든 사람들이 의리상 가히 사양할 수 없다고 하였으나, 윤씨부인은 끝내 받지 아니하였다. 그 까닭은 말세에 교묘한 사기로 아전과 시정배들이 청탁을 일삼고, 임관한 존속의 부녀들이 뇌물을 보내는 행위가 있었기 때문이다.

(65) 윤씨부인은 1689년에 바야흐로 아들과 손자들에게 이런 엄청난 우환이 생기자, 날로 글을 보면서 갑자기 세상을 떠나기 전까지는 손자들에게 몸소 글을 가르치고 재봉을 일삼았다.[43]

---

42 김진규, 『대부인행장습유록』
43 김진규, 『대부인행장습유록』

(66) 윤씨부인은 세상을 떠나기 며칠 전까지만 해도 순순하게 근검으로써 며느리와 손자 며느리를 경계하고, 이 밖에는 오직 아들 만중과 세 손자가 귀양 가 고생하고 있는 것만을 말하면서, 다른 자손에 대해서는 염려하는 것이 없었다.

(67) 윤씨부인은 평소에 기침 병환이 있어서, 추운 계절을 당하면 재발하였었다. 그러던 중에 큰 아들 김만기의 상을 당한 이후에도 연이어 둘째 아들과 여러 손자가 유배를 가는 근심과 충격적인 슬픔을 당하자 병이 더욱 심하여져서, 1689년 겨울에는 병환이 위독한 중에도 오히려 손자들과 증손자들에게 훈계하기를 "가정의 환란으로써 위축되지 말고, 당장 쓸데없다고 하여 학업을 폐하지 말아라." 하였다. 이런 중에도 조석 상에 조금만 색다른 만찬이 있으면 기뻐하지 않으며 말하기를 "우리집 음식이 본래 이와 같지 않았다."고 하였다.

(68) 윤씨부인이 손자 진규 등을 교훈할 때에는 비록 엄하게 하면서도, 간간이 독서 여가에 더불어 동자에 희롱하되, 그 희롱이 모두 글과 사기에 있는 일을 가지고서 손자들로 하여금 놀고 쉴 때에도 글붙이에서 떠나지 않게 하니, 이로써 윤씨 할머니에게 배우는 손자들은 싫게 여기거나 게으르게 되지 아니하였다. [44]

(69) 윤씨부인이 여러 손자 진규 등에게 말하기를, "과거급제를 하고 못하는 것은 운명에 달린 것이니, 선비 되는 자는 마땅히 자신에게 있는

---

[44] 김진규, 『대부인행장습유록』

것을 다할 따름이다. 비록 과거급제를 못 하였을지라도 진실로 글을
잘 못하면 부끄러움이 이보다 심함이 없다." 하였다.[45]

(70) 윤씨부인이 글로써 자손을 경계하되, 혹 방탕한 자를 보시면 꾸짖고
겸하여 말하기를, "행실이 없으면 글을 무엇에 쓰리오. 이 아이를 마
땅히『소학』을 가르쳐라."[46] 하였다.

(71) 윤씨부인이 모든 손자 김진규 등에게 부정한 여색을 금하되 이웃집
에 부녀가 투기하는 말을 들으면 심히 못 마땅히 여겨서 말하기를,
"남자는 마땅히 예로써 몸을 다스리며 부인은 마땅히 투기를 아니하
기로 덕을 삼아야 한다." 하였다.[47]

(72) 윤씨부인이 모든 손녀들에게 옛사람의 훈계를 알게 하려하니, 손자
진규가 일찍 반소의 여계를 언해하니, 윤씨부인이 보시고 심히 기뻐
하여 손수 한 통을 써 내시어 증손자를 주어 말하기를, "너희는 마땅
히 이것을 알아야 할 것이라." 하니, 그때에 윤씨부인의 나이는 칠순
이 넘었으나 가르침을 베풀기를 게으르지 아니하였다.[48]

(73) 윤씨부인은 성정이 인자하여서 일찍 죽은 병아리를 보고 불쌍히 여
겨서 이로 인하여 평생토록 닭고기를 잡숫지 아니하였고, 비록 꽃나

---

45 김진규,『대부인행장습유록』
46 김진규,『대부인행장습유록』
47 김진규,『대부인행장습유록』
48 김진규,『대부인행장습유록』

무 같은 식물이라도 봄을 맞아서 피어나면 아이들이 꺾는 것을 금하
였다.[49]

(74) 윤씨부인은 오랜 기간 길가 집에서 거주하고 있었다. 그 때 시절이
흉년이 들어서 아표가 들에 깔렸고, 거지들의 처량한 구걸소리가 늘
문밖에 이르렀다. 윤씨부인은 이를 불쌍히 여기어 비록 집에 있는 양
식이 없지만 그냥 보내지 아니하고, 밥을 나누어 먹었다.[50]

(75) 윤씨부인이 말하기를, "우리 조부인 문목공 윤신지가 옛날에 나에게
이르기를 '너는 마땅히 두 아들의 영화를 두루 보려니와 수한을 오십
이 지나지 못하리라' 하시더니, 어찌 박한 목숨이 이제까지도 죽지 않
을 줄을 알았겠는가? 조부께서 살 나이를 짐작하는 것이 오히려 이
같으시니 사람의 점을 치는 것을 믿지 못할 것이라." 하였다. 이는 대
개 문목공 윤신지가 오행서를 깊이 알아서 사람의 수요와 귀천을 추
산하면 맞지 않음이 적으므로, 할머니가 총명하시기 때문에 그 비법
을 전하고자 하므로, 윤씨부인이 사양하였는데, 만년에 여러 가지 책
을 두루 읽다가 여가에 마침 자미수를 보시고, 혹 자손 친족의 명수를
희롱하여 수를 놓아 소일하시면서도, 스스로 믿지 않으시더니, 1689
년 봄에 둘째 아들 만중에게 말하기를, "내 목숨이 금년에 다하게 된
다." 하였는데, 그것이 과연 맞게 되었다. 그러나 윤씨부인은 평일에
스스로 자손들에게 수명을 계산해 두는 것을 보지 못한 것은 이것을
술수로 이르심이 아니라, 그 천품이 고명하시어 스스로 기력을 헤아

---

49 김진규, 『대부인행장습유록』
50 김진규, 『대부인행장습유록』

리시고 가운을 참간하여 미리 알고자 한 것이다.[51]

(76) 1689년에 윤씨부인의 손자며느리가 외약하여 감히 본가에 평안히 있지 못하고 이사하여 거처를 정하지 못하니, 며느리가 윤씨부인을 그 집에 모셨다. 겨울에 이르러 병환이 날로 위태하여 본가인 큰 아들의 집으로 도로 오고자 하니, 모시는 자가 병환 때문에 옮기기가 어렵게 여기므로 윤씨부인이 말하기를, "내 병이 들었는데, 여기도 또한 자식의 집이지만 마땅히 큰 아들의 집에 돌아가서 죽겠다."하고, 거듭 거듭 말을 심히 엄하게 하니, 자손이 감히 어기지 못하여 붙들어 교자에 뉘어 돌아오니 안색에 심히 기뻐하는 모습이 역력하였다. 그리고 나서 오래지 않아 갑자기 세상을 떠나니, 비록 병환으로 정신이 혼미할 때라도 능히 예의를 갖추고 세상을 떠났으니 가히 역책하는 의리에 가깝다고 하겠다.[52]

(77) 1689년 숙종께서 존후하실 때에, 궁중 잔치에 윤씨부인의 며느리가 승명하여 들어가 참예하니 맏며느리 정경부인 이씨와 계녀 이주신의 처가 좇아 들어와 임금의 뜻을 받들어 영소전에 내알할 때 , 상감이 감실 안의 주렴을 걷으시고 옛 일을 생각하면서 눈물을 머금으니 부부인이 복지하여 눈물을 흘리기를 마지 아니하니, 상감이 명하셔, "전에 올라 봉심하라." 하시니, 이 때 제이 손자 사복판사 보택은 옥책을 읽고, 제삼 손자 운택은 옥책을 받드니, 인경왕후 지친으로서 집사에 막혀 시중 받아 한가지로 입시하니 일문이 다 영감해 하였다.[53]

---

51 김진규, 『대부인행장습유록』
52 김진규, 『대부인행장습유록』

(78) 윤씨부인의 며느리가 옛일을 생각하기를 반드시 도탑게 하였다. 문충공 김만기가 윤씨부인을 따라 조부 해숭위 윤신지 댁에서 생양 권비함을 받음이 심히 중하였는데, 매양 해숭위 윤신지 댁에서 제사를 지내면 윤씨 집의 여러 자손들이 즉시 가지 아니하면 엄히 책망하여 용납하지 못하게 하니, 자기 집안 제사와 같이 참예하였다.[54]

(79) 김만기와 김만중은 벼슬길에 나간 이후로 간단한 편지도 어머니 윤씨부인의 앞으로 온 일이 없었으니, 이로써 가히 다른 것을 알 수 있다. 사람이 화를 당하거나 곤궁에 처해도 민망하게 여기지 않고, 영귀에 임해서도 교만하지 않으셨으며, 참혹한 화를 만나면 사람으로 감내하지 못할 일이지만, 의리와 운명에 조금도 흔들리지 않고 위축되지 않았으니, 이는 남보다 뛰어난 천성만이 아니라 서책을 널리 읽고 옛일을 살핀 힘에 있었다. 그러하기에 친척과 이웃에서 보기를 엄한 스승과 같이 여겨 모두 모범으로 삼게 되었다. 그의 발언과 처사가 의리에 합하여 궁중의 풍화를 돕고 영광스럽게 임금의 표창을 받았으니, 이는 또한 근대의 규문에서 듣기 드문 일이다.

옛날에 이른바 '여자로서 선비의 행실을 지녔다.'는 말처럼, 윤씨부인은 진실로 부끄러움이 없이 살았다. 옛글에 이르되 '선을 쌓은 집은 반드시 남은 경사가 있다'고 하였고, 『서전』에 이르기를 '가득하면 해로움을 부르고, 겸손하면 유익함을 받는다'고 하였듯이, 윤씨부인 같은 분은 선을 쌓고 보탬을 받는 도에 적합하지 않음이 없었는데, 1637년에 남편상을 당하였기에 많은 어려움을 겪었으나, 이로

---

53 김양택, 『서원부부인행록』
54 김양택, 『서원부부인행록』

인한 근심은 얼마 안 되어 인경왕후가 승하하여 더욱 슬픔을 느꼈다. 게다가 큰 아들 김만기가 효성을 다하여 봉양함을 마치지 못하고 먼저 세상을 떠났고, 그 후에도 유배로 자식과 손자가 나뉘고 흩어져서 세상에서 슬피 여기는 바가 되셨다.

이것은 사람에게 보답하는 하늘의 이치가 의심스럽게 하는 일이다. 비록 그러하지만 세상에서 선과 복을 향유하여 한 평생을 부귀로 즐겁게 지내면서도 죽는 날에는 남들로 하여금 칭찬할 만한 사실이 없다면 이는 진실로 윤씨부인에게 부끄럽게 여길 것이다.

(80) 윤씨부인은 친정집에서 생장하고 있었지만, 살림이 궁핍해져서 집안이 심히 좁고 퇴락하였다. 조금도 젊었을 때 좋은 집에 살던 생각을 마음에 두지 아니하고, 서고를 나누어 준 새로운 집을 얻어서 부모를 모시고 이사를 할 때에도, 의색이 없고 오직 고명함으로서 경계하였다.

또 손자인 김진서가 그 처가에서 준 헌집을 얻어 잠깐 보수하니, 윤씨부인이 듣고는 말하기를 "일은 일이라 할 것이 없지만, 그러나 그 집이 나에게 과분한데 어찌 꼭 수리를 해야 하겠는가?" 하였다.[55]

(81) 윤씨부인이 큰 아들 김만기의 봉록이 후하게 된 이후부터 대접하는 음식 등이 그 이전보다 풍부하게 되었지만, 간혹 파는 떡과 엿을 달게 먹으면서 "맛 좋은 음식이 이보다 좋음이 없다." 하였다.[56]

---

55 김진규, 『대부인행장습유록』
56 김진규, 『대부인행장습유록』

　위에서 제시한 것과 81개의 일화를 통한 윤씨부인이 두 아들 교육에서 보여준 자녀 교육과 덕행의 특징적인 일화 몇몇 가지를 종합하여 정리하면 다음과 같다.

　윤씨부인은 처녀 시절에 조부와 부친이 시험 삼아 시사 문제를 물으면, 모두 이치에 합당하게 답하였고, 예측하는 것들도 대부분 어긋나지 아니하였기에 그 명철하고 사리가 밝음을 칭찬하였다.[57] 게다가 타고난 성품이 인자하고 용서함이 남달라서 자손을 어루만지고 비복을 부림에도 항상 은혜와 사랑으로 대하는 여장부의 풍도가 있었다. 그리고 조모 정혜옹주는 그녀가 출가할 때에 "너의 시댁은 예법의 가문이니 부인의 법도에 어긋나거나 수치스런 일이 없게 하라"고 하였다. 그녀는 이런 훈계를 충실히 지켰기에 시댁의 가족들은 항상 칭찬을 아끼지 않았다.

　윤씨부인은 정축년에 큰 난리를 만났지만 얼마 후에 안정되자 두 아들을 데리고 친정에서 돌아와서, 모친 홍씨부인을 도와 가사를 보살피면서도 부친을 극진히 봉양하였고, 한가할 때면 서책을 읽는 것으로 낙을 삼으니 학식과 조예가 더욱 깊어졌다. 이를 지켜본 부친은 아들이 없는 슬픔을 잊을 수 있었고, 조부는 "손녀와 더불어 말하면 가슴이 활짝 열리는 것 같으니, 네가 만일 남자라면 어찌 우리 가문에서 난 한 사람의 대제학이 아니리오." 하였다.

　윤씨부인은 큰 아들 만기를 젖먹이 때부터 글을 가르쳤는데, 작은 아들 만중 또한 워낙 총명하여서 곁에서 형이 읽는 것을 듣고도 대강의 뜻을 통했다. 그래서 주변 사람들은 윤씨 부인의 재주를 물려받아

---

[57] 김진규, 『대부인행장습유록』

자식들이 그렇게 기특하다고 탄복하였다.[58]

　그 때는 정축호란을 지난 직후였기에 서적을 구하기가 참으로 어려웠다. 그런 중에도 윤씨부인은 『맹자』, 『중용』과 같은 귀한 책들을 곡식으로 값을 치르고 구입해 주었다. 한번은 『좌전』을 팔고자 하는 자가 있었는데, 아들 만기가 사고 싶었지만 그 권수가 많아 값을 감히 묻지를 못하자, 윤씨부인은 베틀에서 짜던 명주를 다 베어서 그 값을 치르고 사주는 정성을 보였다.

　그 뿐만이 아니라, 윤씨부인은 이웃에 거주하는 옥당의 아전에게 부탁하여 홍문관의 사서와 『시경언해』를 빌려서 손수 등초하여 자식들에게 제공하기도 하였는데, 그 자획이 정교하고 섬세함이 구슬을 끼운 것과 같았고, 한 구절도 틀린 곳이 없었다. 두 아들이 글씨를 익힘에 있어서도 윤씨부인이 친히 자획을 가르쳤다. 그래서 윤씨부인이 만년에 손자들에게 "네 아비가 글씨를 여자에게 배웠는데도 필법이 능히 저와 같다."고 하였다.[59]

　시부인 허주 김반이 병으로 고생할 때, 옆에서 돌볼만한 자손이 없으므로 윤씨부인은 직접 간호하면서 약물을 맛보아 밤을 새우면서도 비복에게 대신시키지 아니하였고, 이따금 시서와 이문을 읽어드리면서 고통을 덜어드리기도 하였다. 또, 허주 김반을 모시고 있을 때에, 시부가 시험하여 시사문제를 물으면 윤씨부인은 다 이치에 합당하게 대답하였으며, 평소에는 늘 깊이 침묵하여 조금도 바깥 말은 하지 아니하였다.

　그때는 풍속에 장자와 중자를 구별하지 아니하고 돌려가면서 선대의

---

58 김진규, 『문효공휘만중행장』
59 김진규, 『대부인행장습유록』

제사를 지냈기 때문에 대부분의 집에서는 이를 빙자하여 분재함에 차등을 주기도 하였지만, 윤씨부인만은 그것은 올바른 풍속이 아니라고 판단하여 제사를 돌려가며 하지 못하게 하였고, 분재를 할 때에도 종가에 후하게 하여 조상 봉사의 예를 갖추는 데 어려움이 없게 하였다.

윤씨부인은 홀로 살림을 꾸려나가야 했기 때문에 아들 김만기가 벼슬길에 나가기 이전에는 집안이 매우 가난할 수밖에 없었다. 그래서 한번은 집의 집기를 팔아서 제사를 지내게 되었는데, 날은 춥고 마땅히 땔 나무도 없었다. 그때 족자 하나가 있어서 그것을 팔아서 불을 피우게 되었지만, 조금도 근심하는 빛을 드러내지 않았다. 이런 어려운 생활 속에서도 윤씨부인은 다만 두 아들이 학업에만 열중하여 그 진취함이 남다름을 보면서 기뻐하였다.

또, 윤씨부인은 자식이 글공부를 할 때에 사촌이 방문하면, 공부를 쉬지 말라고 권하면서 자신이 음식을 대접함을 게으르게 하지 않았기에 집안 살림이 그렇게 어렵다는 사실을 느끼지 못하였다. 그런 처지에 놓여 있었지만, 곡식과 베를 바꾸어 사고 팔 때에는, 그 값의 고하를 가지고 문제삼아 다투는 적이 없었다.[60]

윤씨부인은 두 아들에게 허물이 있으면 손수 매를 잡고 울면서 "너희 부친이 너의 형제를 나에게 부탁하고 세상을 떠났는데 너희들이 이같이 한다면 내가 무슨 면목으로 너의 부친을 지하에서 보겠는가? 학문을 하지 않고 살려면 당장 죽는 것만 같지 못하다."고 하면서 타일렀다.

윤씨부인은 두 아들을 학문으로 대성시키겠다는 큰 뜻을 세웠지만, 자식들에게 제대로 스승을 모시게 해 줄 경제적 형편이 되지 않았기에

---

60 김진규, 『대부인행장습유록』

자신이 직접 3세의 만중을 옆에 두고 8세가 된 만기에게 글공부를 가르쳤다. 이렇게 진행한 어린 두 아들의 공부가 어느 정도의 기초를 터득한 다음에는 시부인 참판공 허주 김반과 친정 부친 하빈공 윤지에게 손자들의 스승이 되어 달라고 간곡히 부탁하였다. 그러한 지 얼마 되지 않아서 참판공 허주 김반이 세상을 떠났고, 이어서 하늘같이 믿고 따르던 부친 하빈공 윤지마저 세상을 떠났다, 그러나 윤씨부인은 좌절하지 않고 다시 직접 두 아들의 스승 노릇을 하게 되었다. 이렇게 배운 학문의 기초 위에 김만기는 15세에 이미 경서를 두루 읽게 되었고, 시문도 성숙한 경지에 이르렀다. 이때에 김만중도 형을 따라서 시 짓기를 배워서[61] 12세가 되었을 때는 이미 과거문장을 지을 수 있을 정도로 문장 실력이 늘었다. 그 후에는 다시 김만기를 백부인 창주 김익희와 우암 송시열에게 경서와 역사를 배울 수 있도록 적극적으로 주선하였다.

한 번은 당대의 대문장가인 택당 이식이 참판공 허주 김반을 만나보려고 집으로 찾아왔다. 이때 마침 김만기가 『맹자』를 읽는 소리가 사랑방에까지 들려왔다. 택당 이식은 김만기의 글 읽는 소리를 듣고서는 크게 칭찬하기를 "이 아이가 글을 읽으매 능히 그 뜻을 이해하니, 후일에 반드시 문장에 능할 것이다." 하였다. 이렇듯이, 학문의 성취가 나날이 성숙해가자 주변 사람들은 그들에 대해 대제학의 재목으로 기대하였다.[62]

윤씨부인은 김만중이 14세에 이르러 첫 과거시험을 보는 날에 몸소 상투를 매어주고 시험장에까지 따라가서 종일 가마 속에서 눈물을 흘

---

61 김진규, 『문효공휘만중행장』
62 김진규, 『문충공휘만기가장』

리며 기다렸다. 그러한 모친에 답례라도 하듯이, 김만중은 그 날 향시에서 합격을 하였다.

한번은 김만기가 경기 고을의 원이 되었으나 녹봉이 적어서 봉양하기에 충분하지 않음을 염려하자 윤씨부인은 "다행히 국은을 입어서 이렇게 따뜻한 온돌방에서 배불리 먹고 살 수가 있게 되었는데, 여기에서 부족하다면 어디서 만족을 취하겠는가? 네가 맡은 직책에 마음을 다한다면 이 봉양보다 더한 봉양이 어디 있겠는가?" 하였다. 또, 손자 김진규가 감사가 되었을 때에도, 관할 내의 수령이 윤씨부인의 생일을 맞아서 옛 규례에 따라서 폐백을 보내오자 주변사람들은 의리상 사양할 수 없다고 하였지만 윤씨부인은 끝내 거절하고 받지 않았다.

또, 김만기가 중년에 접어들자 작은 아들을 분가시켜서 살림을 내주게 되었다. 그러나 김만중은 매일 찾아와서 문안을 하는 효심을 드러내었고, 형제간의 우의도 더욱 깊어지자 윤씨부인은 참으로 기뻐하였다. 그런 중에도 간혹 유고가 있어서 김만중이 못 오게 될 때면 내색은 하지 않으면서도 걱정을 심히 하였고, 다시 만나게 되면 기뻐하면서 두 아들과 함께 밤늦도록 도의와 문사를 함께 강론하였다.[63]

김만기가 세상을 떠났을 때에는 윤씨부인의 나이가 이미 칠십을 넘은 노령이었기에 자식들이 차마 최복을 드리지 못하였다. 그러자 윤씨부인은 왜 상복을 만들지 아니하느냐고 물었다. 자식들은 풍속에 부녀자들은 기년복에는 최복을 만들지 않기에 그렇게 하였다고 답했지만, 윤씨부인은 장자의 복을 어찌 다른 기년복에 비할 수 있느냐고 하면서 끝내 성복을 하였다.

---

63 김진규,『문충공휘만기가장』

윤씨부인은 먼저 죽은 아들 때문에 슬픔을 이기지 못하여 조석으로 애읍하였는데, 이를 본 손자가 조모의 건강이 염려스러워서 자기 집으로 모시려고 하였더니, 윤씨부인은 울면서 "내 비록 늙고 병들어 제사에 참여하지 못하지만, 조석으로 곡성을 들으면 내가 제사에 참여함과 같은 생각이 드는데, 만약 너의 집에 간다면 어떻게 이 마음을 진정하겠는가? 또한 여러 손자를 보면 그 아비를 보는 것과 같은데, 만일 너희 집에 가면 저 손자들이 어떻게 나를 자주 와서 보겠는가?" 하면서 여러 번 간청해도 따르지 않았다.

윤씨부인은 평소에 기침병이 있어 추운 계절을 당하면 재발하곤 하였다. 게다가 큰 아들의 상을 당한 후 근심과 슬픔으로 병이 더욱 심해졌는데도 오히려 손자와 증손에게는 훈계하기를 "가정의 환란이 있다고 위축되어 학업을 소홀히 하지는 말아라."고 당부하였다. 그러면서 조석 상에 조금만 색다른 만찬이 있어도 기뻐하지 않으며, "우리집 음식이 본래 이와 같지 않았다."고 하였다.

또, 윤씨부인은 세상을 떠나기 며칠 전에도 자부와 손부들을 경계하면서, 아들 만중과 세 손자가 유배지에 있는 것을 염려하였다.

이러한 단편적인 일화들을 종합해보면, 윤씨부인은 문자 그대로 여중군자요, 열장부와 같은 풍도와 의연한 자세를 지니고 살았던 여성이며, 강인함 속에도 자애가 넘치는 선비같은 의지의 여인이기도 하였다.[64] 이런 호평을 받을 조건을 구비한 윤씨부인은 타고난 품성에다가 어릴 때부터 받은 엄격한 교육, 그리고 서책을 박람하여 얻는 지식의 영향으로 곤궁에 처해도 민망하게 여기지 않았고, 영귀에 임해도 교만

---

64 이명구, 「서포와 정경부인 윤씨행장」, 『김만중연구』, 새문사, 1983, 2~35쪽

하지 않았으며, 참혹한 화를 만나도 인내하면서 운명에 흔들리지 않는 기개를 보여주었다. 이러한 윤씨부인의 격조 높은 삶은 두 아들이 조정에 나가서 충효를 실현하고, 손녀를 왕비로까지 만들어내는 원동력이 되었다.

이런 윤씨부인의 덕행과 교육관에서 나타난 특징들을 요약해보면 다음과 같다.

첫째, 윤씨부인은 자녀 교육에 철저하였다.

윤씨부인은 총명한 머리를 타고난 데에다 조모 정혜옹주[65]로부터 궁중에서 자라며 배운 학문을 직접 전수받았기 때문에 어릴 때부터 총명과 문장을 높이 평가받고 있었다. 윤씨부인은 집안 어른들이 남자로 태어났다면 대제학 재목이라는 칭찬[66]을 받으면서 성장하였기 때문에 남성 중심의 유교사회에서 자신이 이룰 수 없는 꿈을 자식을 통하여 성취시키고자 하였던 것으로 판단된다. 이러한 추측은 평소에 윤씨부인은 난리 중에 남편을 따라 죽지 못하고 살아남은 자신의 소명은 어떤 시련이 닥치더라도 두 아들을 제대로 교육시켜 국가의 대들보로 만드는 것이 바른 길임을 가슴 속에 새기게 되었으며,[67] 그래서 그녀는 솔선하여 글 읽는 모습을 보여주었다는 점에서 가능한 것이다.

윤씨부인은 두 자식에게 인자한 모친이란 측면과 더불어, 엄하면서

---

65 선조와 인빈 김씨(1555~1613)의 소생으로는 의안군, 신성군, 복성군, 정원군, 의창군이 있고, 정신옹주, 정혜옹주, 정숙옹주, 정안옹주, 정휘옹주가 있다.

66 김만중, 『선비정경부인 해평윤씨행장』

67 김만중, 『선비정경부인 해평윤씨행장』

도 해박한 지식을 갖춘 스승이라는 면을 함께 보여주게 되었다. 그녀가 얼마나 전문적인 지식을 갖추고 있었는가는 다음의 일화를 통해서도 확인된다.

전사 16국과 남북조의 선비라도 능히 그 시말을 제대로 알지 못하는데, 윤씨부인은 그 세손의 족파와 세대 햇수와 그 성쇠의 연유까지를 알고 틀리는 것이 적었는데, 이는 다만 섭렵해 본 것뿐이요, 다시 읽는 일은 없었다.[68]

한번은 윤씨부인이 삼촌인 경기감사 홍명원이 방문했을 때, 우연히 시골사람으로 나무 목 자를 성으로 가진 이에게 말이 미쳐서, 삼촌이 아들 김만기에게 묻기를 "여기에도 이 성을 가진 사람이 있느냐?" 만기가 답하기를, "문선의 '해부'는 목현허의 지은 바인데, 이것 밖에는 보지 못하였습니다." 하니, 윤씨부인이 웃으며 말하기를 "원나라 태조의 공신에 목화녀가 있지만, 이것은 오랑캐 나라 사람의 석 자로 된 이름이요 성이 아닙니다." 하니, 홍명원 삼촌이 감탄하여 말하기를 "이 세상에 독서하는 남자라 할지라도 목화녀가 있는 줄을 아는 사람이 드문데 하물며 능히 그 성이며, 이름임을 이렇게 분별하다니."하고 감탄하였다.[69]

윤씨부인은 폭넓은 독서와 총명함을 함께 구비하고 있었기에, 자신의 뜻을 성실히 따르면서 기대 이상의 성과를 내는 자식들에 대한 강한 자부심을 가지고 있었다. 평소에 중국 문장가인 구양수의 모친이 예절을 지키면서 아들을 가르친 것과, 소동파 형제가 빼어남을 연계시키면서 자신의 두 아들도 그들과 같이 되기를 원한다고 하였다.[70] 그

---

68 김진규,『대부인행장습유록』
69 김진규,『대부인행장습유록』

녀의 자식에 대한 이런 믿음과 자부심에 근거한 엄한 지도와 자애, 그리고 자식들의 치열한 노력은 조화를 이루어 두 아들의 과거길과 벼슬길이 남다른 성과를 낼 수 있었다

윤씨부인이 자녀 교육에 쏟은 공력은 창주공 김익희가 거둬서 가르치게 하는 것으로도 나타났다, 그 뿐만이 아니라. 두 아들이 당대 최고의 학자이던 우암 송시열의 문하에서 학문과 의리 정신을 물려받도록 한 것 또한 그녀가 보여준 자녀 교육의 철저함에서 비롯된 것이라 할 수 있다.

이러한 윤씨부인의 교육열은 결국 큰 아들 김만기는 물론, 둘째 아들 김만중, 그리고 손자 김진규, 증손자 김양택까지 3대에 걸쳐서 4명의 대제학을 배출시키는 원동력이 되었다.

둘째, 윤씨부인은 부덕의 실천에 솔선하였다.

윤씨부인은 어릴 때부터 물려받은 궁중 예법과 천부적으로 타고난 덕성에 덧보태어진 함양은 비록 일찍 미망인이 된 처지 속에서도 좌절함이 없이 두 아들의 모친으로서의 역할과 더불어 가문의 대표 며느리로서 역할을 특별한 자애와 부덕으로 실천하였다.

윤씨부인은 신부의 주요 조건인 덕을 갖춘 위에다가 학문과 여공을 함께 구비한 전형적이고 이상적인 현부인이었다. 그리고 인자하고 용서함이 많으며, 자손을 대함에 늘 어른으로서 어루만져 주는 대부인다운 모습을 지니고 있었다. 그래서 그녀는 수많은 역경을 빼어난 덕성

70 김진규, 『대부인행장습유록』

으로 극복하면서 시대가 요구하던 이상적인 여인상을 실천하였다. 인자하고 자상한 태도와 법도로 규범에 조금도 어긋나지 않는 생활을 하였기에 시가의 모든 사람들이 인정하는 어진 며느리가 되었다.

윤씨부인은 가장이었던 부친이 세상을 떠난 이후에 더욱 분발하여, 항상 곁에서 지켜보면서 가장의 역할을 하는 정신적이고 이념적인 지도자의 역할과, 현실적이고 동반자적인 지도자의 역할을 하면서 두 사람의 몫을 함께 실현하였다.

셋째, 윤씨부인은 양가 부모에 대해 효양의 길을 실천하였다.

유교사상의 핵심이요, 모든 행실의 근본이 되는 효도는 자신의 마음과 정성을 다하여 부모를 섬기는 것으로 나타난다. 그 세부적인 행동으로는 노후봉양, 치병구약, 사후시묘, 입신행도 등을 들 수 있지만, 윤씨부인의 효행은 친정부모와 시부모에 대하여 생전에는 물론 사후의 봉제사에 있어서도 그 예를 지키고 마음을 다하는 것을 극진히 하였다는 점이 특징이다.

윤씨부인은 정축호란 후에는 친정으로 돌아와 부모 슬하에서 생활하였다. 안으로는 어머니를 도와 집안을 다스렸고, 밖으로는 아버지를 봉양함으로써 옛 효자와 같이 하였다. 그 뿐만이 아니라, 친정과 시집의 부모에 대한 봉양을 더불어 하였다. 자신의 이런 경험 때문에 윤씨부인은 세속의 박한 관습을 따르지 않고 며느리들에게 자신만을 봉양하지 말고, 친정의 부모도 함께 봉양하는 효심을 보여 양가의 부모에게 두루 효를 행하게 권하였다.[71]

윤씨부인은 부친인 참판공 윤지가 세상을 떠났을 때, 자식은 윤씨부인 혼자뿐이었다. 따라서 집안에 가사를 감독할 이가 없었다. 비록 측실의 동생이 있고, 종질로 후사를 삼기는 하였지만, 모두 어린 상태였다. 그리하여 윤씨부인이 홀로 시비를 거느리고 상제에 필요한 제수를 모두 장만하였는데, 의복, 관곽, 제전 등은 모두 정결하여 보는 이들이 기이하게 여길 정도로 하나도 흐트러짐이 없이 예에 맞았다.[72]

넷째, 윤씨부인은 청빈하고 검박한 생활을 하였다.

당시의 일반적 부인은 현철함과 덕성스러움으로 집안을 잘 다스리면서 남편을 내조하면 목표가 달성되는 셈이었다. 그러나 윤씨부인의 일생은 상황이 달랐다. 하지만 윤씨부인은 사대부의 칭찬을 받을 만큼 빼어난 부덕을 가지고 있었으며, 학식이나 문재, 필법도 뛰어났다. 그 결과, 덕이 있으면서도 학문과 문재가 있는 현숙한 여성이라는 이상적인 여인으로 성장하여 세속적인 물욕을 벗어나 학문을 즐기면서 청빈하고 검소한 생활을 실천하였다. 게다가 관료 집안의 기둥으로서, 검약한 생활을 끝까지 지켜나갔다.

윤씨부인은 성품이 천성적으로 검소하여, 시장에서 흔하게 구할 수 있는 음식이라도 좋은 음식으로 여기고 기뻐하였으며, 세속 부녀자들이 봉양의 후박으로서 기뻐함을 구별하는 것과는 다른 길을 걸었다. 검소한 생활은 거처하는 장소에서도 나타났다. 그녀는 어려서부터 정혜옹주의 집에서 성장하였다. 그러나 시집을 온 이후에는 의식주 모든 면에서 사치함을 멀리하고 검소한 생활을 하였다.

---

71 박순애, 같은 논문, 31쪽
72 논어, 팔일편, "禮與其奢治 寧儉, 喪與其易也 寧戚"

다섯째, 윤씨부인은 생열녀라 일컬을만한 철저한 절행을 하였다.

윤씨부인은 나라와 집안에 어려운 상황이 닥칠 때마다 자식들이 조금도 흔들림이 없이 의인의 편에 서서 활동하기를 기대하였기에, 자식들 또한 그의 뜻에 어긋나지 않는 행동으로 일관할 수 있었다.

윤씨부인은 집안을 이끌어가는 기둥으로서, 시집의 예학가의 정신, 특히 아들과 함께 절의를 지켜 정경부인에 증직된 시모와 남편이 보여준 순국의 절의와 모범적인 열행을 지켜나갈 며느리로서, 아내로서의 길을 유지하며 살았다. 그녀는 이 길이야말로 다른 가문과는 다른 집안의 전통이기에 그 뜻을 평생 숙명적 교훈으로 지켜나갈 정신적 자세로 판단하였다. 특히 시모인 서씨부인의 절행은 일반 부녀자들과는 차원이 다른 절행이었다. 시모인 서씨부인과 남편이 의리와 절행을 지키는 충렬의 모범적인 삶을 보여주었기에 윤씨부인 또한 가정적 차원과 국가적 차원이라는 두 가지 차원의 절행을 실천적 의미 속에서 살아온 자로서의 책임의식을 절감하게 된 것이다.

이처럼, 윤씨부인이 보여준 두 아들에 대한 자애의 실천과, 적극적인 지혜교육은 끝내 두 아들이 충효를 실현하고, 손녀를 왕비의 자리까지 오르게 하는 초석이 되었다.

2) 손자와 손부들로 이어진 윤씨부인의 자애

윤씨부인이 살았던 17세기 중후반은 조선조의 역사로 볼 때, 내우와 외환이 겹쳤던 국가적 시련과 정치적인 갈등이 극심한 때였다. 청나라에 굴복을 한 정축난의 현장에서 겪은 남다른 충격과, 현종 이후 예송을 중심으로 한 당파간 갈등과 거듭되는 환국, 그리고 숙종 초기에 일어난 비빈들의 문제 등을 가정에서 지켜보아야만 했던 윤씨부인에게는 견디기 힘든 시련의 연속이었다.

비록 여군자요 여장부라고 하더라도, 귀한 가문에서 태어나 어릴 적 행복한 시절을 보내다가 명문가로 출가를 하였던 그에게 닥친 것, 그것은 어떤 다른 가족이 당하는 파괴보다 더욱 큰 피해요 가정의 파괴가 되었다. 시모와 남편의 자결, 그리고 어린 아들과 유복자를 남편의 부재 속에서 키워야 한다는 부담감은 그 어떤 여인들이 당하는 고통보다 적지 않았다. 그러나 윤씨부인은 갖가지 위기 때마다, 한 가정을 지키는 여인이 할 수 있는 행동으로서는 최대치라고 할 수 있는 수준에서 강인한 여군자의 모습을 보여주었다. 이러한 윤씨부인의 결연한 의지와 자세에서 볼 때 그녀의 삶은 가족의 차원을 넘어서 국가적 차원의 것임을 알 수 있다.

물론, 그녀의 삶은 일찍 남편을 잃고 청상이 된 어려운 조건 속에서도 좌절함이 없이, 두 아들과 손자들을 헌신적으로 양육시켜서 국가적인 인물로 키워내었다는 점에서 단적으로 입증되지만, 윤씨부인은 두 아들에 베푼 교육과 덕행 못지않게 손자와 손부들에게 보여준 자애로운 며느리, 시부모의 모습 또한 윤씨부인의 아름다운 삶의 평가에서는 주목할 만한 것이다.

이러한 판단이 적절함은 윤씨부인이 손자와 손부들에게 베푼 자애에 관해서 전하는 몇몇 단편들을 일화에서도 입증된다.

윤씨부인이 보여준 호학의 태도는, 윤씨부인이 며느리가 글 읽는 소리를 들으면 기꺼워하였는데, 외손 정희상이 윤씨부인의 며느리에게 양육되었기에 곁에서 글을 읽으니 듣고 기뻐하며 말하기를 "아이들이 글 읽는 것을 보면 그 글을 하며 못함을 가히 알리라." 하더니, "이제 글소리를 들으니 옛 일이 생각난다." 하고, 만일 글을 오래 읽지 아니하면 문득 말하기를 "가히 통탄스럽다. 가히 통탄스럽다." 하며, 심히 부지런히 하니, 대개 윤씨부인이 아이들을 가르치는 데 익히 보고 들어서 후생을 유액함이 이와 같았다.[73]는 데서도 나타난다.

또, 윤씨부인의 성품과 태도가 며느리에 영향을 준 것으로는, 윤씨부인은 성정이 간묵하여 사람을 대함에 허가함이 적었으나 홀로 맏며느리를 마땅히 여기고 중히 여겨 말하기를 "나의 며느리는 짐짓 총부로서는 최적격을 골랐네."하였다.[74] 사실, 윤씨부인은 남편 충정공 김익겸이 일찍 세상을 떠났기 때문에 시모를 지극한 효도와 공경으로 받드는 맏며느리의 도움을 받았는데, 맏며느리는 깊은 밤까지도 게으르지 않게 일을 하였음과, 맏며느리는 육순이 가까이 되어서도 동동촉촉하여 공경하고 삼가함이 신부 때와 다름이 없었다.[75]는 데에서도 나타난다.

또, 윤씨부인의 덕행이 며느리에게 미친 영향은, 손녀가 인경왕후로 왕비의 자리에 오르자 나라에서는 윤씨부인의 며느리 서원부부인에게 부부인의 봉작을 내렸으며, 며느리로서 늘 조심하고 겸손하여 은약으로써 방자함이 없었다. 윤씨부인의 맏며느리인 서원부부인은 더욱 근칙하고 검약하여 한미한 선비의 아내로 처함같이 하고, 비복을 경계하여 감히 권세를 믿고 휘두르지 못하게 하였다. 궁중의 사물을 궁궐의 하인이 가져오면 선물로 내린 물품이 비록 적어도 반드시 말하

---

73 김양택, 『서원부부인행록』
74 김양택, 『서원부부인행록』
75 김양택, 『서원부부인행록』

기를 "임금의 사급함이라 귀중한 것이다." 하고, 늘 몸을 일으켜 공경하여 받아서 친척에게 골고루 나누어 주고, 집안사람들에게 "자리를 펴고 궁중에서 온 사람에게 예의를 후히하여 대접하라."하며 말하기를, "이 궁중에서 온 사람 또한 임금님의 사람이니 감히 홀대를 해서는 안 된다."하였다.[76]는 데에서도 나타난다.

윤씨부인의 덕행이 며느리에게 미친 영향은, 윤씨부인의 맏며느리인 서원부부인은 성정이 관후하고 순화하여 비록 비복의 비천한 것이라도 반드시 은덕으로 하여, 사람의 옳지 못한 곳을 보면 한 번도 더불어 말을 아니하였으며, 서원부부인은 검박한 것을 좋게 여겨서 사치를 싫어하여, 일찍 손자며느리 중에 갓난아이에게 바지를 하여 입혔음을 보고 심히 기뻐하지 아니하며 말하기를, "강보에 있는 아이를 어찌 바지를 입히느냐? 내 취함을 허락하지 않네." 하고, "즉시 안고 나가라." 하니, 그 사치를 엄히 물리침이 이와 같았다.[77]는 데에서도 나타난다.

또, 윤씨부인의 맏며느리인 서원부부인은 내외 손녀 규문에 충현하되 일찍 그 착한 행사를 보면 못내 일컬어 말하기를 "사람같다." 하고, 혹 옳지 않음이 있으면 일찍 은애로써 경계하여 책하여 말하기를 "그 부모의 여자가 어찌 이 같으리." 하니, 대개 평일에 어진 일을 좋아하고 어질지 못한 자를 싫어함이 이 같았다.[78]고 하였다.

윤씨부인이 봉제사에서 보여준 예의는 맏며느리인 서원부부인에게도 이어져서, 서원부부인은 제사를 지내는 도리에 정성을 다하여 치제

---

76 김양택, 『서원부부인행록』
77 김양택, 『서원부부인행록』
78 김양택, 『서원부부인행록』

하고 말하기를 "추모하는 효도는 제사를 경건히 함보다 나음이 없고, 신령을 감격하게 하는 바는 맑은 잔에서보다 간절함이 없다." 하니, 이러므로 중궤 주장을 청렬하게 함에 힘쓰고, 제사를 지낼 때에는 반드시 빗자루를 직접 잡아서 중당을 쇄소하며 돗자리를 펴서, 그릇을 씻고, 제사를 깨끗이 하기 위하여 낱낱이 찬찬히 점검하여, 어린 것들의 손에 맡기지 아니하고, 항상 여종들을 신칙하여 의복을 정결히 한 후에 앞에 서게 하니, 제사를 중히 하는 정성이 늙도록 쇠하지 아니하였다.[79] 하였다.

또, 윤씨부인이 끼친 덕행은, 손녀가 인경왕후로 간택에 응하여 가례를 행할 때, 사사집이 궁중 사람 접대하는 정사가 심히 많은데, 윤씨의 손자며느리가 윤씨의 며느리를 도와 대소사를 다 판득하여 다스리고, 윤씨의 며느리가 대내에 통적하기에 미쳐 인경왕후가 왕비의 자리를 정할 때에 이르러서는 자주 들어가 알현하였다. 그 때, 자의대비·인선·명성 세 성모께 뵈옵기를 여러 번 하되 윤씨부인의 손자며느리가 주선하기에 민첩하니 궁중이 다 일컫고, 인현왕후도 더욱 공경하였다.[80] 또, 인경왕후가 승하한 이후에 숙종이 옛 일을 추념하여서 윤씨부인의 며느리를 대우함이 더욱 융성하여서, 무릇 왕후의 척신 예우를 중하게 하는 뜻이 다른 집에 비하매 더욱 자별하였다. 윤씨부인의 며느리는 슬퍼서 삼가고 두려워하여 조금도 게으르지 아니하게 궁중의 연회하는 예가 있으면 숙종이 반드시 명하여 참예하라 하였다. 윤씨부인의 며느리가 불감함으로써 사양하여 강박하신 후에, 혹 응명하면 관대하고 부드러우며 한결같이 하니 육궁의 빈장이 칭찬하지 아니하는

---

79 김양택, 『서원부부인행록』
80 김춘택, 『정경부인 한산이씨행록』

이가 없었다.[81]

이처럼, 윤씨부인의 며느리는 숙종께 바치는 찬품 중에서 즐기는 것을 매양 힘을 다하여 갖추어 드리고 탄신이 8월 15일이라, 일찍 익는 감을 사서 구하되 비록 수백 리 밖에 있어도 널리 듣고 보아 두루 얻어 반드시 진품으로써 바치기를 해마다 상례로 삼았다.[82] 각자 자기의 측면에서 윤씨부인의 덕행을 계승한 덕행의 영향이라 할만하다.

또, 윤씨부인의 며느리는 성품이 원만하고 근력이 강건하여서 집안일을 늙어서도 보살피고, 일을 당하면 반드시 의리로써 재작하되, 자존치 아니하여서 자제에게 물은 후에 결단하고, 연희를 만나 접대하는 도리를 방인으로서 지휘하여 한 가지도 빠짐없으니 정력이 남달랐다.[83] 규중에 있으면서도 종국을 걱정하는 염려가 늙도록 오히려 게으르지 아니하여서, 숙종의 문안이 있을 때에는 문득 진지를 폐하고 초려하여 비록 겨울철을 당해도 반드시 밤중에 목욕제계하고 빌다가 복선한 기별을 들은 후에야 그치었다.[84]

윤씨부인은 손자며느리가, 탁월한 지식과 높은 행실이 있어서 본디 사람 알기를 잘 하므로 윤씨부인이 폐백을 어루만져 말하기를 "김씨 가문을 크게 융성하게 할 자는 반드시 이 며느리라. 내 미망인으로서 자식을 기르고 손자를 회롱하더니 이제 맏손자며느리의 어질기가 이렇듯 하니 내 무슨 근심을 하리요." 하고, 사랑하기를 자못 심히 하여 전토와 노비를 별도로 주었다.[85]

---

81 김양택, 『서원부부인행록』
82 김양택, 『서원부부인행록』
83 김양택, 『서원부부인행록』
84 김양택, 『서원부부인행록』
85 김춘택, 『정경부인 한산이씨행록』

윤씨부인의 손자며느리인 김진규의 부인은 자애함이 남달라서 자녀의 낳은 바가 모든 어린 것과 낳은 모든 어린 자녀와 노복의 춥고 주림이 있으면 몸에 둛같이 하고 다른 사람이라도 구걸하는 자 있으면 반드시 그 소망에 차게 주고, 그 형세가 미치지 못하면 병처럼 앓았다. 이미 지위가 높고 나이 많지만, 집안일의 수고를 친히 하여 모든 부녀비복으로 하여금 대신 하게 하지 아니하고, 비복이 죄가 있으면 먼저 경계하고, 후에 꾸짖고 매질함이 없었다.[86]

이는 윤씨부인이 자손이나 며느리에게 끼친 부덕의 영향에다가 며느리의 타고난 천성의 어짊이 어우러진 결과라고 할 수 있을 것이다. 이처럼, 윤씨부인이 아들에게 보여준 자녀 교육과 덕행의 실현은 손자와 손녀 및 손자며느리에게로 이어져서, 그녀가 한 명문 집안의 총부로서의 모습을 단적으로 보여준다. 아울러, 며느리들에게 끼친 윤씨부인의 영향은 며느리들 또한 현부인으로서의 역할을 성공적으로 해 낼 수 있었던 초석이 되었으며, 그 결과는 단적으로 손녀가 숙종의 초비인 인경왕후가 되고, 손자 죽천 김진규가 대제학이 되는 결실을 가져왔다.

제3장

윤씨부인이 감내한 서석의 죽음과 서포의 유배

서석 김만기는 1680년 숙종의 왕비이며 자신의 딸인 인경왕후가 20세의 젊은 나이로 승하하는 고통을 겪었고, 자신도 1687년 55세의 나이로 모친을 두고 세상을 떠났다.

1687년 서포 김만중은 경연에서 숙종에게 장시간에 걸쳐서 폐부를 찌르는 직간을 하였다. 그러나 장희빈과 조사석에 대한 문제를 두고 벌린 군신 간의 진검 승부는 숙종이 내린 추상같은 원찬의 명으로 서포는 선천으로 유배를 떠나게 되었다.

윤씨부인의 삶과 그 정신

1. 윤씨부인의 큰 아들 서석 김만기의 영광과 종말

윤씨부인은 1687년 3월에 천금 같은 귀한 큰 아들 김만기와 사별하게 되었다. 이때 윤씨부인이 자신을 두고 먼저 세상을 떠난 아들 만기와 지난 인연을 회고해 보았다면 어떠하였을까? 필자가, 남겨진 여러 자료적 상황으로 살펴보면 아마 이런 생각들도 포함되었을 것으로 추정된다.

윤씨부인이 호란을 만나서, 강화도로 피난하였다가 교동도, 대부도를 거쳐서 다시 한양의 회현방 소공주동의 친가로 돌아간 것이 꼭 50년 전이었다. 피난을 끝내고 친정에 돌아가서는 서석 만기에게 직접 『소학』 등을 가르치기도 하였다.

큰 아들 김만기는 어릴 때 부친을 여의게 된 것을 지극히 원통하게 생각하였기에 선조를 받드는 데 더욱 정성을 다했다. 어릴 때부터 다리병이 있었지만, 여기에 구애받지 않고, 삭망의 참배라도 반드시 몸소 행하였다. 그는 제사를 받드는 사람들이 풍성함에만 힘쓰고, 심지어는 시제의 정제까지 철폐하는 것은 잘못된 일이라고 판단하여 자신은 반드시 사시 제사를 지내는데, 풍성함보다는 정결함에 힘을 쏟아서 후손들이 준행하기를 쉽게 하였다.

또, 김만기는 백부 창주공 김익희를 섬김에 있어서 부친과 스승의 예를 함께 하여서 공경을 다하였다. 그래서 창주공은 자제를 대할 때는 엄하게 하지만, 만기를 대할 때에는 특별히 칭찬을 아끼지 않았다.[1]

---

1 김진규, 『문충공휘만기가장』

김만기는 가정에서는 행실을 잘 닦았고, 조정에 나가서 벼슬을 할 때에는 임금을 섬김에 의리를 주장으로 삼으며 충성을 다하였고, 직무에 있어서는 근면과 정직에 근본을 두었다. 그런데, 현종 때에 들어서는 예송으로 인하여 많은 현인이 물러오자 친구들을 규합하여 군자와 소인의 마음을 분별함에 힘쓰면서 여러 차례 상소를 하여 절실한 심정을 토로하고, 군자를 가까이 하며 소인을 멀리하였다.[2]

관직에서 직위가 점차 높아지자 은총과 녹봉의 후함으로써 다행을 삼지 않고 국세의 쇠약함과 민생의 어려움을 근심하며, 백성을 위하는 방안들을 강구하여 임금의 은총에 보답하며 직책의 임무를 감당하는 데에 힘을 기울였고, 요직을 맡았지만 집안에는 뇌물꾸러미가 없었으며 비록 명분이 있게 보낸 것이라도 사양하였다.

1674년 이후에 소인들이 국권을 잡고, 자신을 제거하려고 할 때, 김만기는 자기의 몸을 돌아보지 않고 오직 국가를 지키는데 몸을 바쳤다.[3] 젊은 나이로 영귀하고, 또한 임금의 측근에 거하면서 공신 및 국구에게 주는 토지의 봉양을 누렸지만, 벼슬을 하지 않은 일반 선비들과 다름이 없었으며 벼슬길에 오른 이후로는 관복의 띠마저 모두 남에게 빌렸다. 또 어느 때는 떨어진 담비 모자를 산 지가 십여 년이 지난 후에야 갈았고, 경의 직위에서 오른 지도 여러 해를 지났지만 종2품 이상의 관원이 타는 수레를 타지 않았다. 국구가 된 지가 3년이 지난 다음에 비로소 가마를 탔으며, 외가에서 준 회현방의 집이 비좁은 데도 20년 동안을 옮기지 않았다. 새로운 집을 하사하여도 너무 화려하다고 해서 사양하였다. 궁중 예복인 장복이 아니면 비단을 몸에 착용

---

2 김진규, 『문충공휘만기가장』
3 김진규, 『문충공휘만기가장』

하지 아니하였고 저고리와 바지가 때로는 때가 묻고 떨어졌었다. 병환 때에 덮는 이불이 심히 떨어져서 솜이 보이자, 문병하는 사람들이 보고는 칭찬 탄복하였다. 이러한 것들은 모두 가식에서 나온 것이 아니고 본래의 성품이 그러하였기 때문이었다.

김만기는 물욕에 담박하여 평생에 음악을 듣지 않았고, 긍지를 갖지 않아도 자연히 정이천이 주행기를 경계한 말에 부합되었다. 곁에는 잉첩이 없었으며, 나라에서 포상으로 훈신에게 하사한 여종마저 받지를 않았다. 한 필의 말을 13년 동안을 탔기 때문에 말이 늙어서 달리지 못하여도 개의치 않았다. 이조와 병조의 최고직에 있을 때에는 아전을 임명하면서 항상 공의에 따라 하였기 때문에 비록 친구라 하여도 그에 합당한 인재가 아니면 절대로 추천하지 않았고, 조그마한 일도 남에게 청탁을 하지 않았다.

김만기는 크고 작은 일에 반듯하게 법을 지켜 왔고, 법을 굽히면서 자기를 편리하게 하지 않았고, 비록 법에서 금지하는 것이 아닐지라도 혐의가 있을 만한 일에는 간여하지 않았으며 자신을 엄격히 다스렸다. 대사성과 대제학이 되었을 때에도 자손을 경계하면서 전시, 정시 및 성균관의 과거에 나가지 못하게 하였다.[4]

김만기는 평생에 말을 가리지 않았지만, 거칠고 비속한 말은 입에서 내지를 않았다. 몸을 단속하지 않아도 태만한 용모가 나타나지 않았던 것은 자연적으로 도에 가까운 자품이 있었기 때문이었다. 비록 학문으로 자처하지는 않았지만 평소의 언행이 유가의 궤도에 위배됨이 없었기에, 젊을 때에도 이미 종조 문경공이 학문에 정진할만한 인물이라고

---

4 김진규, 『문충공휘만기가장』

자주 칭찬하였으며, 동춘당 송준길 선생은 김만기가 주량이 크면서도 술 마시기를 즐겨하지 않음을 보고 칭찬하였다.

이처럼, 서석 김만기의 지극한 성품과 근본에 의한 덕은 "엄연히 동하지 않고, 담연히 욕심이 없다는 말이 거의 근사한 경지에 이르렀다. 그래서 만기는 처음에 문장을 할 때, 일을 의논하기에는 회암 주자를 참고하였고, 일을 서술하기에는 반고를 사모하였으며, 말년에는 구양수를 따르고자 할 정도로 문사와 이치가 겸비하였다.[5]

또, 서석 김만기의 성품은 글을 좋아해서 하루도 글이 없이 지내지 않았고, 성리문자와 문장 제가의 말로부터 역대 사기와 국조의 옛 일을 모두 관통 망라하고 별자리, 지리, 노가와 불가, 패관 등 논설에도 또한 널리 통하였다. 한가롭게 거할 때에도 서적을 연구하여 매양 등불에서 글을 보아 밤중에 이르고, 더욱 주자의 글을 좋아하여 항상 자리 옆에 비치하였으며, 문원공 김장생의 유문을 수습하여 읽기를 강구하였다.[6]

김만기는 1680년 복선군과 탁남의 영수인 허적의 서자 허견 등이 역모했다는 고변이 있자 이를 계기로 남인들을 축출하고 서인들을 등용시켰다. 1680년 삼복의 변이 일어나자 이 사건의 해결에 깊이 개입하게 되었다.

그 해에 김만기의 따님인 인경왕후가 경덕궁 회상전에서 천연두로 20세의 젊은 나이로 승하하였다.[7] 인경왕후는 1661년 9월 초3일 한양 회현방에서 태어났다. 그 때의 일화로는 아기가 태어났으나 울음소리

---

5 김진규,『문충공휘만기가장』
6 김진규,『문충공휘만기가장』
7 1681년 2월 22일에 고양군 익릉으로 모셨다.

가 끊어져 희미하므로, 집안사람들이 혹시나 하고 염려하였는데, 의원이 말하기를 "다친 곳은 없고 성질이 그러합니다." 하였다. 말을 배운 다음에도 말을 가볍게 하지 아니하였지만, 말을 하게 되면 반드시 이치가 있었다. 그리고 보행은 더디고 느렸기에 함부로 뜰 계단을 내려가지 아니할 정도로 타고난 존귀함이 있었다. 한번은 같은 또래들과 서로 놀 때, 곁에 있는 아이들이 병아리를 희롱하거나 공기놀이를 하거나 배와 밤 같은 과일이나 엿과 떡을 가지고 서로 다투거나 하여도 꼼짝도 않은 채 단정히 앉아 보지 않은 것같이 하였으며, 함께 먹을 때에는 반드시 기다렸다가 모두 모인 후에야 먹었다. 또 화려한 물건을 애호하지 아니하였고, 의복이 비록 때가 묻고 해어져도 싫어하는 적이 없었으며, 곱고 아름다운 옷을 입은 자가 있어도 부러워하는 빛이 없었다. 그리고 자기가 가지고 있는 좋은 것을 다른 사람에게 나누어 주려고 하여도 절대로 아까워하는 적이 없었다. 나이 7, 8세가 될 때부터는 집안에 깊숙이 들어앉아 나가지 아니하고 예를 익혔기에 10세가 되어서 이미 남달리 일찍 성장하였다.

그리고 10세 때에 선대왕께서 두루 절충하고 응대하는 바가 마땅함을 가상하게 여기셨으며, 여러 여관들도 모두 말하기를 "천제의 누이동생과 같다."고 하였다. 간택에서 뽑히어서 별궁에 있을 때에는 부친 만기가 때때로 들어가서 『소학』을 가르쳤는데, 단지 한 번 음독만 해 주어도 그 뜻을 익숙하게 통하였으며, 한 자도 틀리지 않고 읽으며 암송하였다. 그리고 겸해서 내훈을 한 번 보고는 끝내 잊지 않았고, 고금의 좋은 말들과 선행 듣기를 좋아하여, 아침 일찍부터 밤 늦게까지 게을리 하지 아니하였다. 그리고 위로는 삼궁과 임금을 받드는 데에 정성과 공경을 다하였고, 혼정신성에는 감히 몸이 아프다고 해서 폐하는 적이 없었으며, 종일 곁에서 모시면서 공경하고 삼가니, 권애하심이 매우 돈독하였다. 그러나 은혜에 친압하고 사랑을 믿는 뜻은 털끝만큼도 마음속에 가지지 아니하였다. 일찍이 정사 때문에 선대왕께서 종일 별전에 계시니, 왕후께서 고마운 마음을 금하지 못하여 눈물을 흘리기까지 하였다.

숙종은 인경왕후가 승하하자 손수 쓴 편지를 내려 애도와 위로를 하면서 어릴 때의 언행을 기록해 올리라고 명하였다. 분묘를 조성한 후에, 임금은 유시하기를 "경이 발인 때까지 왕이나 왕비의 관을 두던 곳에 출입하는 관계로 보지 못한 지가 여러 달 되었다."고 하니, 김만기는 일어나 절하면서 "신과 같이 어둡고, 완고한 사람으로서 몸은 비록 살아 있으나 훈련대장의 책임은 결정적으로 감당하기 어렵습니다." 하였다. 임금은 "경은 어찌 매양 이런 말을 내는가! 자못 경에게 바란 바가 아니다." 하였다. 김만기가 또 신병을 이유로 들어서 극구 사양하였으나, 임금은 "경의 공로가 이미 나타났고, 좋은 일이나 슬픈 일을 국가와 같이 했으니 번번이 사양하지 말라."고 하였다.[8]

김만기가 다시 상소를 올려 사양하였으나 임금은 좋은 비답으로 윤허하지 않았고, 사관을 보내어 뜻을 전하여 비답하기를 "경은 왕비의 친정 가족들로서 공로가 왕실에 준하였는데 왕비의 상을 당한 이후로는 경에게 의지하는 마음이 전보다 배나 되었으니 나의 이러한 마음을 염두에 두어라."고 하였다. 그래도 김만기가 굳이 사양하였으나 임금은 다시 사관을 보내어 비답을 전하면서 위로와 권면을 더욱 융성하게 하였다. 그러자 김만기는 다시 임금을 입대하고 병상을 진달하였으나

---

8 김진규, 『문충공회만기가장』

윤허하지 않았다. 그러자 옥당 오도일 등이 차자를 올려서 시정을 의논하면서 "국구로서 병권을 잡는 것은 옛 일이 아닙니다." 하였고, 김만기는 다시 차자를 올리어 사직하게 되었는데, 마침 임금은 계비를 맞게 되어서 훈련대장이 당연히 배행하게 되었으므로 영의정 김수항이 "사람을 쓰는 도는 때에 따라 다른 것이며 국세가 위태롭고 미약한 때를 당하여 국구로서 임금께 친병을 장악하는 것이 불가할 일이 아니오니, 청컨대 훈련대장을 명령으로 부르소서." 하였다. 김만기는 더 이상 거절할 수가 없어서 명령에 응하고 대례를 지내었다. 그리고 김만기는 다시 면직을 빌었으나 임금은 비답하기를 "이러한 어려운 때를 당하여 훈련대장의 책임을 경같은 공훈과 명망이 아니라면 그 누구가 맡겠는가? 연소배의 괴패하고, 과격한 말을 깊이 혐의할 일이 아니다." 하면서 사관을 보내어 유시하였다. 그러자 김만기는 다시 임금을 대하여 힘껏 사양하면서 차자를 올려 다리병을 이유로 들어서 사양하였으나 임금은 윤허하지 않고, 오히려 의원을 보내어 약을 하사하였다. 김만기가 네 번째 상소를 올렸으나 재차 사관을 보내어 비답을 전해 위로하였다.[9]

윤씨부인은 이러한 일들을 되돌아보면서, 아들의 성품이 의리로 절사한 부친과 엄격함으로 가르친 자신의 교육에서 우러나온 것임을 실감하게 되었다.

윤씨부인의 가르침을 받아 성장한 김만기는 모친의 염원처럼 허다한 관직을 역임하였다.

김만기는 윤씨부인에게 기초 학문을 학습한 뒤에, 백부 창주 김익희

---

9 김진규, 『문충공회만기가장』

의 문하에서 한학을 수학하다가 우암 송시열의 문인이 되었다. 우암 송시열의 문인으로 효종 4년인 1652년에 생원과 진사 양시에 장원으로 급제하였다. 1653년 별시문과에 을과 3인으로 급제하여 승문원에 보임되었다. 그 뒤 장예원의 주서, 승문원의 주서, 시강원의 설서 등을 역임하고 예조, 병조좌랑과 사헌부 지평 등을 지냈다. 사간원의 정언, 홍문관의 부수찬, 부교리에 임명되었다. 1659년 효종이 승하한 후 효종의 계모인 자의대비의 복상문제로 논란이 일자 송시열, 송준길 등의 기년설을 지지하였다. 이후 서인으로 활동하며 3년설을 주장하는 고산 윤선도 등 남인을 공격했다.

또, 현종 4년인 1660년에는 수찬이 되었고, 1661년에는 응교, 사복시정, 성균관 사성, 의정부 사인, 통정대부로 승차하여 승정원 동부승지 등을 맡았다. 그리고 1666년에는 전라도관찰사로 임명되었으나 편모를 떠나 멀리 갈 수 없다고 사양하여 사간원 대사간에 특별히 제수되었고 곧 승정원 좌승지로 옮겼다. 1667년 예조참의에 승진되었으나 곧 사직하고 그 후 광주부윤에 제수되었다. 1670년 6월 부제학, 9월에 이조참의 1671년에는 딸이 세자빈이 되었고, 이후 가선대부 예조참판으로 승진, 승문원 제조, 도총부 부총관, 관상감 제조를 겸했다가 10월에 병조참판으로 옮겼다. 1672년 성균관 대사성이 되고, 곧 부제학으로 전보되었다가 홍문관과 예문관 양관의 대제학, 지성균관사, 지경연사에 동지의금부사를 겸임했다. 1673년 영릉을 옮길 때 산릉도감의 당상관이 되었다. 12월에 병조판서에 지춘추관사를 겸했고 1674년(현종 16) 예조판서로 옮겨 정헌대부로 승진되었다.

숙종 1년인 1675년에는 국구로서 영돈녕부사, 광성부원군에 책봉되었고, 오위도총부 도총관, 호위대장, 전생서 제조를 겸했다. 이후 총융사를 겸하여 병권을 장악하였으며, 이로 인해 남인들의 공격과 비판을 받기도 하였다. 이후 김수항의 천거로 1974년 대제학을 지내면서 문형, 경연 춘추관 주사, 비변사, 진휼청, 선혜청 등의 직임을 겸하기도 하다가 1675년 8월 총유사를 맡았다. 1680년의 경신대출척 때에는 훈련대장으로 끝까지 남인과 맞섰으며, 허적의 서자 견과 종실인 복창군·복선군·복평군 등의 역모를 막은 공을 세워 보사공신 1등에 책록되었고, 1686년에는 풍정도감 도제조를 지냈다.

이런 중요 직책을 감당하였던 김만기는 숙종의 곁에서 추기에 참여하며, 종사가 편안해지자 장수의 직위를 내놓고 집으로 돌아와 8년 동안을 조용히 살았지만[10] 몸이 점점 허약해지는 것을 막을 수 없었다. 그러더니, 1687년에 1월에 급작한 구토로 병세가 위급하자 임금은 어의 두 사람을 전후로 보내어 좋은 약을 잇달아 하사하고, 또한 궁인을 자주 보내어 문병하고, 음식도 하사하였다. 그때 장남 김진규는 충청감사가 되었는데, 임금은 상국 김수항의 차자 진달로 인하여 특명으로 교대를 기다리지 말고, 빨리 귀성하라 하였다. 김만기는 바야흐로 위독하여 일어나지 못할 정도인데도 임금의 이러한 명령을 듣고, 자제로 하여금 부축하여 앉은 채 흐느껴 울면서 말하기를 "임금의 은혜가 망극하다."고 하였다.[11]

조금 있다 속이 더부룩하고 팽창하여 숨 가쁨의 증세가 첨가되었다. 그 후 석달간의 환후 동안에는 임금은 특별히 내시를 보내어 문병하고 더욱 좋은 약을 하사했지만 모두 효력을 보지 못하고 마침내 3월 15일에 55세로 세상을 떠났다.[12]

---

10 『조선왕조실록』, 숙종 13년(1687년) 3월 15일
11 김진규, 『문충공휘만기가장』

숙종은 김만기의 부고가 전해지자 하교하기를 "슬픔과 서러움이 갖가지로 지극하다." 하고는, 애도하며 교서를 내리기를 "광성부원군이 비록 일시적인 병환이 있다 해도 마음으로 생각하기를 연령이 높지 않고, 정력이 강장하므로 천지신명이 돕는 바에 반드시 쾌유의 기쁨이 있을 것이라 했는데, 어찌 하늘이 동량을 빼앗아서 나이가 육십에도 미치지 못한 채 갑자기 세상을 떠날 줄이야 알았으랴. 이를 말하자면 상심한 일을 이루 말할 수 없다." 하였다. 그리고 예관으로 하여금 송종범절을 속히 거행할 것이며, 장례 등 일에 대해서는 해당되는 관서로부터 거행하고, 초상에 사용되는 모든 필요한 물건은 각 부서의 관원들이 몸소 안배할 것이며, 녹봉도 또한 3년 동안 지급하여 나의 성의를 표시하라고 하며, 임금이 드디어 희정당에서 호곡하고 이틀 동안 조회를 철폐하였다. 세 왕비는 모두 관리들을 보내어 호상하고, 어의와 비단이불을 수의로 하사하며 동원의 관재와 공조의 칠을 사용하고, 비단과 명주는 호조와 상의원에서 판출하게 하니, 모두가 특별한 명령이었다.[13]

나라에서는 또한 베와 쌀을 많이 하사하고, 대왕대비도 또한 의복과 부의를 보내어 성복하게 하고, 궁중의 제찬으로 제수를 하사하며 도승지와 예관을 보내어 상제를 조문하였다. 세 왕비도 또한 내사를 보내어 상제를 조문하며 또 지관을 명령하여 장지를 선택하고, 장사에 임박하여 예관을 보내어 사제하고, 또한 궁중의 제찬으로 내사를 보내어 별도로 치제하였다. 또 예관을 보내어 길에서 치제하며, 또 명령하여 발인 후일의 제사와 장례 때에 모든 제수를 관에서 공급하게 하였다. 또 내수사에서 석물을 제조하며 본도에서 재실을 짓게 명령하니, 애도

---

12 김진규, 『문충공휘만기가장』
13 김진규, 『문충공휘만기가장』

를 표시하고, 송종을 우대함이 지극하였다.[14]

종전에 임관했던 군문의 장교와 사병 및 모든 부서의 아전들도 다 와서 호곡하면서 전을 올렸다. 교외에서 호송하는 횃불이 십여 리를 비추고, 슬프게 울부짖는 소리가 산야를 진동하며 훈련도감의 사병들이 더욱 추후 생각하여 흐느껴 울고 공의 은혜를 갚을 길이 없다면서 상여를 메고 묘지에 갈 것을 자청하였다.[15]

윤씨부인은 이미 사별한 큰 아들 서석 김만기가 이렇게 세상을 살다간 것을 비통한 상황 속에서 회상하였다면, 다른 한편으로는 사별한 큰 아들과는 여러 가지 면에서 성품과 빛깔을 달리하는 작은 아들 서포 김만중의 다기한 관직도 더불어 생각해 보았을 것으로 추정된다.

서포 김만중은 1649년 12세에 이미 과거 문장을 쓸 만큼 글재주가 향상되었기에 1651년 14세에는 향시에 합격하였고, 1653년에는 사마시에 1등으로 합격하여 진사가 되었다. 관료 생활로는 현종 6년인 1665년에 정시문과에 장원, 성균관 전적에 임명되고, 예조좌랑에 옮겼다. 이후 사간원정언·지평·수찬·교리를 지냈다. 그 뒤 시강원 사서에 임명되었다. 1667년 사헌부 지평으로 옮겼다가 문학으로 세자의 시강원으로 전직되었고, 바로 홍문관 수찬이 되었다. 이조판서 김수항이 예송 문제로 임금의 뜻과 어긋나게 되자, 이에 임금은 교서를 내리어 박절한 책망을 했다. 이때 남인들은 김수항에게 죄를 줄 것을 청하였고, 김만중은 관료와 더불어 차자를 올리어 간하니, 임금은 엄중한 비답을 내렸다. 그러자 다시 관료로 더불어 상소하여 사직하였다.

---

14 김진규,『문충공휘만기가장』
15 김진규,『문충공휘만기가장』

1669년에는 부제학을 지냈고, 1671년에는 암행어사가 되어 경기·삼남의 진정을 조사하였다. 그리고 1672년에는 다시 문학을 겸하였으며 헌납을 역임한 후에 동부승지가 되었다. 그러나 1673년 천릉의 일과 상례문제 등을 논하다가 그로 인하여, 1674년 1월에 강원도 금성으로 유배되는 어려움을 겪었다. 또, 인선왕후가 작고하여 자의대비의 복상문제, 즉 권력의 정통성 논란에서 서인이 패하자, 관직을 삭탈당하기도 하였다. 그 후에 다시 등용되어 1679년에 예조참의, 1680년 5월에는 문형 후보에 올랐다. 그 후 홍문관 제학, 부제학으로 옮기면서 동지경연, 그리고 1683년 4월 드디어 홍문관 대제학과 예문관 대제학, 지성균관을 겸하였다. 1683년에 공조판서, 이어 대사헌이 되었으나 조지겸 등의 탄핵으로 전직되었다. 1685년에는 홍문관 대제학, 1686년에는 지경연사로 있으면서 김수항이 아들 김창협의 비위까지 도맡아 처벌되는 것이 부당하다고 상소하였다. 1686년 9월에 다시 양관 대제학을 겸하였고, 1687년에는 판의금부사가 되었다.

한편, 조정에서는 숙종이 대신의 결정에 즈음하여, 특별히 가복하는 사건이 일어났다. 즉, 1687년 5월에 숙종은 관례를 크게 깨뜨리면서 이조판서 조사석을 마침내 우의정으로 임명하게 되었다. 그러나 숙종은 다음 날인 5월 2일에 김만중을 판의금부사에 예문제학을 겸하게 하였다.[16]

5월 18일에는 이미 3월에 사망한 김만기의 시신을 거두어 조정의 유사들과 더불어 의물을 갖추어 경기도 광주군의 서쪽에 위치한 속달리 노티 언덕에 장사지냈다.[17]

---

16 김병국 외 역, 『서포년보』, 서울대학교출판부, 1992, 198쪽
17 김진규, 『문충공휘만기가장』

이때에도 반혼함에 미처서 장례의 행렬이 거리를 지날 때에 공경대부는 물론 장교, 아전, 사병들까지도 호곡하였다. 여항의 백성들도 거리를 메우고 골목까지 메우게 하였으니, 사람들은 근래 대관의 이런 큰 상사를 보지 못했다고 하였다.[18]

김만기가 세상을 떠났다는 애통한 소식을 듣고 애도하여 그의 아들 김진규 등에게 편지로 위로하기를 "나라가 비록 불행하다 해도 어찌 부친이 세상을 버릴 줄이야 알았으랴. 가학 연원과 유학, 세도의 무거운 책임을 장래에 누구에게 위임하겠는가?" 하였으니, 김만기에 대한 이러한 말은 대군자인 그에 대한 적절한 평가였다.[19]

이때 김만중은 5월 19일에 좌참찬으로 옮겼다. 6월 5일에는 장악원 제조를 겸하였고, 7월 23일에는 우참찬으로 옮기게 되었다.

이런 속에서 윤씨부인의 슬픔을 위로할 수 있는 큰 기쁨이 될 수 있는 경사로, 김만중의 큰 아들인 손자 김진화가 진사에 장원급제를 하는 일이 일어났다.

한 달이 지난 후인 8월에는 김만중은 판의금부사가 되었고, 이어서 9월에는 우참찬과 장악원제조, 판의금부사를 겸하게 되었기에 조금씩 마음의 위안을 받게 되었다. 그러나 윤씨부인은 궁궐을 생각하면 더욱 마음이 아프고 안타까워지는 것을 막을 수는 없었다. 그 까닭은 숙종의 첫 왕비 인경왕후가 승하한 이후, 덕성을 갖춘 인현왕후가 뒤를 이었지만 출산을 못하였고, 이를 계기로 조대비의 지원하에 궁녀로 들어온 후궁 장씨로 인한 상황이 점차 심각해지고 있었기 때문이다. 즉, 그 당시 항간에서는 수군거리면서 말하기를 "조사석이 정승에 임명된 것

---

18 김진규, 『문충공휘만기가장』
19 김진규, 『문충공휘만기가장』

은 어떠한 인연이 있다." 하였다.[20] 즉 숙종이 인경황후의 승하 후 들어온 인현왕후 민씨의 양해로 궁인 장씨를 후궁에 맞았고, 후궁 장씨는 숙종의 총애를 받아 숙종 12년인 1686년에는 숙원에 이르는 급속 승급을 하였다. 이로 인해 장숙원은 조대왕대비와 동평군 이항에게 기대면서 지위와 권세를 부리게 되었다.

이때 이조판서 민진주는 상소로 그의 뒤바뀐 거조와 해괴한 소문을 의논하니, 임금은 엄한 책망을 가했다. 그리고 대사헌 우참찬 이수언은 또한 언관의 뜻을 꺾지 않아야 함을 주장하였다.

이런 사태 속에서 김만중이 걱정하는 바를 지켜보던 자상한 윤씨부인 또한 자식과 나라의 앞날이 크게 걱정되었을 것으로 판단된다. 특히, 윤씨부인의 효자 서포 김만중은 믿고 따르던 형을 잃은 참담함과, 이로 인해 애통해하는 모친 윤씨부인, 그리고 모친과 형이 어느 누구 못지않게 받들고 염려하는 국왕 숙종이 조정과 비빈들의 문제에서 보여주는 난맥상을 해결하고자 하였다. 이런 상황에서 남달리 걱정하는 모친의 뜻과 김만중의 충의가 상승 작용을 일으키면서, 숙종을 위기에서 벗어나게 하려는 중차대한 일의 윤씨부인의 치열한 정신을 대신하는 아들 김만중이 주역으로 나서게 된 것으로 판단된다.

---

2. 윤씨부인의 작은 아들 서포 김만중의 직언과 유배

윤씨부인의 자식에 대한 믿음과 자부심, 엄한 지도와 편달, 그리고 치열한 노력의 결과는 서포 김만중으로 하여금 1687년 9월에 있었던 경연에서의 직간 사건의 주역이 되게 하였다. 그런데, 이 사건은 윤씨부인의 일생에 한 획을 긋게 되는 역사적인 사건으로서, 꼭 50년 전에 서포 김만중이 유복자로 태어나기 직전에, 남편 충정공 김익겸이 보여준 절의에 비견할만한 것으로서 숙종 면전에서 보여준 작은 아들 김만중의 결사적인 충의의 표현이었다.

1687년 9월에, 서포 김만중은 대제학과 의금부판사의 직위를 가진 채 지경연관으로 희정당에서 하는 경연에 나아갔다. 이 날 경연은 주강으로 정오에 개최되었다. 경연에 참여한 사람은 숙종을 모시고, 8인의 신하들, 즉 지사인 김만중을 중심으로 하여 특진관인 신완, 참찬관인 임홍망, 사독관인 황흠, 검토관인 홍수헌, 지평인 이정익, 무신부호군인 김단하, 주서인 최중태, 기사관인 송상기였다.

강독할 내용은 전부터 계속 강독하고 있던 주역 중에서 함괘 부분이었다. 경연관들은 먼저 주역 함괘를 강론하였고, 이어서 한석조 부친의 가좌와, 능행 때 마편 제공을 잘못한 관원의 처벌 문제, 그리고 김수항과 이단하 등에 대우가 달라진 것이 김창협의 상소 때문인가의 여부 등에 대하여 논의가 진행되었다.[21]

이에 앞서 궁인 장씨가 상감의 특별한 은총을 입어서 작위를 받았는

---

21 『승정원일기』

데, 이징명과 한성우가 서로 이어 말을 하였고, 김창협도 상감께서 이 징명을 견책한 일을 가지고 쟁론하였다. 이윽고 숙종은 김수항과 이단하를 몹시 박대하여 정승에서 물러나게 하였고, 또 엄중한 교지를 내리었다. 여항에서는 조사석이 정승에 제수된 것은 사사로운 지름길로 연줄이 닿아서 그리 됐다는 말이 자자하였으므로 조사석은 감히 직무를 맡지 못하였다. 영의정 남구만은 차자를 올려서 숙종이 두 정승을 염박한 것에 대하여 논하였으며, 이어서 여항의 논의가 비등하여 나라 사람들이 의심스러워하고 있다는 말을 하였다. 대사헌 이익은 또 상소를 올려 조사석이 힘써 사퇴하는 것은 오로지 민진주와 홍수언 때문만은 아니라고 말하였다.

이 날 경연에서 숙종과 김만중 등이 나눈 격렬한 대화의 내용을 대화자 별로 구별하여 인용하면 다음과 같다.

김만중의 말(1)

"금번 능에 행행하셨을 적에 말 채찍의 일로 해서 공조의 관원을 잡아가두라는 명이 계셨으므로 금부에서는 '장팔십고신'의 형률을 적용하였습니다. 유사가 능히 진어하지 못한 것은 진실로 유죄입니다. 다만 듣자하니 등나무 채찍은 반드시 붉은 점이 있고 또 다섯 마디가 찬 뒤라야 진어하기에 합당한데 공조에서는 이와 같은 물품을 얻지 못해서 죄를 입었다고 합니다. 신이 바야흐로 약방의 직분을 가지고 있으니 청컨대 약재로써 비유해 보겠습니다. 당약 가운데 황련이나 주사 같은 따위는 형태가 매발톱 같고 거울 표면 같은 것이면 좋은 약이지만 그렇지 못하면 효험도 떨어집니다. 그러나 근래에 진어하는 약재가 혹은 능히 십분 훌륭하지는 못해서 간간이 버금가는 물품을 써도 성상께서는 일찍이 죄주어 책망하신 적이 없습니다. 이 어찌 당나라 약재가 먼 데서 오므로 용서해 줄 만한 이유가 있기 때문이 아니겠습니까? 이번에 이 등나무 채찍도 또한 우리나라에서 나는 것이 아니니 최고급품을 얻기 어려운 것 역시 당나라 약재와 마찬가지입니다. 더군다나 이것은 당나라 약재와도 다르니 비록 붉은 점과 다섯 마디가 아니라도 실용에는 해로움이 없습니다. 만일 한결같이 이런 따위의 일에만 유의하신다면 옛 사람들이 경계한 바 '물건을 구경하다가 마음을 잃어버림'에 거의 가깝지 아니하겠습니까?"

숙종의 말(1)

"경이 아뢴 바가 대체적인 뜻은 진실로 훌륭하나 나의 본래의 뜻을 알지 못하였다. 내가 말 채찍을 중히 여겨서가 아니다. 공조가 으레 거동할 때엔 말 채찍을 진어하도록 되어 있는데 금번엔 진어하지 아니하였다. 내가 공조의 하급 관리를 추문하였더니 말 채찍을 진어하는 일은 일찍이 이전 예규가 없다고 하였다. 일이 하도 터무니 없었으므로 다시 명하여 이전 예규를 찾아 들이라 하였더니 그 뒤에야 구차하게 겉으로만 책임을 얼버무렸다. 일이 몹시도 편안치 못하였으므로 대략 경책을 가하였던 것이니, 내 뜻은 다만 직무상 당연히 진어해야 할 물품을 끝내 진어하지 아니한 것을 언짢아 했을 뿐이다."

김만중의 말(2)

"옛 사람의 이른바 '임금의 덕은 이루어냄을 귀하게 여긴다'는 것은 신 같은 연관이 감히 의심할 바 아니지만 이번에 만수전의 화재는 근래에 없던 변고였으며, 요즈음 여항간에는 효잡스러운 말도 많아서 심지어 '상감과 신하들의 마음속에도 의심 때문에 통하지 않는 것이 없지 않다.' 하니 신은 진실로 능히 지나친 염려를 하지 아니할 수 없습니다. 또한 오늘 진강한 글월의 뜻에도 임금과 신하, 위와 아래가 서로 감응해야 한다는 말이 있으니 감히 구구하게 생각한 바를 말씀드리겠습니다. 요즈음 상감의 두 신하에 대한 대접은 즉위하신 이래로 없었던 잘못된 거조이시니 온 나라 사람들이 누가 미안하게 여기지 아니하겠습니까? 지난번 영의정과 대사헌 이익이 모두 이 일을 말할 적에 위와 아래가 마음과 뜻이 통하지 않는다는 것과 여항에 부언이 들끓고 있다는 것을 걱정하였습니다. 요즈음 아랫사람들은 모두 군상께서 신하들을 믿지 않는다고 하지만 실은 신하들도 군상의 뜻을 믿지 않음이 없다고는 할 수 없습니다. 신하로서 군상을 의심하는 것이 진실로 도리나 분의상 감히 있을 수 없는 일이지만 인정에 있어서는 또한 어쩔 수 없는 일이기도 합니다. 비유하건대 아버지가 아들에게 본디 자애로우신 분인데 느닷없이 못마땅한 낯빛을 하실 경우, 온 집안사람이 그 아들의 죄가 무엇인지 영문을 모른다면 어찌 놀라 의혹하는 마음이 없을 수 있으며, 또한 어찌 무심히 앉아 보기만 하고 의혹을 풀어 버릴 길을 모색하지 않을 수 있겠습니까? 이제 신이 감히 이런 따위 억측의 말을 가지고 바로 성상께서 참으로 이런 일을 하셨다고 생각하지는 않습니다. 그러나 신은 신하된 도리로써 마땅히 시원하게 풀어서 위와 아래로 하여금 의혹으로 막힌 곳이 없도록 하고자 하는 것입니다. 신이 사람들과 접촉하는 일이 드문 데도 불구하고 신의 귀도 또한 들은 바가 있으니 그런 말이 널리 퍼져 있음을 가히 알 수 있습니다.

전 영상 김수항은 앞 조정의 대신으로서 상감께서 은혜롭게 예우하심이 자별하셨는데 지난번 정원에 내리신 교지는 평소와 크게 달랐습니다. 그래서 바깥 사람들은 그 이유를 헤아릴 수 없었습니다. 지난번 김창협이 소를 올려 궁액의 일을 언급하였는데 자못 조심스러움이 결여되어 있었

고, 또 창협이 다른 사람과 달라서 후궁이 그의 일가였으므로, 바깥 논의
가 또한 그러한 소는 창협의 손에서 나와서는 아니된다고 하였습니다. 어
떤 일들은 의심하기를 상감께서 수항을 못마땅하게 여기시는 것은 실로
이 상소로 말미암아서라고 하였습니다. 수항의 사람된 품이 본디 삼가고
조심성이 있으니 그 당시 만일 그 아들의 상소를 보았다면 반드시 막았겠
으나 미처 알지 못한 듯합니다. 그러나 이러한 사정은 다른 사람이 알 수
있는 바가 아니며, 상감께서는 어찌 그 아들의 상소를 가지고 그 아비에
게 노여움을 옮기셨습니까? 이 모두 김수항의 죄명이 분명하지 아니하였
기 때문에 이러한 의심이 생긴 것입니다. 대신의 차자와 도헌의 상소에
모두 '위와 아래가 의혹으로 막혀 있고, 부언이 들끓고 있다.'는 말이 있
고, '조사석이 불편해 하는 것은 실로 민진주와 이수언의 상소에 있지 않
다.'고 하는 것도 또한 이 때문입니다."[22]

이 때의 상황을, 『조선왕조실록』에서는 "요사이 전하께서 김수항과
이단하에 대한 대우가 그전보다 크게 달라지셨는데, 김수항에 대해서
는 외부 사람들 모두의 말이 '김창협의 상소 때문이다.'라고 합니다.
어찌 전하께서 그의 아들이 한 일 때문에 그의 아비에게 화풀이를 하
시겠습니까? 이는 김수항의 죄명이 분명하지 않기 때문에 이런 의심
을 가지는 말이 외간에 마구 퍼지게 되는 것이 아닐 수 없습니다. 지금
전하께서도 신료들에게 마치 의심이 쌓여 풀리지 않으시는 것 같은데,
그렇다면 아래에서도 성상께 의심이 없을 수 없게 되는 것은 또한 당
연한 일입니다. 대사헌 이익의 상소 내용에 이른바 '의아스러운 마음

---

22 김병국 외(역), 『서포년보』, 서울대학교출판부, 1992, 203쪽

이 날로 생겨나고 있습니다.'라고 한 것이나, '조사석이 불안해진 것은 민진주 때문이 아닙니다.'라고 이수언의 상소에서 말하게 된 것도 또한 이런 때문입니다. 지난번 한성우의 상소는 한 말이 매우 광망하여 진실로 성상의 마음을 개오하기에 부족한 것이기는 했습니다마는, 비답하신 말씀이 매우 엄격하였고 신자로서는 차마 들을 수 없는 말씀이 있기도 했기에, 항간에서는 더러 송 인종 때 온성의 일과 같은 것이라 하고 있습니다. 유언은 옛적부터 대내에서 총애받는 궁녀가 있을 적에 생기는 수가 많았습니다. 만일『시경』맨 첫 장의 시로서, 부부의 도가 잘 행해져 가정이 평화로움을 뜻하는 관저장 같은 시가 생긴 문왕 때라면 그런 말들이 어디에서 생겨나게 되겠습니까? 바라건대, 전하께서는 반성하시면서 더욱 수신하고 제가하는 도리를 닦으소서."하였다고 기록하고 있다.[23]

숙종의 말(2)

"사석이 불편해 하는 것이 두 신하 때문이 아닌 줄을 어떻게 알 수 있는가?"

이 때의 상황을, 『조선왕조실록』에서는, 임금이 이르기를, "조사석이 불안하게 된 것은 과연 무슨 일 때문이겠는가?"하였다고 기록하고 있다.

김만중의 말(3)

"여항간 부언이 지극히 터무니없으니 듣는 이가 뉘 곧이듣겠습니까마

---

23 『조선왕조실록』, 숙종13년(1687) 9월 11일

는 그러나 이러한 말이 이리저리 굴러서 널리 퍼진 뒤에는 사석도 역시 스스로 편안할 수 없을 것입니다."[24]

이 때의 상황을, 『조선왕조실록』에서는 김만중이 아뢰기를 "후궁 장씨의 어미가 평소에 조사석의 집과 친밀했었습니다. 대배가 이 길에 연줄을 댄 것이라고 온나라 사람들이 모두 말하고 있습니다마는, 유독 전하께서만 듣지 못하신 것입니다. 임금과 신하의 사이는 마땅히 환하게 트이어 조금도 간격이 없어야 하는 것인 데다가 전하께서 물으시는데 신이 어찌 감히 숨기겠습니까?"하였다고 기록하고 있다.[25]

숙종의 말(3)

"이익의 상소에서 이르기를 '사석이 편치 못한 것이 민·이 두 신하의 상소 때문이 아님은 온 조정이 다 아는 바입니다.' 하였으나 나는 그가 편치 못한 까닭을 알 수 없었는데 오늘 연신이 이렇게 말을 꺼냈으니, 그러면 사석이 편치 못한 것은 무슨 일 때문인가? 여항간에 어지럽게 들끓고 있나는 것은 또한 무슨 말인가?"

김만중의 말(4)

"여항간 효잡스러운 말이 실로 형체는 없습니다만 대체로 궁액 가운데의 일을 가지고 이러쿵저러쿵하고 있습니다. 상감께서 후궁을 두신 것이 여색을 위해서가 아닌 줄을 조정의 안팎에서 누가 알지 못하겠습니까? 그러나 효종대왕과 현종대왕 두 조정에서는 후궁을 두지 아니하였으므로

---

24 김병국 외(역), 『서포년보』, 서울대학교출판부, 1992, 203쪽
25 『조선왕조실록』, 숙종 13년(1687) 9월 11일

여항 사람들은 처음 보는 일이라고 생각하는 것입니다. 또 지난번에 한성우가 상소를 올려 경계하셔야 할 일을 말씀드렸는데 그 말이 몹시 미친 듯 망녕되어 진실로 상감의 마음을 깨달으시게 하기에는 부족한 것이 사실이었습니다. 그러나 정도가 지나친 비답을 내리시게 되자 외간에서는 혹 지금의 후궁은 송나라 때 온성과 같은 총애를 받고 있는 게 아닌가 생각하였으며, 지난번 누차 가복한 것이 상례와는 달랐기 때문에 이로 말미암아 효잡스러운 말이 야단스럽게 퍼져 나갔습니다. 신은 진실로 감히 일일이 아뢸 수는 없습니다만 상감께서는 잠잠히 생각하실 수 있을 것입니다. 이런 따위의 말이 사석에게는 어찌 대단히 불편하기까지야 하겠습니까마는 대성인께서 스스로 반성하시는 길로써 말한다면 경계할 만한 것이 없지 않습니다. 예로부터 이런 따위의 부언은 여인들을 총애하는 때에 많이 생겼으니 문왕의 관저편과 같은 때라면 어찌 이런 말이 있겠습니까? 그러나 이 모두 떠돌아다니는 근거없는 말들이니 성조께서 진실로 이 같은 일이 없으시다면 크게 걱정하실 것 없습니다. 다만 몸을 닦고 집안을 가지런히 하는 길에 더욱 힘써 공부하시면 이와 같은 잡된 말들은 저절로 소멸할 것입니다. 이것이 신이 구구하게도 성조께 바라는 것입니다. 신이 들어올 때에 마침 헌장의 상소를 보았으므로 감히 생각한 바를 말씀드리는 것입니다."

숙종의 말(4)

"사석이 불편해 하는 것은 무슨 일 때문인가? 말을 꺼냈으니 밝혀 말하지 아니하면 아니될 것이다."

김만중의 말(5)

"군신은 부자와 같습니다. 그러므로 신이 망측한 부언을 듣고 나서 마음에 참으로 개탄스러워 경솔하게 말씀드렸으니 황송하기 그지없습니다. 또한 이 말이 비록 지극히 터무니없긴 하지만 이제 만일 연중에서 말씀드린다면 사석이 어찌 더욱 불편해하지 아니하겠습니까?"

승지 임홍망의 말(1)

"근래에 여러 신하들이 장주에 다만 의혹으로 막혀 있다는 말만 하고 의혹을 풀어 없애는 이는 없었습니다. 그래서 이제 아무개가 그 의혹으로 막혀 있는 것을 푸느라 이렇게 아뢰었습니다만 여항에 떠돌아다니는 말을 신하가 어찌 감히 아뢸 수 있으며 상감께서는 어찌 반드시 물으십니까? 혹 대신에게 불편하게 될까 걱정스러우니 분명하고 자세하게 물으실 필요는 없을 것입니다. 이익의 소에 '제나라 동쪽'이란 말이 있었습니다. 우리나라가 제나라 동쪽에 있어서 습속이 으레 와언이 많으니 와언을 자세히 물어 무엇 하겠습니까?"

숙종의 말(5)

"이제 이 말을 들어 보니 비로소 사석이 불편해 하는 것이 민·이 두 신하의 소 때문이 아닌 줄을 알겠거니와 연신이 이미 말을 꺼냈으니 이른바 잡된 말이란 무슨 말인가? 밝혀 아뢰어야 할 것이다."

김만중의 말(6)

"이토록 하교하시니 신이 어찌 감히 숨기겠습니까? 신이 이런 따위의 말이 만에 하나라도 믿을 만하다 여기어 군부께 의심을 두고 있는 것은 아닙니다만, 외간에서는 후궁 장씨의 어미가 조사석과 서로 친하게 지냈기 때문에 사석에서 의정 벼슬을 받은 것은 이러한 연줄 때문이라고들 합니다. 이런 따위의 말들이 외간에 퍼져 있으니 사석이 불편해 하는 것은 아마 이 때문일 것입니다. 말세의 인심이 실로 한심하다 하겠습니다.”

숙종의 말(6)

“나와 같이 엉성한 재주와 엷은 덕으로 임금 자리를 더럽히고 있었더니 이런 말까지 듣게 되었다. 이것은 전고에 없던 변고로서 내가 이런 말을 듣고서는 실로 뭇 신하들을 대할 낯이 없으니 차라리 거꾸러져 버리고 싶다. 혼미한 조정에서는 벼슬을 주고 금을 받는 일이 있다더니 이제 이런 말을 들으니 진실로 지극히 무례하다. 반드시 언근이 나온 곳이 있을 것이다. 이미 말을 꺼냈으니 언근을 밝혀 아뢰어야 할 것이요. 결코 그만두어서는 아니될 것이다. 이렇게 차마 듣지 못할 말을 감히 군부의 앞에서 아뢰고 있으니 이것은 임금을 욕보이자는 것이다. 내가 김수항을 언짢게 여기는 것은 그것대로 이유가 있으니 연신이 아뢴바 김창협의 일에 관계되었다는 것은 전혀 그렇지가 않다. 김창협의 일이 비록 해괴하긴 하지만 어찌 그 죄를 옮기어 그 아비에게까지 미치겠는가? 일이 이 지경에 이르렀으니 내 또한 어찌 밝혀 말하지 아니하겠는가? 경신년 사이에 내가 이단하를 형조판서에 제배하였었다. 그때 김수항은 이단하가 진실로 문아는 있으나 이재는 부족하다고 하더니, 지난 가을에 이르러서는 이단하를 복상하여 들여왔으니, 어찌 형조판서로는 부족한데 도를 논하고 나라를 다스리는 직무에는 합당할 수 있겠는가? 수항의 소행은 참으로 정직하지 못하였다. 이단하가 정성스런 마음으로 나라를 걱정하고 지성으로 임금을 사랑하는 줄을 내가 진실로 알거니와, 다만 그는 귀가 여려서 남의 말을 잘 곧이듣는 병통이 있다. 사람들은 틀림없이 '이미 합당치 아니한 줄을 아셨다면 당초에 어찌하여 낙점을 하셨던가?'할 것이다. 나는 그때 마음속으로 그가 복상 단자에 오랫동안 머물지 아니할 것을 알고 생각하기를 '대간도 또한 윤회대간이 있으니 정승 또한 어찌 윤회정승이 없으랴.' 하여 임시로 이단하를 정승으로 낙점하였으나 김수항에게는 내 마음이 언짢았던 것이다. 올 여름 복상할 때에도 네 차례나 가복하였는데도 단지 몇몇 신하들만을 복상하고 끝내 조사석은 복상하지 아니하였다. 김수항과 이단하가 청대하여, '대신은 이조판서에서 오랫동안 승진하지 못하였다.'는 말을 하였으나 내가 듣기로는 이조판서에서 오랫동안 승진하지 못하였던 것이 아니고 출신에서 오랫동안 승진하지 못하였던 것이다.『국조방목』또한 궐내에 있으니 근거가 분명하여 상고할 수가 있다. 내가 이 때문에 더욱 언짢아져서 개탄스럽기 그지없었던 것이다. 그 동안의 곡절이 이와 같을 뿐이었는데 이제 이렇듯 차마 듣지 못할 말을 들으니 어찌 마음 상하지 아니하겠는가? 연줄로 복상하였다고 한다면 혼미한 조정에서 값을 주고 벼슬을 얻을 일과 같다는 것이니 금을 받았다는 말인가 은을 받았다는 말인가? 내 나이 장차 서른인데 아직도 후사가 없으니 후궁을 둔 것은 실로 이 때문이었다. 지난 봄 비망기에서도 이러한 뜻을 말하였으니 한성우가 틀림없이 모르지는 아니할 터인데 감히 여색을 즐긴다는 말을 하고 효종대왕 때의 일을 말함에 이르러서도 터무니없는 말을 하고 있으니 저가 인신으로서 어찌 감히 이와 같은 말을 하는가? 지난번 인견할 때에는 이런 일을 가지고 대신에게 박절하게 간섭하기가 무엇해서 드러내놓고 말하지는 아니하였던 것이다. 내가 이단하로 정승을 삼은 것은 애초에 예우하자는 것이 아니었고 다만 정승을 돌려가며 하자는 것이었는데, 조사석을 연줄로 복상하였다는 오늘의 말들은 생각지도 못한 것을 무욕하여 이에 이르렀으니, 누가 이런 말을 하였는가? 언근을 분명히 아뢰라."[26]

이 때의 상황을, 『조선왕조실록』에서는 "임금이 크게 화를 내며 이르기를, "나와 같이 재주도 없고 덕도 박한 사람이 임금의 자리에 있으면서 이러한 말을 듣게 되니 진실로 여러 신하들을 대할 면목이 없다. 김창협이 한 일은 비록 해괴하기는 했지만 어찌 죄를 그의 아비에게 옮길 리가 있겠는가? 이단하는 정승의 직책에 합당하지 못함을 내가 본래 알고 있었거니와, 속담에 '차례로 하는 대간이다.'라는 말이 있듯이, 또한 어찌 차례로 하는 대신인들 없겠느냐? 조사석을 이미 연줄을 대어 정승이 되었다고 했으니, 광해군 때에 값을 바치고 벼슬을 얻게 된 일과 같은 것인데, 금을 받은 것이라 여기느냐, 은을 받은 것이라 여기느냐? 분명히 말의 근거를 대라. 결코 그만두지 않겠다." 하였다고 기록하였다.[27]

김만중의 말(7)

"신의 죄가 만 번 죽어도 진실로 아까울 것은 없습니다. 신이 비록 못났으나 외람되게도 연석에 있고, 마침 외간에서 들은 바가 있었는데 마음이 몹시 놀라워서 삼가 숨김이 없고자 하였거늘 상감의 하교가 언근을 캠에 이르시니 신이 비록 신하답지 못하다 해도 어찌 언근을 아뢸 수 있겠습니까?"

---

26 김병국 외(역), 『서포년보』, 서울대학교출판부, 1992, 208쪽
27 『조선왕조실록』, 숙종 13년(1687) 9월 11일

숙종의 말(7)

"비록 말세라고는 하지만 어찌 군상의 처분을 이렇듯 의심하여 이와 같이 차마 듣지 못할 말을 지어 내는가? 이런 말을 지어낸 자를 분명히 아뢰어야 할 것이다."

김만중의 말(8)

"군상은 부모와 같습니다. 신이 노모가 있는데 사람들이 만일 신의 어미를 헐뜯어 욕한다면 신이 어찌 그 말을 믿겠습니까? 그러나 신의 어미에게 전하지 아니할 수 없는 것은 차마 그런 말을 듣고도 내버려둘 수 없기 때문이요, 또한 차마 모자간에 숨김이 있을 수 없기 때문입니다. 오늘 아뢴 것은 다만 군상을 어미처럼 여겼기 때문입니다. 그리고 공중에 떠돌아다니는 말이 누구 입에서 나왔는지를 신이 어떻게 알고 말씀드리겠습니까? 또한 이 일을 신이 진실로 감히 말씀드릴 수 없었는데 상감께서 누차 물으시고는 부득이 들은 바를 아뢴 것입니다. 이제 이것을 가지고 신의 죄를 삼으신다면 신은 진실로 형륙을 달게 받겠습니다마는 이것은 곧 상감께서 신을 형륙에 빠트리게 된 것입니다."

숙종의 말(8)

"신하가 군상을 의심하는 것이 이에 이르렀는데 나는 알지도 못하였다. 청을 받고 정승을 제배했다는 말은 전고에 듣지 못하였던 바이니 지극히 무례한 말이다. 언근을 분명히 아뢰라. 그만둘 수는 없다."

옥당 황흠의 말(1)

"김아무개가 자못 매우 경솔하긴 하였으나, 근거 없는 말이 외간에 퍼져 다니므로 그도 또한 몹시 놀라서 숨김을 없애려는 정성으로 이렇게 아뢰었는데 상감께서 언근을 캐기까지 하시는 것은 자못 연신을 대접하는 길이 아니니 실로 타당하지 아니합니다."

숙종의 말(9)

"너희들이 부정한 재물을 탐했다는 오명을 얻게 되면 반드시 모두 분함을 이기지 못할 것이다. 무릇 오명은 비록 여항의 범인이라도 반드시 부끄러워하며 죽고 싶어 할 것이다. 값을 받고 관직을 주었다는 것은 심상한 잡언일 뿐만은 아니니 차라리 고꾸라져 죽어버리는 것만 같지 못하다. 아는 것 없는 인주가 내치거나 등용하는 권한을 총람하였다고 이와 같은 욕설을 들었으니, 이 뒤로는 시키는 대로 순종하고 입 다문 뒤에야 겨우 이런 따위의 욕된 이름을 면하겠고 그렇지 아니하면 말세에 이러한 욕을 면키 어렵겠다. 대신이 어떠한 직분이며 인주가 어떤 자리인가? 어찌 다만 여항의 사대부에게 견주겠는가?"

옥당 홍수헌의 말(1)

"비록 이런 따위의 가소로운 말이 있더라도 인주는 욕된 일을 견디고 포용하는 도량으로 오직 듣고도 듣지 못한 척 해야 합니다. 어찌 부언의 뿌리를 캘 수가 있겠습니까?"

임홍망의 말(2)

"아무개가 아뢴 것은 다만 임금을 부모처럼 여겼기 때문입니다. 그 본의를 캐보면 우직함에서 나온 것이니 결코 그 언근을 물어서는 아니될 것입니다."

숙종의 말(10)

"이제 이러한 말들을 들어보니 대신이 향장에 물러가 칩거한 것이 부득이해서인 줄을 알겠다. 내가 전 영상을 언짢아 한 것은 다만 지난 가을의 일이 이와 같았기 때문이었다. 그래서 올 여름에는 상고하기를 조심스럽게 하였는데 이러한 무함을 듣고 나서 인주는 장차 어떻게 손을 놀리겠는가?"

옥당 황흠의 말(2)

"정승을 돌아가며 한다는 하교와 이단하가 정승에 임명되기는 적합하지 않았는데 임시로 낙점하셨다는 하교는 실로 거북합니다. 그 불가한 줄을 알고도 임시로 임용하는 것 또한 정승을 임용하는 도리가 아닙니다. 어찌하여 이러한 하교를 내리셨습니까? 또한 아무개의 말을 어찌 그 근거를 캐십니까? 이런 따위의 부언을 외간에서 듣는 이들은 모두 세도인심이 글러먹었음을 개탄할 따름입니다. 어찌 한 터럭이라도 곧이듣는 이가 있겠습니까?"

숙종의 말(11)

"말세의 부언이 비록 사소하게 효잡스러운 것은 있어도 어찌 이와 같은 것이 있을 수 있는가? 결코 내버려 둘 수 없는 것이라서 부득불 언근을 캐묻는 것이다. 대신을 제배하는 즈음에 값을 받고 관작을 주었다는 말은 사소한 부언에 견줄 바 아니다. '바라보니 인군이 인군답지 못하다.'고 여긴 뒤에야 이런 따위의 말을 하게 되는 법이다. 속담에 '인주의 상태를 보고 나서 그 밥을 움켜 먹는다.'는 것을 이름이니 이런 말을 듣고도 내치거나 등용하며 조화부리는 권세에 간여한다면 실로 수치스러운 일일 것이다."

임홍망의 말(3)

"아무개가 아뢴 바 의혹으로 막혀 있다.'는 것은 이러한 말 때문에 의혹으로 막혀 있다는 것이 아닙니다. 이러한 말은 단지 군부께서 이런 무함을 들으시는 것이 마음 아파서 떠도는 소문을 아뢴 것일 뿐입니다. 또한 아무개가 아뢴 것은 궁액에 연줄을 대었다는 것이었고, 청탁을 받았다는 말은 아무개의 입에서 나온 적이 없습니다."

김만중의 말(9)

"신이 아뢴 바 의혹으로 막혀있다는 것은 김창협의 상소로 인하여 외간이 상감을 의심하고 있다는 말입니다."

임홍망의 말(4)

"이른바 유언은 예로부터 있었습니다. 주공 때에도 유언이 있었는데 그때에도 역시 그 뿌리를 캐지 못하였습니다. 지금 이 부언은 유언과 견주어 볼 때 더욱 허루합니다. 유언이란 것은 뿌리가 있어서 전파되는 것을 말하고, 부언이란 것은 뿌리도 없는 것을 말합니다. 오늘날 부언을 사대부라면 누가 곧이 듣겠으며 또한 어찌 지어낸 이가 있겠습니까? 조사석이 향장으로 물러간 것도 또한 어찌 일찍이 반드시 이러한 말 때문이겠습니까?"

숙종의 말(12)

"이러한 말이 어찌 하인들과 같은 하천배들에게서 나왔겠는가? 일이 임금과 정승에게 관련되어 있으니 분명히 사대부의 말이다. 사대부에게서 나왔을진데 그 언근을 아뢰는 데 무슨 어려움이 있겠는가?"

임홍망의 말(5)

"옛적에도 부언이 많았습니다마는 금세에 효잡스러운 여항간 와언은 어지럽기 짝이 없습니다. 비록 사가로 말하더라도 한 집안에 처첩과 자손과 노복 등 허다한 입들이 있으므로 이간하는 말도 또한 많습니다. 옛 사람이 이르기를 '귀먹지 아니하고 눈멀지 아니하면 가장이 될 수 없다.'고 하였습니다. 가장도 오히려 그러한데 하물며 군상이시겠습니까? 한 나라에 군림하시어 사방 억조의 무리를 다스리시니 어찌 지나치게 꼼꼼히 살핌으로써 밝음을 삼으실 수 있겠습니까? 언근을 캐어 물으심은 실로 사물을 용납하고 무리를 다스리는 도량이 아닙니다. 이와 같은 말들은 들었어도 듣지 못한 듯이 하여 일소에 붙이심이 옳겠습니다. 무릇 뜻밖의 역경에 융통성 있는 처리가 어려운 법이니 능히 역경을 잘 처리한 뒤에야 바야흐로 성인의 포용하는 도량이 나타날 수 있는 것입니다. 옛 사람이 이르기를 '비방을 그치게 하려면 스스로를 닦는 것만 같은 게 없다.' 하였습니다. 이번에 이렇게 언근을 캐시는 것은 결코 비방을 그치게 하고 스스로를 닦는 깃이 아닙니다."

특진관 신완의 말(1)

"실상이 없는 말을 신도 또한 어찌 듣지 아니하였겠습니까마는 사대부 사이에 서로 말을 전하지 아니한 것은 실로 이 말이 놀랍긴 하나 입에 담지는 못할 것이라 생각하였기 때문입니다. 이제 아무개가 군부께 아뢴 것은 그 의도가 다만 군신을 부자와 같이 여겼기 때문입니다. 다른 사람이 그 아비를 비방하는 소리를 들으면 그 아들은 반드시 몹시 분이 나서 그 아비에게 아뢸 것입니다. 진실로 군상을 부모처럼 여긴 데서 나온 것이거늘 어찌 그 뿌리를 캐어 물으시기까지 하십니까?"

숙종의 말(13)

"이것은 결코 내버려 둘 수 없는 것이니 언근을 바른대로 아뢰라. 그만 둘 수가 없다."

황흠의 말(3)

"언근을 캐어 물으심은 실로 큰 거조가 아닙니다."

김만중의 말(10)

"소신이 황공하여 감히 그대로 있을 수가 없으니 물러나 명을 기다림이 마땅할 듯합니다."28

이 때의 상황을 『조선왕조실록』에서는 "이 날 승정원에 전교하기를, "김만중을 잡아다가 문초하라는 전지를 즉시 써서 입계하고, 의금부로 하여금 따져서 물어보고 아뢰게 하라." 하니, 승정원에서는 연중에서 대간이 이미 도로 거두도록 논계한 것을 들어 전지를 봉입할 수 없다는 뜻을 여러 차례 아뢰었으나, 마침내 들어주지 않고서 "단지 대간이 있는 것만 알고 군부가 있음은 알지 못한다." 하는 등의 분부를 내리기까지 했다. 승지 신양은 세 차례 아뢴 뒤에 말하기를 "이만했으면 또한 족하게 되었는데, 어찌 다시 논쟁할 수 있겠는가?" 하며, 동료들과 연명하지 않아 생색만 내고 책임만 면하려는 뜻이 있었다. 대개 신양은 평소에 조사석과 친후했기 때문에 비록 일의 대체에 따라 당초에는 복역하지 않을 수 없었지만 그의 본뜻은 아니었기 때문인 것이다. 임금

---

28 김병국 외 역, 같은 책, 212쪽

이 또 비망기를 내리며 지난 겨울의 이인정의 일을 끌어대어 말하기를 "여러 신하들이 군부 보기를 일개 시종하는 신하만도 못하게 여기었다."했다. 특별히 승선 이인징이 김몽신을 모함한 것을 추국할 적에 승정원에서 말의 근거를 캐물어 중벌에 따라 죄를 과하기를 청하여, 드디어 형벌을 받고 멀리 귀양가게 되었었기 때문이다. 임금이 승정원에서 마침내 전지를 봉입하지 않으므로, 탑전에서 강박하여 써 오게 하고자 하여, 입직한 승지들에게 인견을 명했었다. 이에 옥당과 사헌부에서도 또한 청대하여 함께 들어가니, 임금이 이르기를 "승정원에서는 어찌하여 이제까지 전지를 봉입하지 않느냐? 김만중이 비록 그 자신이 지어낸 것은 아니지만 반드시 들은 데가 있을 것이기 때문에 내가 따져서 물어보고 처리하려 하는 것이다. 이를 그대로 둔다면 다만 대신이 불안하게 될 뿐만 아니라, 장차는 반드시 일마다 의심하게 되어 임금이 수족을 놀릴 데가 없어지고 단지 헛된 자리만 끼고 있게 될 것이다." 하고, 이어 승지에게 시급히 전지를 쓰도록 명하였다. 여러 신하들이 모두 아뢰기를 "김만중이 진달한 말은 뜬소문에서 나온 것인데, 어찌 근거를 찾을 수 있겠습니까? 하불며 대관의 논계가 나온 다음에는 무릇 일을 그대로 거행하지 못하는 것이 본래부터 조종조의 옛 준례이므로, 결코 오늘날부터 무너뜨릴 수 없습니다." 하였다. 교리 남치훈이 아뢰기를 "요사이는 당론이 지극히 해괴하고 놀랍습니다. 김만중의 그 말도 당론에서 나온 것입니다." 하므로, 여러 신하들이 밤이 깊도록 논쟁했었다. 임금이 꾸짖다가 타이르다가 하면서 전지를 봉입하라고 재촉하니, 승지 유명일이 할 수 없이 붓을 가져다 장차 쓰려고 할 적에, 가주서 최중태가 유명일을 돌아보며 말하기를 "생각하고 있는 바를 다시 전달해야 합니다." 하였다. 임금이 화를 내어 이르기를

"주서가 어찌 감히 승지를 지휘하느냐? 즉각 파직을 명한다." 하니, 최중태가 추창하여 나갔다. 유명일이 붓이 없다는 핑계로 말을 하니, 임금이 사관에게 붓을 주도록 명하자, 사관 송상기는 아뢰기를 "사필은 줄 수 없습니다." 하였으나, 사관 윤성준이 아뢰기를 "사필은 진실로 중요한 것이기는 하지만 성상의 분부가 이러하신데 어찌 감히 주지 않겠습니까?" 하였다. 유명일이 드디어 전지를 써내려가 임금이 구두로 부르는 대로 쓰기를 끝내어, 즉시 김만중을 의금부에 하옥하게 된 것이다.[29]

여기에 덧보태어, 『조선왕조실록』에서는 이 사건을 평하기를 "이때 천위의 진동이 겹치게 되므로 사람들이 대부분 황송하고 두려워하여 어찌하지를 못하였다. 유명일은 해방 승지로서 마침내 승순하는 것을 면하지 못하였고, 윤성준은 사관으로서 다른 사람에게 붓을 주었는데, 물의가 모두 그들이 직분을 잃은 것을 허물했었다. 삼가 살펴보건대, 임금의 직책은 정승을 논정하는 것보다 큰 일이 없는 법이다. 만일 임금이 이단하가 합당하지 않음을 알았다면, 비록 아래에서 추천하더라도 오직 마땅히 쓰지 않으면 될 뿐이지 어찌 억지로 제배할 필요가 있겠는가? 이미 제배한 뒤에는 비록 더러 직무에 알맞지 않더라도 또한 마땅히 예를 차려 퇴진시켜야 할 것인데, 이번에 김만중의 말에 격분하여 모욕하고 업신여기는 말을 하여서 노려 보듯이 하였으니, 어떠하겠는가? '번갈아 하는 대관'이란 말은 진실로 야비한 상말 중에도 심한 말이다. 임금이 대신에게 대해서 체모가 어떠한 것이라

---

29 『조선왕조실록』, 숙종 13년(1687) 9월 11일

고 이런 말을 할 수 있겠는가? 참으로 '한 마디 말이 나라를 잃게 되는 것이다.'라고 한 것과 같은 일이라 하겠다. 당론의 폐단은 진실로 남치훈의 말과 같은 수가 있기는 했지만, 조사석의 일이 이미 의심스러운 자취가 많았고, 김만중이 논계한 말이 반드시 사심에서 나온 것이 아니고 보면, 어찌 당론으로 돌릴 수 있는 것이겠는가? 기회를 틈타 발동하여서 모호할 계책을 부리려 한 것이 가릴 수 없게 되어 있다.[30]"고 기록하였다.

또, 남인 쪽의 역사 서술자들이 바라본 『숙종실록보궐정오』에서는 서포 김만중이 이 날 경연에서 한 발언을 아주 비판적으로 평가하고 있다. 즉 "김만중이 주강 때에 항간에서 조사석의 대배는 후궁에게 연줄을 댄 것으로 의심하고 있다는 뜻으로 진달했다가, 임금이 진노하여 말의 근거를 힐문하게 되었는데도 주대하지 않았기 때문에 하옥하도록 명하게 된 것이다. 신하된 사람이 임금을 섬길 적에는 은휘하지 않기에 주력하는 법이니, 김만중이 아뢴 말은 진실로 우직한 듯 하기는 하나 실지는 그렇지 않은 점이 있다. 대개 이 때에 당인들이 훈척들을 끼고서 오랫동안 국가의 권병을 쥐고 있으며 반석 같은 세력으로 여기고 있었는데, 임금이 갑자기 훈구인 신하들을 싫어하여 박대하게 되고, 조사석이 사류 중의 사람으로서 갑자기 은권을 입어 가복하게 하여 정승을 제수하게 되었던 것이다. 대개 임금이 바야흐로 내폐가 있었고, 장차 크게 출척이 있게 되므로 권한을 아랫사람들에게 맡겨 두고 싶지 않았던 것이다. 그래서 구차를 핑계로 이번의 특별한 제배가

---

30 『조선왕조실록』, 숙종 13년(1687) 9월 11일

있었던 것이고, 조사석에게 사정을 두어서 그런 것이 아니었다. 이에 당인들 가운데 일종의 무뢰한 사람들이 이미 시기하고 미워하는 사심이 있었다. 그런데다가 또한 자신들이 위태해질까 하는 마음을 가지고서 조사석이 국척의 처지에 있으며 폐종과 결탁했다고 그럴듯한 말을 갖다붙이고 흉악한 말로 허풍을 쳐, 사람들의 마음을 현혹시키고 사류들을 더럽히는 술책을 부렸던 것이다. 이는 실로 이사명과 홍치상의 무리 한두 사람의 입에서 나온 말이고 원래 온 나라 대중이 비방하는 것은 아니었는데, 김만중이 이사명의 가까운 인척으로서 그의 속이는 말을 받아들여, 길거리에 떠도는 말이라고 핑계하며 군상에게 진달하게 된 것이다. 자기와 의견이 다른 사람들을 모함하기에만 급급하여 임금을 속이는 것이 됨을 알아차리지 못했으니, 어찌 은휘함이 없는 아주 정직한 선비에게 견줄 수 있겠는가? 형벌과 화를 입어 종사를 망치게 되더라도 불행한 일이 아니다.[31]"라고 기록하고 있다.

지금까지 인용한 서포가 숙종에게 한 경연에서의 직언 사건의 상황은 『서포년보』를 주 텍스트로 하고. 여기에 해당되는 『조선왕조실록』을 비교 텍스트로 삼아서 살펴본 것이다. 이러한 경연 현장에서 일어난 사건을 전하는 사료들은 다음과 같은 몇 가지 사실을 주목하게 한다.

첫째는 수백년 전의 상황 치고는 비교가 가능한 현장의 자료가 많이 있다는 점이고, 둘째는 서포의 직간은 과감하고 논리적인 데 비하여, 숙종은 감정적이라는 점이다. 그리고 셋째는 경연에 참가한 여타 인물로, 세 명이 토론에 적극적으로 개입하였다는 점이고, 넷째는 토론은 논쟁화하면서 장시간에 걸쳐서 진행되었다는 점이다.

---

31 『숙종실록보궐정오』, 숙종 13년(1687) 9월 10일

이러한 점을 주목하면서, 숙종과 서포 김만중을 주축으로 한 경연관들이 주고받은 발언들의 핵심 내용을 중심으로 간추려 보면, 김만중의 말(1)에서는, 서포가 먼저 "등나무 채찍도 또한 우리나라에서 나는 것이 아니니 최고급품을 얻기 어려운 것 역시 당나라 약재와 마찬가지입니다. 더군다나 이것은 당나라 약재와도 다르니 비록 붉은 점과 다섯 마디가 아니라도 실용에는 해로움이 없습니다. 만일 한결같이 이런 따위의 일에만 유의하신다면 옛 사람들이 경계한 바 '물건을 구경하다가 마음을 잃어버림'에 거의 가깝지 아니하겠습니까?"라고 하였다. 여기서는 "물건을 구경하다가 마음을 잃어버림"의 비유를 통하여 숙종이 지엽적인 문제에 집착을 하다가 국왕으로서의 근본 체통을 잃게 됨을 지적하고 있다.

이러한 서포의 지적에 대하여, 숙종의 말(1)에서는, 숙종은 "경이 아뢴 바가 대체적인 뜻은 진실로 훌륭하나 나의 본래의 뜻을 알지 못하였다."고 대응하면서 "내 뜻은 다만 직무상 당연히 진어해야 할 물품을 끝내 진어하지 아니한 것을 언짢아 했을 뿐이다."라고 응수한다. 김만중의 말(2)에서는, "옛 사람의 이른바 '임금의 덕은 이루어냄을 귀하게 여긴다'는 것은 신 같은 연관이 감히 의심할 바 아니지만 이번에 만수전의 화재는 근래에 없던 변고였으며, 요즈음 여항간에는 효잡스러운 말도 많아서 심지어 '상감과 신하들의 마음속에도 의심 때문에 통하지 않는 것이 없지 않다.' 하니 신은 진실로 능히 지나친 염려를 하지 아니할 수 없습니다." 하고 대응한다. 서포는 계속해서 "임금과 신하, 위와 아래가 서로 감응해야 한다는 말이 있으니 감히 구구하게 생각한 바를 말씀을 올리겠다."고 하면서, 위와 아래가 마음과 뜻이 통하지 않는다는 것과 여항에 부언이 들끓고 있지만 이를 임금에게 알려주는 신하가 없다는 현실과, 그러기에 서포 자신이 감히 신하된 도리로써 마땅히 시원하게 풀어서 위와 아래로 하여금 의혹으로 막힌 곳이 없도록 하겠다고 하였다. 그 내용으로는 전번의 영상 김수항은 앞 조정의 대신으로서 상감께서 은혜롭게 예우하심이 자별하셨는데 지난번 정원에 내리신 교지는 평소와 크게 달랐기 때문에 사람들은 그 이유를 김수항의 아들인 김창협이 상소를 올려 궁액의 일을 언급하였기에 그 때문인 것으로 생각한다는 것이다. 그러므로 아들의 상소를 가지고 그 아비에게 노여움을 옮기는 것은 옳지 않으며, 조사석이 불편해 하는 것은 상감이 알기에는 민진주와 이수언의 상소에 있다고 믿지마는 실은 궁액의 일 때문이라는 것이다.

또 숙종의 말(2)에서, 숙종은 "사석이 불편해 하는 것이 두 신하 때문이 아닌 줄을 어떻게 알 수 있는가?"를 캐물었고, 김만중의 말(3)에서, 서포는 여항간 부언이 지극히 터무니없지만, 조사석은 이 부언 때문에 불편해 한다고 거듭 강조하였다. 숙종의 말(3)에서, 상감은 조사석이 불편해 하는 까닭인 '여항간에 어지럽게 들끓고 있다는 것'에 대하여 첫 번째로 물었다. 김만중의 말(4)에서, 서포는 그것은 조정 대신들이야 상감이 후궁을 둔 것이 여색 때문이 아닌 줄 알고 있는 것과는 달리, 궁액 가운데의 일을 가지고 이러쿵 저러쿵하고 하는 것이라고 대답하였다. 그리고 지난번 조사석의 정승 임명 때에 상감이 누차 가복한 것과 연결하여 효잡스러운 말이 야단스럽게 퍼져 나갔다고 하였다. 그런데 이런 부언은 여인들을 총애하는 때에 많이 생겼으니, 상감은 몸을 닦고 집안을 가지런히 하는 길에 더욱 힘을 기울여야 할 것이라고 권유하였다. 숙종의 말(4)에서는, 상감이 "조사석이 불편해 하는 이유를 구체적으로 밝히라고 두 번째로 명하였다. 김만중의 말(5)에서, 서포는 "말씀드린다면 조사석이 더욱 불편해 할 것이라고 대응하였다.

이때 승지 임홍망의 말(1)에서, 임홍망은 "의혹으로 막혀 있다는 말만 하고 의혹을 풀어 없애는 이는 없었습니다. 그래서 이제 서포가 그 의혹으로 막혀 있는 것을 푸느라 이렇게 아뢰었습니다." 그러나 "대신에게 불편하게 될까 걱정스러우니 분명하고 자세하게 물으실 필요는 없을 것"이라고 하며 서포의 행동을 지지하였다. 숙종의 말(5)에서, 상감은 "이미 말을 꺼냈으니 잡된 말이란 무슨 말인가를 밝히라고 세 번째로 명하였다. 김만중의 말(6)에서, 서포는 비로소 "외간에서는 후궁 장씨의 어미가 조사석과 서로 친하게 지냈기 때문에 조사석이 의정 벼슬을 받은 것은 이러한 연줄 때문이라고들 합니다. 이런 말들이 외간에 퍼져 있으니 조사석이 불편해 한다."고 하였다. 이것이 언근의 변에 해당하는 핵심 내용이다. 이 말의 내용을 듣고 숙종은 큰 충격을 받았겠지만, 그 반응은 달리하여 나타난다.

숙종의 말(6)에서, 상감은 "나와 같이 엉성한 재주와 엷은 덕으로 임금 자리를 디럽히고 있었디니 이런 말까지 듣게 되었다. 이것은 전고에 없던 변고로서 내가 이런 말을 듣고서는 실로 뭇 신하들을 대할 낯이 없으니 차라리 거꾸러져 버리고 싶다. 혼미한 조정에서는 벼슬을 주고 금을 받는 일이 있다더니 이제 이런 말을 들으니 진실로 지극히 무례하다. 반드시 언근이 나온 곳이 있을 것이다. 이미 말을 꺼냈으니 언근을 밝혀 아뢰어야 할 것이요 결코 그만두어서는 아니 될 것이다"고 자조적인 분노를 하면서, 첫 번째로 언근을 따진다. 그러면서 방향을 바꾸어 "연줄로 복상하였다고 한다면 혼미한 조정에서 값을 주고 벼슬을 얻는 일과 같다는 것이니 금을 받았다는 말인가 은을 받았다는 말인가? 내 나이 장차 서른인데 아직도 후사가 없으니 후궁을 둔 것은 실로 이 때문이었다."라고 항변을 하면서. 두 번째로 언근을 밝히기를 명한다.

김만중의 말(7)에서, 서포는 신이 비록 신하답지 못하다 해도 언근을 밝힐 수 없다고 첫 번째로 거부한다. 숙종의 말(7)에서, 상감은 "말을 지어낸 자를 분명히 아뢰라고, 세 번째로 명한다. 김만중의 말(8)에서, 서포는 '이것을 가지고 신의 죄를 삼으신다면 신은 진실로 형륙을 달게 받겠습니다마는 이것은 곧 상감께서 신을 형륙에 빠트린 것'이라고 두 번째로 거부한다. 숙종의 말(8)에서는, 상감이 '청을 받고 정승을 제배했다는 말은 지극히 무례한 말'이니, 언근을 분명히 아뢰라고 네 번째로 명한다.

이때 옥당 황흠의 말(1)에서, 황흠은 '상감께서 언근을 캐기까지 하시는 것은 연신을 대접하는 길이 아니라'고 하여, 두 번째로 서포의 행동을 지지한다. 숙종의 말(9)에서, 상감은 "값을 받고 관직을 주었다는 것은 심상한 잡언일 뿐만은 아니니 차라리 고꾸라져 죽어버리는 것만 같지 못하다."고 하면서, "대신이 어떠한 직분이며 인주가 어떤 자리인가?"라면서 상감의 권위 문제를 내세운다.

이때, 옥당 홍수헌의 말(1)에서, 홍수헌은 "가소로운 말이 있더라도 인주는 욕된 일을 견디고 포용하는 도량으로 오직 듣고도 듣지 못한 척 해야 합니다. 어찌 부언의 뿌리를 캘 수가 있겠습니까?" 하면서, 세 번째로 서포의 행동을 지지한다. 임홍망의 말(2)에서, 임홍망은 "본의를 캐보면 우직함에서 나온 것이니 결코 그 언근을 물어서는 아니 될 것입니다."라고 하면서, 네 번째로 서포의 행동을 지지한다. 숙종의 말(10)에서, 상감은 "이러한 무함을 듣고 나서 인주는 장차 어떻게 손을 놀리겠는가?"라고 하면서. 자신의 권위에 대한 문제를 다시 거론한다. 옥당 황흠의 말(2)에서, 황흠은 "부언을 외간에서 듣는 이들은 모두 세도인심이 글러먹었음을 개탄할 따름입니다. 어찌 한 터럭이라도 곧이 듣는 이가 있겠습니까?"라고 한다.

숙종의 말(11)에서, 상감은 "결코 내버려둘 수 없는 것이라서 부득불 언근을 캐묻는 것이다. 대신을 제배하는 즈음에 값을 받고 관작을 주었다는 말은 사소한 부언에 견줄 바 아니다. 바라보니 인군이 인군답지 못하다고 여긴 뒤에야 이런 따위의 말을 하게 되는 법"이라고 하면서, 자신의 권위에 대한 문제를 다시 거론한다.

이때, 임홍망의 말(3)에서, 임홍망은 서포가 아뢴 것은 "궁액에 연줄을 대었다는 것이었고, 청탁을 받았다는 말은 한 적이 없다"고 하여, 상감의 논리적 비약을 지적하였다. 김만중의 말(9)에서, 서포는 "김창협의 상소로 인하여 외간이 상감을 의심하고 있다."는 것이라고 하였다.

이때, 임홍망의 말(4)에서, 임홍망은 "부언을 사대부라면 누가 곧이 듣겠으며 또한 어찌 지어낸 이가 있겠습니까? 조사석이 향장으로 물러간 것도 또한 어찌 일찍이 반드시 이러한 말 때문이겠습니까?"라고 하면서, 논의의 방향을 바꾸고자 하였다. 숙종의 말(12)에서, 상감은 "사대부에게서 나왔을진데 그 언근을 아뢰는 데 무슨 어려움이 있겠는가?"라고 하면서, 언근을 아뢰라고 다섯 번째로 명한다.

이때, 임홍망의 말(5)에서, 임홍망은 "언근을 캐어물으심은 실로 사물을 용납하고 무리를 다스리는 도량이 아닙니다. 이와 같은 말들은 들었어도 듣지 못한 듯이 하여 일소에 붙이심이 옳겠습니다. 무릇 뜻밖의 역경에 융통성 있는 처리가 어려운 법이니 능히 역경을 잘 처리한 뒤에야 바야흐로 성인의 포용하는 도량이 나타날 수 있는 것입니다. 옛 사람이 이르기를 '비방을 그치게 하려면 스스로를 닦는 것만 같은 게 없다.' 하였습니다. 이번에 이렇게 언근을 캐시는 것은 결코 비방을 그치게 하고 스스로를 닦는 깃이 아닙니다."라고 하면서, 다섯 번째로 서포의 언행을 지지한다.

이때, 특진관 신완의 말(1)에서, 신완은 "군상을 부모처럼 여긴 데서 나온 것이거늘 어찌 그 뿌리를 캐어물으시기까지 합니까?" 하면서, 여섯 번째로 서포의 언행을 지지한다. 숙종의 말(13)에서, 상감은 "결코 내버려둘 수 없는 것이니 언근을 바른대로 아뢰라. 그만둘 수가 없다."고 하여. 언근을 아뢰라고 여섯 번째로 명한다.

이때, 황흠의 말(3)에서, 황흠은 "언근을 캐어물으심은 실로 큰 거조가 아닙니다." 하면서, 일곱 번째로 서포의 언행을 지지한다. 김만중의 말(10)에서, 서포는 "물러나 명을 기다림이 마땅할 듯하다."고 하면서 슬픈 빛을 띄우면서 서둘러 물러난다.

이렇게 진행된 소위 서포의 경연장에서 직간 사건은, 상감의 면전에서 장시간에 걸쳐서 전개된 폐부를 찌르는 비판이었기에 숙종으로서는 이치로는 감당하기 어려우므로 분노 어린 태도로 거듭 거듭 언근을 밝히라고 협박에 가까운 명령을 내리게 된 것이다. 그런데 서포로서는 이러한 면전 직언은 조사석을 정승에 제수할 때 일어났던 의망을 무시한 특명에 대한 비판이면서, 숙종이 총애하는 장숙원의 모친과 조사석과의 연계설에 대한 입체적인 문제의 표출이기도 하였다. 그러기에 이 직간 사건은 강직한 서포가 목숨을 걸고 벌린 군신간의 진검 승부적인 충신의 논리가 정연한 발언이었다. 이는 사적으로 품고 있었던 분개도 발동한 것이다.

이 날의 직간 사건은 윤씨부인의 개인적 측면으로 본다면, 남편과 자식을 모두 국가에 봉사하게 함으로써 자신의 일상적 행복에는 고난과 외로움이지만. 그것을 스스로의 자제와 인내로 넘길 수 있는 자아의 성숙이 가능하였기에, 윤씨부인의 자기 낮춤과 절제의 겸양심이 곧 자식 서포로 하여금 거대한 효와 충이 하나로 통합되는 길을 찾게 하였다.

이런 국면을 바라보는 윤씨부인의 입장은 어떠하였을까? 우선은 꼭 50년 전에, 정축호란을 만났을 때 나라의 굴욕을 당하고 신하의 의리를 지키기 위하여 자결한 남편 김익겸의 행동에 준하는 장한 행동을 아들 서포가 자임하고 나선 것으로 받아들였을 것이다. 그러나 다른 한편으로는 그런 지난한 의리 실천의 결사적인 행동을 왜 내 아들만이 감당해야 하는가에 하늘에 대한 원망도 있었을 것이다. 그러나 후자와 같은 생각은 잠시 스쳐가는 것이요, 평생토록 서포에게 가르친 교육은 전자의 생각으로서, 윤씨부인과 서포 모자에게 주어진 역사적 숙명이라고 받아들였을 것이다. 이러한 판단을 가능하게 하는 증거는 유배를 떠나는 자식에게 해준 한 마디에 잘 드러나 있다.

1687년 9월 14일에, 윤씨부인은 아들이 군신간의 경연장에서 직언한 내용으로 분노한 숙종이 내린 추상같은 원찬의 명을 받고, 선천 유배지로 떠날 때, 한양성 밖에까지 전송하면서 다음과 같은 고별의 말을 하였다.

"영해로 유배되는 일은 선현으로서도 면치 못한 것이니, 그곳에 가거든 자신을 소중히 하고, 나를 염려하지 말라."[32]

---

32 김진규, 『문효공휘만중행장』

하늘이 무너지는 듯한 충격 속에서 밤을 지새운 윤씨부인은 50년 전, 적군을 만나면 자결하기를 각오하고 어린 아들 만기를 데리고, 강화 앞바다로 나가던 그날의 비장함을 다시 되새기면서, 그날 만삭인 자신의 자궁 속에서 생사의 갈림길을 헤매다가 천운을 받아서 유복자로 태어난 그 아들을 머릿속에 분명 떠올렸을 것이다. 이제 그 아들이 성장하여, 만 50세가 되었고, 그때 나라를 위해, 선비의 절의를 보여주고자 타오르는 장작더미에 폭약을 넣고 자폭하였던 만중의 부친이요, 자신의 남편인 충정공 김익겸의 비장한 모습도 함께 떠올랐을 것이다. 다시 십여 년 전인 1674년에 만중이 금성으로 유배를 떠날 때의 모습과 해배되어 귀향하여 기뻐하던 모습도 함께 떠올랐을 것이다.

이런 생각들이 파노라마처럼 스쳐가는 사이에도, 한편으로 윤씨부인은 믿음직한 아들 만중이 젊은 숙종을 향한 충정으로 직간한 그 당당한 행동이 자랑스럽기도 하였을 것이다.

이런 만감이 교차되는 중에도 윤씨부인은 정경부인으로, 여장부다운 소신으로 "영해로 유배되는 일은 선현으로서도 면치 못한 것이니, 그곳에 가거든 자신을 소중히 하고, 나를 염려하지 말라."고 하였던 것이다. 여군자답게 자식에게 성현들도 의리를 지키려다가 어려움을 당했듯이, 아들 서포가 당하는 유배 또한 의인이 걷는 고난의 길임을 격려해주는 자애로운 엄마로서의 당당한 지지와 성원임을 보여준다.[33]

한편, 서포는 1687년 9월 14일에 의금부에서 나와 선천 배소로 가면서 지은 한시[34]에 유배를 떠날 때의 심정을 다음과 같이 나타내었다.

---

33 정규복, 「1월의 문화인물」, 『김만중』, 1999, 9쪽
34 九月十三日出禁府赴宣川配所

슬픔 머금은 채 어머니 이별하고

손을 흔들어 친척들과 헤어졌네.

가을날 서성으로 가는 길은

산 넘고 물 건너 홀로 가는 사람일세.

또 망발인 줄을 분명히 알거늘

깊으신 사랑에 어찌하면 보답할까.

아직도 남아 있는 구구한 뜻을

이로부터 펴지 못할까 걱정이 되네.[35]

서포는 한양 의금부에서 나와 선천 배소를 향해 가면서 느낀 불효에 대한 회한의 심경이 늘 근원에 자리하고 있었다. 즉 그는 유배를 가게 됨으로써 모친과 헤어져야 하는 이루 형용할 수 없는 참혹함과 부당하게 유배 되어 모친 곁을 떠나게 된 안타까움을 토로하였다.

한편, 한양에서는 서포 김만중이 국왕에게 직간한 유언의 언근을 밝히지 않는다는 죄명으로 유배를 가게 된 사태에 대하여, 뜻있는 사람들은 "늙은 모친 윤씨부인이 있으니 마땅히 할 말을 다 할 수 없다."고 하였다.[36] 그리고 우암 송시열은 평소에도 윤씨부인에 대해서 칭찬하기를 "부인께서 말씀을 하지 않으시나 말씀하시면 남들이 하기 어려운 말씀을 하십니다." 하였듯이, 이런 형편을 당하자. 윤씨부인과 서포 모자를 위하여 상소를 올려 임금의 분노가 너무 지나친 것임을 경계하였다. 그리고 우암 송시열은 김만중의 조카들에게도 편지를 보내어 위로

---

35 『서포집』, 「九月十三日 出禁府宣川配所」 唧悲別慈母 揮手謝諸親 秋日西城道 關河
獨去人 情知又妄發 何足報深仁 尚有區區意 從茲恐莫伸
36 김진규, 『문효공휘만중행장』

하기를 "어머니의 시봉은 조카들이 여럿이 있어서 충분하다. 하늘이 숙부를 훌륭한 사람이 되게 하려는 것은 실상 우연치 않은 일이다. 그대들 숙부의 일은 송나라 시대의 당자방과 흡사하다."[37]고 하였다. 즉, 전중 시어사 장요좌, 재상 문언박, 간관 오규를 탄핵하였고, 희령 초년에 참지정사에 임명되어 누차 왕안석과 더불어 쟁론하였던 일과 흡사하다는 것이다.

　이는 서포가 유배로 인하여 모친 앞에서 직접 혼정신성하는 효심은 실현하지는 못하지만 생각이 여군자요, 여장부인 윤씨부인에게 대효를 하는 길은 옛날 문왕이 감금되자 『주역』을 집필하였고, 정이천도 유배되어 『역전』을 저술하였듯이 서포가 유배지에서 근면하여 역사적인 집필 작업에 힘을 기울일 것[38]임을 예감하는 표현이기도 하였다.

---

37 김병국 외(역), 『서포년보』, 서울대출판부, 1992, 227쪽
38 김진규, 『문효공휘만중행장』

제4장

어머니 윤씨부인을 향한
서포의 효심과 서포소설

서포 김만중은 선천 유배지에서 모친의 생신을 맞아서 "멀리 어머님께서 아들을 그리며 눈물 흘리실 것을 생각하니 한 아들은 죽어 이별이요, 한 아들은 생이별이로다"하며, 아픈 마음을 표현하였다.

이어서 모친이 권하는 데로 송강가사를 닮은 소설『구운몽』을 지어 모친의 깊은 근심을 위로하였다.『구운몽』은 훗날 영조도 읽고 감동했고, 정조는 효심을 본받아 자신도 모친에게『시경』을 언해한 책을 엮어 바쳤다.

윤씨부인의 삶과 그 정신

1. 서포가 보여준 윤씨부인에 대한 특출한 효심

윤씨부인을 향한 서포 김만중의 효와 그의 효행문학은 밀접한 관계가 있다. 특히 유배 중에 창작한 소설에는 효의 문제가 특별히 부각되고 있다. 이러한 문제의 본질에 접근하기 위해서는 먼저 서포 김만중의 효행에 대한 주변 사람들의 평가를 그에 대한 총체적인 인물평 속에 차지하는 비중을 통해서 확인해볼 필요가 있다.

서포가 생존해 있을 당시에 영의정을 지냈던 김수항의 아들 삼연 김창흡이 내린 서포에 대한 평가는 다음과 같다.

그는 부귀에 처해 있으면서도 부귀에 얽매이지 않고, 환난을 겪으면서도 환난의 질곡에 빠지지 아니하였다. 그래서 어디에도 얽매이지 않으므로 천지의 맑고 통창한 기운을 얻은 사람이다. 그는 성령이 간직된 것이 영롱하여 천혈하고, 사물과 더불어 간격이 없으니, 성령이 발휘되어 문사를 지어서 하늘의 천진을 움직이고 흔들기 때문에 의도하지 않아도 저절로 공교롭게 된다. 이처럼 맑고 통창한 기운이 오묘함을 발한 문장이기에 그의 문장은 특별히 귀중하다.[1]

여기서 평가하는 서포의 인간됨은 그는 문형을 맡고, 병권을 잡기도 했으나 작위와 봉록을 연연하지 않았기 때문이다. 그는 난관의 극복에 용맹하여 뭇사람이 놀라고 감복하였다. 즉, 그의 용모는 빙옥 한 조각 같았

---

1 김창흡, 『서포집서』

지만, 자색 비단옷을 입고 조정의 반열에 있을 때도 평소 검약하여 마주치면 고귀한 귀인이란 사실을 모르게 된다는 것이다. 그리고 그는 문 앞에 있는 지초는 뽑아 버리지 않을 수 없기에 서슴없는 충직한 상소를 올려 옥살이와 귀양살이를 하다가 도깨비 날뛰는 귀양지에서 운명했으므로 그 슬픔은 멱라강에 빠져 죽은 굴원보다 심하다는 것이다. 그리고 그는 현실의 우울하고 분통 터지는 심정이 있을 때 어찌 할 수 없는 것은 넓은 하늘에 맡겨버렸다. 오로지 열심히 해야 할 일인『주자서』를 편찬하여 가학을 잇는 일을 죽을 때까지 하기로 기약하였다는 것이다. 그리고 그는 부귀에 있을 때나 환난에 있을 때나 청렴을 스스로 대처해가며 그 부귀와 환난에 굴림을 당하지는 않았다. 그의 기예는 이러한 가슴 속에서 유출되어 나오지 않은 것이 없었을 것이다. 그리고 그는 지혜와 이해력이 특출하여 어려운 책 읽기를 매우 쉽게 하였다. 경서와 자서의 요의로부터 구류의 학술과 많은 방기, 산수, 율려, 상위, 여지 등에 이르기까지 책을 펼치면 즉시 비밀까지 활연히 이해하였다는 서술[2]로 이어진다.

이처럼, 서포 김만중은 고매한 인격과 다양하고 정치한 학문을 가진 것만이 아니라, 예학 가문의 후손답게 특출한 효심을 실현했던 인물이란 점을 그의 인물에 대한 총제적인 평가에서도 강조하고 있을 정도로 남다른 효행의 실현자였다. 그래서 서포 김만중에 대하여 당색에 따라서 그의 인간성을 긍정적인 쪽과 부정적인 쪽으로 상반되게 평가하는 중에서도 그의 효행심만은 다음의 인용과 같이 견해가 일치한 사실로 볼 때, 그의 효심에 대한 칭송은 당대에 공인받은 객관적인 것임을 입증해주고 있다.

---

2 김창흡,『서포집서』

전 판서 김만중이 남해의 적소에서 사망했는데, 나이는 56세이었다. 김만중의 자는 중숙이고 김만기의 아우이다. 사람됨이 청렴하게 행동하고 마음이 온화했으며 효성과 우애가 매우 돈독했다. 벼슬을 하면서도 언론이 강직하여 선이 위축되고 악이 신장하게 될 때마다 더욱 정직이 드러나 청렴함이 다른 사람들보다 뛰어났고, 벼슬이 높은 품계에 이르렀지만 가난하고 검소함이 유생과 같았다. 왕비의 근친이었기 때문에 더욱 스스로 겸손하고 경계하여 권세 있는 요로를 피하여 멀리했고, 양전과 문형을 극력 사양하고 제수 받지 않으므로, 세상에서 이를 대단하게 여겼었다. 글솜씨가 기발하고 시는 더욱 고아하여 근세의 조잡한 어구를 쓰지 않았으며, 또한 재주를 감추고 나타내지 않았는데, 사람들이 그의 천품이 도에 가까우면서도 공력을 들이지 못한 것을 한스럽게 여겼었다. 적소에 있으면서 어머니의 상사를 만나 분상할 수 없으므로, 애통해 하며 울부짖다가 병이 되어 사망하게 되었으므로, 한때 슬퍼하며 상심하지 않는 사람이 없었다.[3]

전 판서 김만중이 남해의 적소에서 사망하였다. 김만중은 문사에 능하였고 효성과 우애가 돈독하여 어미를 잘 섬긴다고 소문이 났었다. 그러나 식견이 없어 폐부에 있을 적에 지론이 지극히 준엄했고, 훈척에게 붙어 청의를 매우 힘써 공격했으며, 이사명의 종용을 받아 그가 도리어 어긋나게 속이는 말을 가지고 경솔하게 계문하여 사류들에게 화를 끼치려는 계획을 하다가, 부자가 형벌을 받았었다. 해도로 귀양가서 어미의 상사를 만났지만 분상하게 되지 못했는데, 이때에 이르러 졸한 것이다. 2대를 지

___

나서는 또한 흉악한 역적이 생겨나 온 가문이 살육을 당하였으므로, 세상 사람들이 "김만중의 헌악하게 편당하던 의논이 앙갚음을 받게 된 것이다."고들 하였다.[4]

위에 제시한 내용은 『조선왕조실록』 숙종 18년 4월 30일자의 기록으로, 전자는 『조선왕조실록』의 기록이고, 후자는 『조선왕조실록숙보』의 기록이다. 전자의 역사편찬은 노론이 권력을 잡았을 때의 우호적인 측면에서 평가한 것이고, 후자는 남인이 권력을 잡았을 때의 수정 보완한 적대적인 측면에서 평가한 것이다. 동일한 인물을 대상으로 4월 30일자의 서포 졸기에 대한 정사 기록도 이를 평가 기술하는 실록 편찬 사관들의 관점에 따라 이토록 달랐다. 그런 와중에도 전자에서는 서포의 효심을 "사람됨이 청렴하게 행동하고 마음이 온화했으며 효성과 우애가 매우 돈독했다.", "적소에 있으면서 어머니의 상사를 만나 분상할 수 없으므로, 애통해 하며 울부짖다가 병이 되어 사망하였다."고 하였고, 후자에서는 "문사에 능하였고 효성과 우애가 돈독하여 어미를 잘 섬긴다고 소문이 났었다.", "해도로 귀양 가서 어미의 상사를 만났지만 분상하게 되지 못했다."고 하였다.

이는 그가 평소 모친 윤씨부인에 대한 지극한 효성을 보인 것을 공통적으로 인식하고 있지만, 그런 효심이 있음에도 불구하고 유배지에 있었기 때문에 임종과 분상을 하지 못했다는 이유를 각각 당파적인 관점에서 서술한 것이다. 그러므로 서포의 효심에 대해서는 당대의 역사 기술을 맡은 사관들까지도 의견이 일치하는 초당파적 평가로서의 서

---

4 『조선왕조실록숙보』, 숙종 18년(1692) 4월 30일

포 효심인 것을 확인할 수 있다.

이외에도 『서포년보』를 비롯한 여러 문헌에서 그의 효심에 대한 기록들이 등장한다.

> 영의정 김수홍이 또 차자를 올려 남구만을 석방할 것을 청하고 인하여 김만중은 집에 노모가 있으므로 인정과 도리상 불쌍히 여길 만한 정상을 말하니, 임금이 답하기를 "차자의 사연이 이에 이르니, 남구만은 특별히 삭출하여 방송하고 여성제는 삭직하며, 김만중은 죄를 짓고 법을 범한 것이 밉기는 하나 편배된 지 한 해가 지났고, 모자의 정리가 다른 사람과는 다름이 있으니, 특별히 석방하라." 하였다.[5]

여기에서는 영의정 김수홍이 서포의 유배를 풀어주자는 차자를 올리면서 "집에 노모가 있다."는 표현 속에 효심이 특출한 서포 김만중임을 부각시켰고, 이에 답하는 국왕 숙종도 서포의 효심을 인정하여 직접적인 언술로 "모자의 정리가 다른 사람과는 다름이 있으니"라는 평가를 하면서 석방을 허락하게 되있다.

국왕 숙종이 서포의 효심에 남다른 관심을 보인 것은 그가 조정 중신 내지 측근으로서 국정을 보좌할 때에도 숙종이 남다른 예우를 하는 다음과 같은 대목에서도 나타난다.

> 호조 참판 김만중이 부친의 묘를 살펴보기를 청하니 특명으로 타고 갈 말을 주고 제물로 올릴 물품을 주었다. 또 도승지 홍만용의 성묘에도 이

---

5 『조선왕조실록』, 숙종 13년(1687) 11월 16일

러한 명이 있었다. 사간원에서 논계하기를 "재신들의 사적인 행차에 갑자기 규정 밖의 은전을 베풀 수는 없습니다. 아울러 모두 도로 거두어들이기를 청합니다." 하였으나 윤허하지 않았다.[6]

위의 인용은 호조참판으로 있는 김만중이 부친 충정공 김익겸의 산소가 있는 현재의 대전 유성구의 전민동에 성묘를 하려는 상황에서, 공무 집행 중에도 성묘를 허락하는 것만이 아니라 말과 제수까지 마련해 주는 특별한 배려를 하고 있음을 보여준다. 숙종은 서포의 성묘는 단순한 효자의 행동 수준에서 하는 것이 아니라, 국가를 위해 순국한 충신에 대한 호조참판의 성묘라는 의미를 부여한 배려인 것이다. 숙종은 이런 판단을 하였기 때문에, 사간원에서 사적인 행차이기에 규정 밖의 은전이라는 견해를 꺾고, 자신의 태도를 관철시켰던 것이다.

도암 이재는 자신의 문집 『삼관기』에서 그의 효심을 다음과 같이 전하고 있다.

김만중 공은 성품이 지극히 효도스럽고 유복자로서 부공의 얼굴을 보지 못함을 평생의 아픔으로 생각하였다. 거기서 모부인 섬기기를 심히 사랑으로 한 나머지 모부인의 뜻을 즐겁게 하는 것이 있으면 옛날의 효자 노래자가 하던 병아리 울음소리와 어린이 울음소리까지 연출하였고, 모부인이 즐겨하신 옛 역사와 신기한 책으로부터 패관잡기에 이르기까지 이들을 모아 밤낮으로 모부인의 좌우에서 읽혀드려 웃음거리로 삼았고, 젊어서부터 늙을 때까지 공사가 아니고서는 모부인 곁을 떠난 적이 없었

---

6 『조선왕조실록』, 숙종 9년(1683) 2월 29일

으며, 매일 아침저녁의 신성을 한번도 차질이 없었음을 이웃 사람들이 모두 알았다. 김공의 지성스런 효도가 이와 같았다.[7]

여기서는 서포가 평소에 행한 효성의 구체적인 언행들을 제시한다. 즉 서포는 유복자로 태어났기 때문에 부친 김익겸의 얼굴을 보지 못함을 평생의 아픔으로 생각하였다는 사실과, 그런 사연 때문에 자신을 홀로 키운 모친 윤씨부인에 대한 효심이 다르기에, 삼강행실의 사례를 들 때 효행의 모범으로 거론되는 노래자처럼, 모친을 즐겁게 하려고 '병아리 울음소리와 어린이 울음소리까지 연출'하기도 하고, '옛 역사와 신기한 책으로부터 패관잡기'를 밤낮으로 옆에서 읽어드려 웃음꺼리로 삼게 하였으며, 매일 '아침저녁의 신성에 한번도 차질이 없었음'을 강조하고 있다.

서포의 효심에 대한 높은 평가는 현대에 와서도 그의 인품을 대표하는 표현으로 나타나고 있음을 다음의 글에서 확인할 수 있다.

서포선생은 인조 15년 호란 때 유복자로 태어나 어머니의 엄격한 교육을 받아 효심과 충성이 지극하였다. 선생은 조선조 중기에 남인과 서인 노론과 소론사이의 치열한 당쟁 속에서 한결같은 정의감으로 임금께 충직한 상소를 올려 여러 차례 귀양살이를 하였다.

··· 중략 ···

선생의 효성은 하늘이 내리신 바라 선친께 하지 못한 효행을 모친께 아울러 쏟으니 이는 천지에 가득하고 나라와 인간에 비쳐서 혼연히 빛났다.

---

7 이재, 『삼관기』

선생은 평생 유고하지 않으면 모친 곁을 잠시도 떠나지 않으면서 순하고 기쁜 낯빛으로 자안을 받들고 마음을 즐겁게 하기를 자못 옛사람과 같이 하니 글을 좋아하시는 모친께 사기나 패관소설을 읽고 이야기 해드리며 어쩌다 슬하를 떠날 때는 그 간절한 생각으로 뭇사람을 감동하게 하였다.

몇 차례의 유배에서도 모친의 강령을 빌고 멀리서 시문을 지어 효성을 표하며 복받치는 사모지정을 억누르지 못하였으니 남해고도에 위리안치 되었을 때 모친의 부음을 듣고 천만리 먼 곳에서 죄인의 몸으로 분상조차 못하는 통한을 품어 몸부림쳤다. 겨우 정신을 수습하여 사모의 혈정을 그 정명한 행장으로 지어 바치고 삼 년동안 설워하며 피눈물로 호곡하다가 통고·발병하여 세상을 떠났으니 가위 효행에 목숨을 바친 출천대효라 하겠다.

이에 자손들은 행장을 짓고 영정을 그려 앙모 감읍하고 나라에서는 효 자정려를 내리어 현창하니 그 효행은 만고에 길이 유전될 것이다.

이제 후손들은 삼강의 본산 선영 아래에 선생의 효자문을 세워 효령을 머물게 하고 그 영정을 제작해 모시어 생전의 모습을 엄연하게 하는 마당 에 선생의 성효 행적을 돌에 새겨 세우고자 그 비문을 청하니 또한 그 효성 에 감복하고 선을 숭모하는 뜻에서 굳이 사양치 못한 채 비문임을 무릅쓰 고 그 문효의 행적을 감히 술하여 후세의 영원한 귀감으로 삼으려 한다.[8]

이 밖에도 서포 김만중으로부터 직접 강학을 받은 그의 종손 김춘택 은 그의 효심에 대하여 『북헌집』[9]에서 전하는 등, 윤씨부인에 대한 그 의 뛰어난 효심은 두루 알려진 사실이다.[10] 이러한 여러 문헌들의 기

---

8 사재동, 「문효공서포선생휘만중효행숭덕비문」, 1999

9 김춘택, 「서포유사별록」『북헌집』 권 16

록으로 확인되는 효자로서의 서포 김만중에 대한 당대의 인식은 숙종 32년에는 효행에 관한 정표로 그에게 문효공이라는 시호가 내려진 것으로 확인이 된다. 이는 그가 문학을 통한 효심을 발휘한 작가라는 것을 공인받았음을 입증해주는 것이다.[11]

서포는 모친을 떠나 있을 때 모친의 생일이 되면 평소에 즐겁게 해드리던 위로를 해드리지 못하게 된 신세와 불효의 고통을 다음과 같이 표현하였다.

> 해마다 어머님 생신 날이면
>
> 형제 서로 마주하여 춤추며 즐겨 했네.
>
> 내가 지금 사명 받들어 어머님 곁을 떠나니
>
> 생신 날 어머님 마음 즐겁지 못하실가 두렵네.[12]

또, 서포 김만중은 솟구치는 효심에 의하여, 유배지에서 모친을 그리워하는 심정을 다음과 같이 사친 효행시로 창작하였다.

> 지난해 오늘은 어머니 모시고
>
> 형제가 나란히 장수하시라 잔을 올렸네.
>
> 한번 적소에 떨어지니 소식은 끊기고
>
> 노산의 새 무덤엔 어느덧 가을 서리 내리네.

---

10 정규복, 「1월의 문화인물」, 『김만중』, 1999, 12~13쪽

11 사재동, 「문효공서포선생휘만중 효행숭덕비문」, 1999

12 김만중, 『서포집』, 奉使嶺南九月二十五日作, 每歲慈親初度日 弟兄相對舞衣斑 弟今 奉使違親膝 多恐親心未盡歡

> 인간 화복의 인연 아득해 헤아리기 어려우니
> 노래와 울음 슬픔과 기쁨 단 한 해에 일어나네.
> 멀리서 어머니가 자식 생각하며 흘릴 눈물 생각하니
> 반은 사별 때문이요 반은 생이별 탓일세.
>
> 변방 성문에 지는 달은 반나마 창에 밝은데
> 온갖 일 관심사에 잠 못 이루네.
> 밤마다 수풀 속 까마귀 소리 끝없이 들리고
> 다시금 구름 밖 애끊는 기러기 소리 이겨내야 하리.[13]

여기서 보면, 서포는 선천에서 유배 생활을 시작한 1687년 9월 27일에 모친의 생일을 맞았다. 작년 1686년의 9월의 모친 생신에는 형도 살아 있었고, 서포 자신도 순탄한 벼슬길에서 활동하고 있었다. 그러나 이 해 3월에는 형 서석이 세상을 떠났고, 자신마저 9월 14일에 원찬을 당하게 되어 며칠 전부터 선천에서 유배생활을 시작하면서 모친의 생신을 맞게 된 처지에서 모친 윤씨부인이 겪고 있을 안타까운 심정을 읊었다.

지난 해 어머님 생신에는 형님과 함께 어머님에게 연이어 술잔을 올리면서 만수무강을 축원했는데, 지금은 어머님의 생신을 다시 맞이했지만 자신은 적거로 인해 소식조차 전하지 못하는 처지가 되었고, 형님은 세상을 떠나 무덤에 묻혀 있다는 현실이 기뻐 노래하던 1년 전의 상

---

13 김병국,『서포 김만중의 생애와 문학』, 서울대학교출판부, 2001, 159쪽.『서포집』, 九月二十五日謫中作 "去年今日侍萱堂 兄弟聯翩奉壽觴 一落塞垣音信斷 蘆山新塚已秋霜 人間倚伏莽難推 歌哭悲歡只一芣 遙想北堂思子淚 半緣死別半生離 塞門殘月半窓明 萬事關心睡不成 夜夜林鳥聽未了 更堪雲外斷鴻聲"

황은 슬퍼 통곡하는 현재적 상황으로 완전히 뒤바뀌었다. 선천에서 지내는 유배 상황을 원망하지 말자고 자위해 보지만, 사별한 형님 생각과 유배지 선천에서 있는 자신을 그리며 눈물 흘리고 계실 모친을 생각하니 그 비통함을 달랠 길이 없다. 그러니 대오를 벗어나서 홀로 떨어져 날아가는 기러기에 자신의 신세를 견주며 다시금 슬픔에 잠긴다.[14]

또, 서포는 선천 유배지에서의 고통을 고향과 오가는 서신들로 달래면서, 까마귀와 구름을 감상하는 낭만적 애상으로 표현하기도 하였다. 「근득(近得)」이란 한시에서는 다음과 같이 그 심경을 토로하였다.

> 요사이 어머니 서신 받아서 보니
> 노쇠한 나이에 질병에 걸리셨네.
> 나를 보내 주기 어려울 걸 아노니
> 무엇으로 상한 마음 위로해 드리리.
> 날 저무니 성에는 까마귀 어지럽고
> 날씨 차가우니 마구간의 말이 우네.
> 떠도는 구름은 아무 생각도 없이
> 아득히 동쪽으로 흘러만 가네.[15]

서포는 이 한시에서, 점차 싸늘해 가는 늦가을의 해 저무는 시각에 깃들 곳을 찾아 성으로 날아드는 까마귀와 마굿간에서 울어대는 말과 떠다니는 구름으로 자신의 심경과 모습을 은유하였다. 까마귀로 반포

---

14 손찬식, 「김만중의 유배시에 표상된 정서」, 『서포 문학의 새로운 탐구』, 2000, 106쪽

15 김병국, 같은 책, 162쪽. 『서포집』, 「近得」, 〈近得慈親信 衰年疾病嬰 極知難送我 何以慰傷情 日暮城鴉亂 天寒櫪馬鳴 浮雲無意緒 杳杳只東征〉

보은의 효심을 드러내면서 유배지에 생활하는 자기자신도 마굿간에 갇힌 말의 자유롭지 못한 처지로 비유하여, 한양의 노모가 병고에 시달리고 있는데도 자기자신이 옆에서 보살피지 못하는 처지를 슬퍼하였다.[16]

이러한 유배지에 묶인 효자 서포의 안타까운 심경은 다음의 한시에서도 유사한 표현을 하고 있음을 찾아볼 수 있다.

> 변방의 풍속도 고향과 같아
>
> 공놀이 저포놀이에 이웃이 떠들썩 하네
>
> 어느 날 고향 마을로 돌아가 색동옷 입어보려나.
>
> 외로운 신하 변새에서 푸른 봄을 만났네
>
> 뜬구름 가산령을 넘고자 하니
>
> 넓은 바다 응당 한강 나루에 통하리라
>
> 억지로 새로 시를 지어 회포를 털어 놓으려니
>
> 쓸쓸한 창속 타다 남은 촛불은 마음 쉽게도 상하게 하네

여기서 보면, 서포는 봄날의 민속일을 맞이하여 공놀이, 저포놀이로 떠들썩한 마을의 정경을 바라보며 고향과 모친에 대한 그리움을 환기하고 있다. 뜬구름과 넓은 바다가 지향하는 것은 유배지에서의 심경을 드러낸 것이다. 하늘에 떠가는 구름을 바라보면서, 자신은 마음으로만 고향을 그리워하지 현실적으로는 고향으로 돌아가 모자간의 사랑을 나누지 못하는 안타까움과 간절한 그리움을 표현하고 있다.

---

16 손찬식, 같은 책, 105쪽

또, 변방 요새지인 선천 유배지에서 밤에 고향을 그리워하는 외로운 심정을 표현하기도 하였다.

> 변방의 성엔 밤에 딱따기 치니
> 놀란 새들 깃들이기 편치 않네.
> 역로는 청강 북쪽으로 뻗어 있고
> 호산은 지는 달 서쪽에 있네.
> 집에 부칠 편지 여러 장 다 쓰고
> 귀가의 꿈은 오경에서 헤매네.
> 시나 흉내내며 소일하려 하나
> 시도 이제 또한 짓기가 싫어졌네.[17]

여기서는, 유배지 선천은 중국 국경과 가까운 곳이라서 야경꾼들의 딱따기 소리가 밤의 적막을 깨뜨리며, 새들은 그 소리에 놀라 편안히 잠들지 못하듯이 자신도 고향 생각으로 밤을 외로이 지내는 불안한 심경을 표현하고 있다. 역로는 청강을 선너 북쪽으로 뻗어 있고, 호산 서쪽에는 지고 있는 달이 걸려 있는 잠 못 이루는 유배지의 밤 풍경과 모친을 비롯한 가족들에게 보낼 편지를 쓰고는 새벽잠 속에서 고향의 꿈을 헤매는 마음도 묘사하고 있다.[18]

서포는 일찍이 강원도 금성 유배지에 있을 때거나 아니면 선천 유배 시기에, 서울에 귀환하여 가족과 즐기는 꿈을 한시로 지은 적이 있었

---

17 김병국, 같은 책, 161쪽. 『서포집』, 「새읍」의 「기 이」, 邊城夜擊柝 驚鳥不安栖 驛路 淸江北 胡山落月西 家書數紙盡 歸夢五更迷 謾擬詩消遣 詩今亦懶題
18 김병국, 『서포 김만중의 생애와 문학』, 서울대학교출판부, 2001, 161쪽

다. 그는 꿈에 겪는 모친 윤씨부인을 향한 그리움을 「기몽」[19]이라는 장편의 한시를 통해서 다음과 같이 표현했다.

밤이 깊어 만물은 잠들고
등잔 하나 외로운 손을 짝해주누나
이제 막 꿈속의 나비가 되니
구름속의 까치도 만난 듯하네

굽어보니 구릉들이 둘쭉날쭉한데
바람천둥 더불어 빨리 달려보았네
당에 올라 어머니께 재배올리니
어머님은 손 쥐시며 두 줄기 눈물을 떨구시네

이윽고 한바탕 활짝들 웃고 나니
가슴에 품은 슬픔 어느덧 사라지고
서석 형님도 기쁜 빛을 띠시며
내가 빨리 돌아온 걸 기뻐하시네
우리집 아이들과 조카 애들이

---

19 '記夢',「西浦集」, 夜闌羣動息 一燈伴孤客 纔化夢裡蝶 似遷 雲間鵲 俯視丘陵出 去與 風霆逐 上堂拜慈親 執手淚雙滴 俄然一笑粲 已失離懷慼 長公色敷愉 喜我歸來速 子 女與衆姪 競來環我側 細君素抱恙 別來淸羸劇 中廚促午膳 飯漿間肴蔌 京洛氣候早 春色紛盈矚 小杏方綴紅 新篁亦抽綠 時物感余懷 坐久成悽惻 羈魂易振蕩 幻境漸變易 俯仰曾未改 夢寤飜相續 有如池中星 躔次初歷歷 風來水生鱗 破碎失舊迹 又如晨後月 宛轉雙影落 東隅旣陽光 西汜邃斂魄 起坐久惝怳 垂首勞抽繹 亦知是妄想 有淚滋枕 席 念昔登仕途 擬躡前修躅 平生百鍊鐵 磨礪亦云熟 意欲窺衡湘 一發氣抑塞 日月曾 幾何 遽爾就銷鑠 伊洛有微言 夢寐卜所學 題詩志吾陋 聊用替鞭策

앞다퉈 내게 달려와 사방 둘러 앉고
아내는 평소에도 병을 안고 살더니
못 본 사이 핏기없이 더욱 파리해졌네

부엌에선 점심준비 부산스럽더니
밥상 위에 고기 나물 가지가지네
한양의 기후는 이르기도 해서
어지러운 봄빛이 시선에 가득하네

어린 살구나무는 막 꽃망울들 터뜨리고
새로 솟은 대나무도 푸른 물이 올랐네
계절의 풍물들이 나의 감회를 자아내고
오래 앉았노라니 서글픔만 더하네

나그네의 넋은 곧잘 뒤숭숭하고
덧없는 이 세상은 점점 변해 가누나
천지간 일찍이 바뀌어진 적 없으니
꿈이나 꾸다 깨다를 계속할 밖에

마치 연못에 비치는 별들마냥
별자리처럼 처음엔 역력도 하더니만
바람 불어 비늘처럼 잔물결이 일어서
자취마저 간 곳 없이 없애 버렸네
또 마치 새벽 지난 달빛마냥

천천히 두 그림자 스러져가니
동우엔 이미 양광이 비치는데
서사엔 마침내 혼백을 거두네

일어나 앉아 오랫동안 낙담하다가
고개를 떨구고 꿈자리를 곱씹어 보네
이 또한 망상인 줄 알기에
눈물로 침석을 적실 뿐이네

돌아보니 지난날 벼슬길에 오를 적에
선철의 옛 자취를 본떠 밟아서
평생도록 철을 담금질하듯이
숫돌에 갈듯 익숙하고자 했었지

형산과 상수를 엿보고자 마음먹었는데
대번에 기색하여 버렸으니
흘려 보낸 세월이 그 얼마인고
순식간에 이 내 몸은 야위어져 버렸네

정주의 학에는 은미한 대의가 있느니
꿈에서라도 배울 바를 가려 잡노라
시를 지어 허황되었던 과오를 적어두어서
자성의 채찍으로 대신 쓰리라

이 한시에서 보면, 꿈속으로 들어갈 때의 상황에서 시작하여, 꿈속에서 찾아간 고향집의 모친을 비롯한 가족들과의 만나는 기쁨을 묘사하고 있다.[20] 세상이 고요히 잠든 밤, 가물대는 등불 아래서 상념에 잠겨 있다가 문득 꿈 속에서 나비가 되어 바람과 천둥에 휩쓸려 고향으로 돌아가니 모친은 손을 잡으시고 눈물을 흘리시고 반가워하고, 아내는 전보다 훨씬 여윈 모습으로 점심 상을 내온다. 이러한 상황에서 오랫동안 앉아 있으니 구슬픈 생각이 일어난다. 동녘에 햇빛이 떠올라 꿈에서 깨어 일어나 앉으니 한동안 경황이 없다. 머리를 수그리고 애써 실마리를 찾아보지만 꿈속의 일이라 망상임을 깨닫고, 베갯머리를 눈물로 적시며 지난 날 벼슬길에 오르던 시절의 기개와 포부를 떠 올리면서 현재의 자신을 채찍질 한다.[21]

이 한시에서는 각몽 후의 모습이 특별히 인상적으로 묘사되었다. 즉, 꿈을 깨고 한참동안 허망함을 이기지 못하고 앉았다가 눈물을 흘리는 모습이 부각되었다. 그 옛날 서포가 처음 벼슬길에 올랐을 때를 회상하고 있다. 특히, "형산과 상수를 엿보고자 마음먹었는데 대번에 기색하여 버렸으니 흘려 보낸 세월이 그 얼마인고 순식간에 이 내 몸은 야위어져 버렸으니"의 구절에서는 관인으로서의 웅대한 포부와 사림으로서의 고매한 은거를 대비시켰다. 그러나 직간을 했다는 이유로 갑자기 유배를 떠나는 몸이 되는 바람에, 배우고 익힌 바대로 펼쳐보리라는 포부도 좌절되고, 그렇다고 홀로 자신을 다스리는 선비로서의 은거도 하지 못하는 죄인의 신세가 되어버려, 지기와 지우는 물론이고 가족들과 어머니마저 봉양치 못하는 몰락을 맛보았다. 그래서 주제적

---

20 설성경, 『구운몽의 통시적인 연구』, 새문사, 2007, 74~75쪽
21 사재동, 『서포문학의 새로운 탐구』, 중앙인문사, 2000, 101쪽

양상이 응결되는 부분으로서 처지에 구애받지 말고 정주학으로 돌아가 잠심하겠다고 하였다. 그리고 시를 지어 나의 허물을 기록해두어 애오라지 자성의 채찍으로 대신 쓰겠다고 다짐 하였다.[22]

이 시의 주제를 단순히 '가족 재회의 기쁨'이라고 파악할 수도, '제행 무상의 불교적 깨달음'을 '유배지에서 꾼 꿈의 허망함' 만으로 해석할 수도 없다. 이 시는 '가족 재회의 기쁨'을 소망하는 것과 '유배지에서 꾼 꿈의 허망함'에 가슴 아파하는 것 이상의 상위 주제를 지니고 있다. 즉, 유배지에서 겪는 모든 고통의 원인을 반성하고, "군자는 자신에게서 구하고 소인은 남에게서 구한다."는 자세의 기본으로 돌아가야 할 것을 유배지까지 와서야 뼈아프게 확인하게 된다는 뜻이 내포되어 있다. 그래서 "정자·주자 학문에는 은미한 큰 뜻이 있으니, 꿈에서라도 배울 바를 가려잡노라."라고 하였다.[23]

2. 윤씨부인의 송강가사류 창작 권유와 충효소설의 창작

윤씨부인과 서포 김만중은 평소에 송강가사에 특별한 관심을 보여주었다. 그렇다면, 이들 모자는 왜 그런 관심을 보였는지가 우리들의 궁금증을 자아내기에 충분하다.

송강 정철의 집안은 대대로 벼슬을 지낸 가문으로 왕실과도 인연이

---

22 설성경, 『구운몽의 통시적인 연구』, 새문사, 2007, 78쪽
23 설성경, 같은 책, 79쪽

있었기 때문에 송강은 어릴 때부터 자유롭게 궁중을 드나들면서 훗날 명종이 된 세자와 친구로 지낼 수 있었다. 그는 선조 8년인 1575년에 벼슬길에 나아가 내자시정, 사인으로부터 홍문관 직제학, 성균관 사성, 사간 등을 역임할 무렵 당쟁의 소용돌이가 본격화되자 서인의 주요 인사로서 동인과 대립하다가 마침내 율곡에게 조정의 화합을 맡기고 담양 창평으로 첫 번째 낙향을 하여 약 2년 간 그곳에서 생활하였다. 1579년에 5월에 형조참의, 6월에 우부승지, 8월에 동부승지에 제수되지만 역시 나아가지 않았다. 당쟁의 소용돌이가 빚어낸 일련의 사건을 지켜보면서 정치 현실에 깊은 환멸을 느끼고, 머물러 있던 서울 및 고양군 음죽을 떠나 다시 창평으로 두 번째 낙향을 하였다.

그가 두 번째 낙향하여 고향 창평 성산에 우거하고 있었던 1580년 1월에 그의 심정을 헤아린 선조가 반대파의 모함에도 불구하고 그를 강원도관찰사에 임명하였다. 풍류시인인 정철은 관동의 아름다움을 벗하여 마음껏 시와 술을 즐길 수 있는 풍류로 생각하며 그 직을 나아갔다. 부임 후 도내를 순시하고 특히 금강 영산과 관동의 팔경을 답사하여 기봉 백광홍의 「관서별곡」을 본 따 후세에 그보다 더 유명해진 가사 「관동별곡」을 지었다.

그는 선조의 남다른 사랑과 은덕을 입고 강원도관찰사가 된 무량한 감개로부터 시작되는 「관동별곡」의 결사 "소나무 뿌리를 베고 누워 풋잠을 어렴풋이 드니 꿈에 한 사람이 나에게 하는 말이 그대를 내 모르랴, 상계의 진선이라 『황정경』 한 자를 어찌 잘못 읽어 두고 인간세계에 내려와서 우리를 따르는 것인가, 잠시만 가지 말고 이 술 한잔 먹어보오. 북두성을 기울여 창해수를 부어내어 저도 먹고 나도 먹이거늘 서너 잔을 기울이니 화풍이 솔솔 불어와 양 겨드랑이 치켜드니 구만리

장공에 저만쯤이면 날 듯도 하구나. 이 술 가져다가 사해에 고루 나누어 억만 창생을 다 취하게 만든 후에 그때에 다시 만나 또 한 잔 하자꾸나. 말을 마치자 학을 타고 구공에 올라가니 공중에서 들려오는 옥소 소리는 어제던가 그제던가. 나도 잠을 깨어 바다를 굽어보니 깊이를 모르는데 그 가인들 어찌 알겠는가. 명월이 천산만촌에 아니 비친 데 없구나."라 하여, 자신의 자긍심과 목민관으로서의 책임을 다할 수 있기를 약속하였다.

즉, 그는 관찰사 임무를 수행하면서 도내 여러 폐단들을 시정하고, 개혁하였고, 영월 땅에 표석도 없이 버려진 단종의 묘를 수축하여 제사를 드리게 하였으며, 지방관들을 독려하기 위해 〈고을의 관리들을 깨우쳐 인도하는 글〉을 짓기도 하는 등의 선정을 베풀어 강원도 내 민풍을 크게 진작시켰다.

송강 정철은 1581년, 관찰사의 외직에서 돌아와 2월에 참지, 4월에 대사성에 제수되었고, 6월에는 임금의 명을 받들어 정승 노수신의 사직을 윤허하지 않는다는 내용의 비답을 지었으나, 그 내용이 합당치 않다는 사헌부의 탄핵과 동인들의 맹렬한 공격을 받고 다시 창평으로 세 번째 낙향을 하였다. 그러나 12월에 특명으로 전라도관찰사로 임명되어, 도내의 세액과 부역의 실상을 조사하고 개혁하여 백성들에게 크게 칭송 받았다.

1585년 3월에는 판돈령으로 직책이 바뀌었고, 4월에는 동인세력의 인물들로부터 논핵을 입었으나, 임금이 비호하였다. 8월에는 동인들로부터 파당을 만들어 나랏일을 그르치려는 무리의 우두머리로 지목되어 논핵을 입고 벼슬에서 물러났다. 경기도 고양을 중심으로 한 근기지방에서 생활을 하고자 하다가 결국 창평으로 네 번째의 낙향을 하여 4년여 동안 창평에서 지내면서 주옥같은 작품들을 창작하였다.

1587년 3월 이후에서 다음 해 사이에 「사미인곡」과 「속미인곡」을 창작하였다. 1591년 2월에는 세자 책봉 문제를 건의하다가 선조의 노여움을 사서 3월에 용산으로 물러나 윤 3월에 양사의 논핵을 입고 파직되었다. 6월에는 명천으로 정배되었다가, 다시 북녘땅 강계로 유배되어 가시울타리까지 처지는 혹독한 귀양살이를 하면서 독서와 사색으로 보냈다. 1592년 4월에 임진왜란이 일어나고 5월 초에 유배에서 풀려나 평양에서 임금을 모셨고, 9월에는 충청, 호남 양도의 체찰사로 임명되어 남쪽으로 내려갔다. 1593년 1월에는 체찰의 임무를 소홀히 한다는 모함을 받고 조정으로 돌아왔다. 5월에 사은사로 명나라에 가게 되었는데, 출발에 임하여 임금께 글을 올려 국난에 임한 충정을 간절히 드러냈으며 귀국 후 명나라 조정에서 군사를 출동할 뜻이 없는 것 같이 송강의 일행으로부터 나온 거짓 보고 때문에 엉뚱한 모함을 입었다. 곧 사면을 청하고 강화도 송정촌으로 물러났지만, 생계조차 꾸리기 어려운 상황 속에서 지내다가 12월에 강화 송정촌에서 세상을 떠났다.

서포는, 송강 정철은 선조와 임란을 전후한 시기에 살면서, 서인의 우두머리로 동인 세력과의 갈등을 겪으면서 몇 차례의 낙향과 유배 등으로 각지에서 생활하다가 결국은 강화도에서 고생하며 살다가 생을 마친 것과, 자신이 호란으로 강화도 앞 바다에서 태어난 것을 숨겨진 인연이라고 믿었다. 두 사람 사이에 놓인 이런 숙명적인 고리 때문에, 자신의 모자가 송강의 가사를 평소에 그토록 좋아했고, 자신 또한 그의 가사를 번역하여 품에 지니고 다녔고, 모친 또한 그의 가사와 같은 작품을 창작해보라고 권하기까지 했던 것이라고 판단하였다.

송강 정철은 선조가 즉위한 후에, 당파 간의 논쟁이 격화되는 중에 출세가도를 달렸지만 한편으로는 그 갈등의 한복판에서 동인과 서인의 싸움에 휘말려 여러 차례 벼슬을 내놓고 낙향과 유배가 거듭되는 억울한 소외 시절에도 좌절하지 않고, 군주 선조를 사모하는 연군의 정과 변함없는 충성심을 임과 생이별한 여인의 애절한 목소리와 여인이 남편을 잃고 연모하는 마음에 비겨서 노래하였다. 즉 연가 형식을 빌어 표현한 작품들에서 다양한 기법과 절묘한 언어를 구사하며, 비유법, 변화법을 비롯하여 연정을 심화시키는 점층적 표현을 구사하기도 하였다. 또 시상을 급격하게 발전시키면서, 자연의 변화에 맞추어 정서의 흐름을 표현하면서도 뛰어난 우리말 구사와 세련된 표현으로 창작한 가사 문학이 당대까지 조선조 최대 걸작, 충신연주의 대표 문학으로 꼽히고 있음을 인식하게 되었다.

그런데, 송강 정철에 대한 역사 평가를 살펴보면, 『선조수정실록』에는 송강 정철을 청렴하고 강직한 선비로, 또 『선조실록』에서는 사독한 천고의 간흉으로 서술되었듯이, 송강 정철은 사관들의 입장에 따라 아주 달리 기록되는 극심한 당쟁 시기에 살았다. 그는 특히, 수많은 선비들이 죽게 되었던 기축옥사인 정여립의 역모 사건의 중심에 있었다. 즉 정여립을 체포하기 위해 의금부 도사들이 군사들을 거느리고 금구로 달려갔으나 이미 그는 그곳을 떠나 피신하였다. 그의 심복인 변승복이 역모가 탄로된 것을 알아채고 정여립에게 달려가서 알리자 그는 변승복과 죽도로 달아났다. 진현현감이 관군들을 이끌고 정여립의 뒤를 쫓았다. 관군의 추격을 받던 그는 변승복과 자신의 아들을 죽이고 스스로 목숨을 끊었다. 이에 조정에서는 조사관으로 서인의 정철을 임명하였다. 역모사건을 조사하는 과정에서 동인의 사람들이 많이 제거되었고,

혹독한 고문으로 3년여 동안 목숨을 잃은 사람이 많았다. 피해를 입은 동인 측의 사람으로는 이발, 이길, 정언식, 백유양, 최영경, 정개청 등이었다. 이 기축옥사로 서인이 조정의 권력을 차지했으나, 1591년 정철이 세자 책봉 문제로 물러나자 다시 동인이 득세하였다. 즉, 선조의 후비 의인왕후는 불행하게도 아이를 낳지 못했다. 그렇기 때문에 후궁에서 태어난 왕자들 중에서 세자를 책봉해야만 했는데, 그때 좌의정인 정철은 이 문제를 왕에게 건의하려 하였다. 그는 영의정인 이산해와 상의하고 최종적으로 결정하기 위하여 함께 선조에게 건의하기로 굳게 약속했으나, 이산해는 두 번씩이나 약속을 어겼다. 이때 이산해는 이 문제를 교묘하게 이용하여 정철을 없애려고 음모를 꾸몄다. 이산해는 선조의 후궁 인빈 김씨의 오빠인 김공량과 결탁하였다. 그것은 선조가 인빈 김씨가 낳은 신성군을 몹시 총애하였기 때문에, 김공량에게 정철이 광해군을 세자로 삼고 인빈 김씨 모자를 죽이려 한다고 무고하였다. 인빈 김씨가 이러한 사실을 선조에게 알리자 선조는 몹시 화가 나 있었는데, 이러한 상황을 알지 못하고 있던 송강 정철은 경연장에서 선조에게 세자의 문제를 거론하다가 삭탈관직되었다.[24]

　이미 유배 경험을 가졌던 서포는 송강 정철에 대한 평가[25]가 상반되었던 당시의 정치 상황과 가사 작품의 관계를 인지하면서 「사미인곡」의 서사에서 임을 이별한 이후의 그리움을 표현한 "이 몸이 태어날 때에 임을 따라 태어나니, 한평생 함께 살아갈 인연이며 이 또한 하늘이

---

24 유종문 역, 『이야기로 풀어 쓴 조선왕조실록』, 아이템북스, 2008, 263~264쪽

25 서석 김만기 또한 수많은 선비들이 죽게 되었던 삼복의 변의 중심에 있었고, 서포는 소위 장희빈 사건에 대한 직간을 했지만, 그로 인하여 선비들이 죽게 되는 불상사는 없다. 이런 점에서 송강과 서포는 관인으로서 많은 차이가 있다.

어찌 모를 일이던가? 나는 오직 젊어 있고, 임은 오직 나를 사랑하시니, 이 마음과 이 사랑을 비교할 곳이 다시 없다."를 더욱 실감 있게 향수할 수 있었다.

이 가사의 임과의 인연을 다룬 대목에서는 "평생에 원하되 임과 함께 살아가려 하였더니, 늙어서야 무슨 일로 외따로 두고 그리워하는고? 엊그제에는 임을 모시고 광한전에 올라 있었더니, 그 동안에 어찌하여 속세에 내려 왔느냐? 내려올 때에 빗은 머리가 헝클어진 지 3년일세. 연지와 분이 있지만은 누구를 위하여 곱게 단장할까? 마음에 맺힌 근심이 겹겹으로 쌓여 있어서 짓는 것이 한숨이요, 흐르는 것이 눈물이라. 인생은 한정이 있는데 근심은 한이 없다."로 표현하였다. 또 이별 후의 그리움을 다룬 대목에서는 "무심한 세월은 물 흐르듯 하는구나. 더웠다 서늘해졌다 하는 계절의 바뀜이 때를 알아 지나갔다가 이내 다시 돌아오니, 듣거니 보거니 하는 가운데 느낄 일이 많기도 하구나."로 표현하였다.

또, 본사에서는 임을 그리는 마음을 계절에 맞추어 표현하였다.

봄의 원망에서는 매화를 꺾어 임에게 보내 드리고 싶은 심경을 "봄바람이 문득 불어 쌓인 눈을 헤쳐 내니, 창밖에 심은 매화가 두세 가지 피었구나. 가뜩이나 쌀쌀하고 담담한데, 그윽히 풍겨오는 향기는 무슨 일인가? 황혼에 달이 따라와 베갯머리에 비치니, 느껴 우는 듯 반가워하는 듯하니, 임이신가 아니신가 저 매화를 꺾어 내어 임 계신 곳에 보내고 싶다. 그러면 임이 너를 보고 어떻게 생각하실까?"로 표현하였다.

여름의 원망에서는 임에 대한 알뜰한 정성을 "꽃잎이 지고 새 잎 나니 녹음이 우거져 나무 그늘이 깔렸는데 비단 포장은 쓸쓸히 결렸고,

수놓은 장막만이 드리워져 텅 비어 있다. 연꽃무늬가 있는 방장을 걷어 놓고, 공작 병풍을 둘러 두니, 가뜩이나 근심 걱정이 많은데, 날은 어찌 길던고? 원앙새 무늬가 있는 비단을 베어 놓고 오색실을 풀어내어 금으로 만든 자로 재어서 임의 옷을 만들어 내니, 솜씨는 말할 것도 없거니와 격식도 갖추었구나. 산호수로 만든 지게 위에 백옥으로 만든 함에 담아 앉혀 두고, 임에게 보내려고 임 계신 곳을 바라보니, 산인지 구름인지 험하기도 험하구나. 천리 만리나 되는 머나먼 길을 누가 찾아갈까? 가거든 열어 두고 나를 보신 듯이 반가워하실까?"로 표현하였다.

가을의 원망에서는 자신이 선정을 하고자 갈망하는 마음을 "하룻밤 사이의 서리 내릴 무렵에 기러기 울며 날아갈 때, 높다란 누각에 혼자 올라서 수정으로 만든 발을 걷으니, 동산에 달이 떠오르고 북극성이 보이므로, 임이신가 하여 반가워하니 눈물이 저절로 난다. 저 맑은 달빛을 일으켜 내어 임이 계신 궁궐에 부쳐 보내고 싶다. 누각 위에 걸어 두고 온 세상을 비추어, 깊은 산골짜기에도 대낮같이 환하게 만드소서."로 표현하였다.

겨울의 원망에서는 임에 대한 걱정을 "천지가 겨울의 추위에 얼어 생기가 막혀, 흰 눈이 일색으로 덮여 있을 때에, 사람은 말할 것도 없고 날짐승의 날아감도 끊어져 있다. 소상강 남쪽 언덕도 추위가 이와 같은데 북쪽 임 계신 곳이야 더욱 말해 무엇하랴? 따뜻한 봄기운을 부치어 임 계신 곳에 쐬게 하고 싶다. 초가집 처마에 비친 따뜻한 햇볕을 임 계신 궁궐에 올리고 싶다. 붉은 치마를 여미어 입고 푸른 소매를 반쯤 걷어 올리어 해는 저물었는데 밋밋하고 길게 자란 대나무에 기대어서 이것저것 생각함이 많기도 많구나. 짧은 겨울 해가 이내 넘어가고

긴 밤을 꼿꼿이 앉아, 청사초롱을 걸어둔 옆에 자개로 수 놓은 공후라는 악기를 놓아두고, 꿈에서나 임을 보려고 턱을 받치고 기대어 있으니, 원앙이불이 차기도 차구나. 이 밤을 언제나 샐까?"로 표현하였다.

그리고, 결사에서는 임에 대한 변함없는 충성심을 "하루도 열두 때, 한 달도 서른 날, 잠시라도 임 생각을 말고 이 걱정을 잊으려 하여도 마음속에 맺혀 있어 뼛속까지 사무쳤으니, 편작과 같은 명의가 열 명이 오더라도 이 병을 어떻게 하랴. 아, 내 병이야 임의 탓이로다. 차라리 죽어서 범나비가 되리라. 꽃나무 가지마다 간 데 족족 앉고 다니다가 향기가 묻은 날개로 임의 옷에 옮으리라. 임께서야 나인 줄 모르셔도 나는 임을 따르려 하노라."로 표현하였다.

서포는 이러한 구성과 표현 중에서도 특히, 조정에 있다가 창평으로 낙향한 송강 자신의 현실을 가사에서는 광한전에서 하계로 내려온 것으로 묘사한 점을 주목하였다. 이와 더불어, 전체 구성을 여인의 독백으로 처리하고 있는 점과, 춘하추동 각 계절에 느끼는 사모의 정을 봄에는 매화의 절개로 임과 함께 보내고 싶은 충정으로, 여름에는 사무치는 외로움과 옷을 지어 임에게 보내는 알뜰한 정으로, 가을에는 밤하늘을 바라보며 임을 그리워함으로 선정에 대한 갈망으로, 겨울에는 추위로 임에 대한 걱정과 사무치는 그리움으로, 그리고 결사에서는 변함없는 애정으로 군주에 대한 충성심으로 표현하고 있는 은유 기법을 주목하였다.

그런데, 서포와 송강의 집안은 선대부터 인척 관계로 맺어져 있었다. 즉, 사계 김장생 집안과 송강 정철 집안은 사돈 관계를 맺고 있었다. 사계 김장생의 여동생이 송강 정철 집안으로 출가하여 송강의 며느리가 되었다. 그러니 송강의 아들 정기명은 서포의 조부요, 윤씨대부인의 시아버지 김반의 고모부가 된다.[26] 그래서 윤씨부인과 서포 모자는 이렇게 선대에 친인척 관계를 가진 인연으로 인하여, 송강의 가사에 대하여 남다른 관심을 기울일 수 있었다.[27]

이처럼, 서포는 송강의 삶과 작품의 세계를 연관시켜 생각해보면서 그의 관료로서의 정치적인 삶의 실상은 겉으로 드러난 높은 관직에 따른 풍류와 화려함보다, 그 뒤에 깔리는 한 인간으로서의 개인적인 생활에서 부닥친 그림자의 어둑어둑함이 더 눈에 들어왔다. 그러나 서포는 그의 총체적인 삶이 결코 실패한 삶이 아니었다는 것은 다시 실감하였다. 그런 판단을 가능하게 한 것은 송강 정철이 남긴 가사와 시들, 특히 「관동별곡」, 「사미인곡」, 「속미인곡」 같은 작품을 향수하는 이들이 서정적인 자아로 등장한 송강이 여인네들의 가슴 속을 저미는 감동을 제공함으로써 길이길이 전해지는 것은 충의의 주제와 함께 한 청아하고 풍요로운 분위기와 아름다운 언어들이 자리하고 있기 때문임을 깨달았다.

또, 윤씨부인의 영향으로 모친을 끔찍히 따르던 효자 서포는 송강가사를 굴원의 『이소』[28]와 비교하면서 극찬하였다. 즉, "송강의 「관농별곡」, 전후사미인곡은 우리나라의 『이소』이지만 한자로서는 쓸 수가 없기 때문에 오직 악사들이 입으로 전하여 서로 이어받아 전해지거나

---

26 송강은 세자(인종)의 귀인이 된 큰 누님의 귀여움을 받아 자유로 궁중 출입을 하면서 두 살 위인 경원군 명종과 친했다

27 이런 인연으로 인하여, 사계 김장생도 자신의 행록에서 정철에 대해서 평가하기를 "공은 가슴 속에 품고 있는 생각이 소탈 상쾌하며, 언어가 호방하여 사람을 감동시키는 점이 많지만, 또한 결점으로는 대신으로서 널리 관용을 베풀어 용납하는 도량이 적고, 또 때로는 주색에 초연하지 못한 것이 흠이었다."라고 지적하기도 하였다. 즉, 예학의 최고봉을 이룬 사계는 송강의 성격과 생애에서 보여준 결점을 관용을 베풀어 용납하는 도량이 적다고 한 것은 정여립 사건의 처리와 관련된 평가라고 할 수 있을 것이다

혹은 글자로 써서 전해질 뿐이다. 이 세 편의 별곡은 천기의 자발함이 있고 이속의 비리도 없으니, 예부터 우리나라의 참 문장은 이 세 편뿐이다. 그러나 세 편을 가지고 논한다면,「후미인곡」이 가장 높고,「관동별곡」과「전미인곡」은 오히려 한자어를 빌어 꾸몄을 뿐이다.[29]"라고 하였다.

이러한 비평을 하였던 서포는 평소에 충신과 절의의 주제를 담은 굴원의『이소』나 송강의 가사들을 남달리 즐기면서, 그 작품성과 작가의 식을 높이 평가하면서,「관동별곡」을 칠언한시로 번역하여 몸에 지니고 다니며 즐길 정도로 적극적인 향수자였다.[30] 그 뿐만 아니라, 서포는「관동별곡」의 소재인『황정경』소재를 자신이 창작한 한시 〈무제〉에서도 활용하였다. 즉, 그는 이 작품에서 "천상의 성신은 하계에 얽혀 있고 요희는 무슨 일로 협강가에 있는가. 한 글자『황정경』을 잘못 읽어서가 아니라 오히려 하루 세 때 번개 웃음 새로움을 생각했기 때문일세. 깊숙이 빈 산에서 한갓 스스로 어여쁘나 아침 구름 저녁 비도 마

---

28 굴원은 중국 초나라 회왕 때 좌도 벼슬에 있었는데 견문이 넓고 기억력이 뛰어났으며 역대의 치란에 밝아 회왕으로부터 신임이 두터웠다. 굴원이 회왕의 명을 받아 초나라를 부강하게 하기 위해 헌령을 기초하고 있었는데 굴원과 왕의 은총을 다투던 상관대부 능상이 그걸 가로채어 자신의 공적으로 삼으려 하였으나 굴원은 이를 거절하였다. 능상은 이에 굴원을 회왕에게 다음과 같이 참소하였다. "굴원은 학식을 빙자하여 대왕을 업신여기며 무엇인가 딴마음을 품고 있는 듯합니다."하였다. 현명치 못한 초의 회왕은 능상의 말을 믿고 굴원을 멀리하였다. 굴원은 왕이 듣고 보는 것이 총명하지 않고 참소와 아첨이 임금의 밝음을 가로막는 것을 근심하고 비통해하면서 장편의 시를 지어 그의 울분을 토로한 〈이소〉를 지었다.

29 김만중,『서포만필』

30 關東別曲 則淸陰西浦 及李進士楊烈 各以文字飜之 將進酒辭 北軒金公亦爲之飜 星山別曲思美人曲續思美人曲 只以俗諺流傳(松江別集 追錄遺詞, 이재수,『한국소설연구』, 선명문화사, 219쪽) 번역 원문은 필사본은 경대대학원에서 영인본으로 출간하여, [松江別集 追錄遺詞]에 수록하였다

침내 참이 아니로다. 봉함 편지 보내 함께 있던 궁녀에게 묻기를 벽해의 반도는 또 몇 봄이나 맞았는고.[31]"라고 하여, 『황정경』 한 글자의 어구를 사용할 정도로 송강가사의 시어를 즐겨하였다.[32]

또, 서포 김만중을 따르면서 학문을 배우기도 한 종손 김춘택도 "여러 가사 중에서도 정송강의 전후 사미인사는 가장 뛰어나다. 일찍이 들으니, 김청음이 이 가사 듣기를 대단히 좋아하여 집안의 비복으로 하여금 모두 외우게 하였다. 이 사는 속언으로 지었는데, 정송강이 유배가 울울할 새, 군신의 이합을 남녀의 애증에 비유한 것이다. 그 심지는 충결하며 그 절개는 곧고, 그 말은 정아하고 곡진하며, 그 곡조는 슬프되 단정하여, 거의 굴원의 『이소』에 짝할 만하다."고 하면서, 서포도 일찍이 이 가사를 한 책에 베껴 써두고 서명을 언소라 하였다고 하였다.

서포의 조카인 죽천 김진규는 윤씨부인이 서포에게 송강의 「사미인곡」과 같은 소설을 창작해보라고 권하면서 "「사미인곡」을 읽고 나니 그 뜻이 극진하여 읽는 사람으로 하여금 통분함을 금치 못하게 하니 이것이 글의 힘이 아니겠느냐? 너는 이런 글을 한번 써볼 의향이 없느냐? 만일 의향이 있다면 우리나라 글로 쓰되 이야기체로 써 보아라. 내 생각 같아서는 아녀자들의 섧은 사정을 설원하는 것이 되었으면 좋겠구나.[33]" 라고 하였다고 전한다.

---

31 김만중, 「무제」, 『서포집』

32 이 한시에서 "한 글자 『황정경』을 잘못 읽어서가 아니라" 등은 요희의 적강은 천제에 대한 지극한 연모로 말미암은 것이며, 그리하여 지금도 "벽해의 반도" 소식을 물을 만큼 천상을 그리워하고 있는 것이다. 비록 유배를 당한 처지이지만 임금에 대한 연모라는 근원적인 인륜은 저버리지 않음으로써 신하로서의 정당성을 확보하고 있는 것이다. 아래 오언율시의 작품들 역시 임금에 대한 연모가 주조를 이루고 있다는 뜻이다(김병국, 『김만중의 생애와 문학』, 107페이지부터).

이처럼 서포 가문에서는 송강가사를 적극적으로 향수하였고, 특히 윤씨부인이 직접 서포에게 송강가사류의 창작을 권유한 사실을 고려한다면, 서포가 유배지에서 모친을 위한 소설을 창작하면서 모친이 권유한 송강 가사의 성향을 적극적으로 고려했을 것으로 추정된다.

3. 윤씨부인에게 바친 『구운몽』과 정조가 본받은 효심의 문학

윤씨부인은 평소에 패설, 즉 소설을 즐겼다.[34] 그래서 효자인 서포는 모친을 위하여 소설 『구운몽』을 창작하였다. 그런데 서포의 소설 창작은 신라 때에 김대성이 불교적 신앙에서 어머니를 위한 효심과 나라와 중생의 구원을 위해 거대한 불사를 성공적으로 해내었듯이, 유가

---

33 『죽헌집』

34 北軒 김춘택은 "嘗見先生之侍大夫人 非故爲戲 即眞無異於영兒 若將入懷윤(?)乳者然 夫惟如此 其他所以婉容愉色承顏吳志之事 小子不暇論也(北軒集 권16, 西浦遺事 別錄)
윤씨부인만이 아니라, 서포의 증조부인 신독재 김집 집안에 전하는 수택본 한문소설집에는 신독재가 직접 소설에 교열을 가하고 기록을 남긴 흔적이 남아있다. 신독재수택본이 김집의 교정한 소설책으로 추정된 것이다. 이 수택본에는 왕시붕기우기(王十朋奇遇記), 유소랑전(劉少娘傳), 왕경룡전(王景龍傳), 만복사저포기(萬福寺樗蒲記), 이생규장전(李生窺墻傳), 최문헌전(崔文獻傳), 거시안마별인귀(去時鞍馬別人歸), 과기탄(寡妓嘆), 고반승(古班僧), 예언관련 야담 한 편 등이 실려있어, 서포 가문이 소설에 대해 개방적인 의식을 가지고 있었다고 볼 수 있을 것이다. 이는 윤씨부인이 소설 듣기를 좋아했다는 기록과 함께 김만중이 소설을 창작할 수 있었던 분위기를 뒷받침해준다. (정학성, 삼경문화사, 2000. 262쪽) 한편, 같은 책 263쪽에서 정학성은 신중하게 '신독재'가 과연 김집인지 여부에 대한 판단은 뒷날의 논의에 맡긴다는 신중론을 펴기도 하였다.

적 신념에서 어머니를 위한 효심과, 군주 숙종을 위한 충성심, 위기의 나라를 구하기 위한 거대한 작업으로 소설『구운몽』을 창작하였다.

서포가 유배지에서 '일체의 부귀영화가 모두 몽환'이라는 것을 주지로 삼은 작품을 창작하여 한양에 있는 모친 윤씨에게 보냈다는 것은 여러 시기에 걸친 다양한 문헌에서 거론하고 있다.

이와 관련된 기록은 서포 자신이 모친의 행장에 쓴 다음과 같은 글에 그 연원이 있다.

그 해 가을에 불초가 국사를 말하다가 서새로 귀양을 가게 되었다. 태부인께서는 성 밖에서 전송하시면서 말씀하시기를, "영해의 행차는 옛 사람도 면하지 못한 바이니 그 곳에 가거든 자신 스스로를 사랑하고 나의 염려는 하지 말라."고 하셨다.[35]

이 상황을 전하는 두 번째의 기록은, 서포 김만중의 조카인 죽천 김진규가 1708년에 지은 김만중의 전기에 남긴 기록이다.[36] 여기서도 앞의『선비정경부인 해평윤씨행장』의 기록과 동일한 기록을 다음과 같이 서술하고 있다.

임금은 노여움을 마지 않아서 평안도의 선천으로 유배했다. 부군은 조정을 떠나면서도 오히려 우군애국의 지성을 이기지 못하여 길을 떠날 때

---

35 是年秋 萬重以言事 竄西塞 大夫人送之城外 曰嶺海之行 前修所不免 行矣自愛 勿以我爲念 (『西浦集』,「先妣貞敬夫人行狀」)

36 말미에는 " 戊子[1708]년 仲秋에 從子 鎭圭는 피눈물을 닦으면서 삼가 행장을 짓노라." 는 기록이 있다.「文孝公諱萬重行狀」

이러한 시를 지었다. … 중략 …

　윤씨부인은 부군을 전송하면서 말하기를 "영해로 유배되는 일은 선현으로서도 면치 못한 것이니, 그곳에 가거든 자신을 소중히 하고, 나를 염려하지 말라." 했다.[37]고 하였다.

　세 번째의 것은 서포 김만중의 종손인 김양택이 1756년 이후 1776년 사이에 편찬한 것으로 추정되는 서포의 일생을 년대별 사건 기록으로 편찬한 『서포년보』[38]의 기록이다.

　여기서는 다음과 같이 서술하고 있다.

　[선천으로] 귀양을 갈 때에 윤씨부인이 전송하면서 말하기를 "선현들도 피하지 못했던 바이니 가서는 몸조심 하고 내 걱정일랑 말아라." 이 말을 들은 이들이 눈물을 흘리지 않는 이가 없었다. … 중략 …

　부군이 이미 귀양지에 이르러 윤씨부인의 생신을 맞이했다. 시를 지어 말하기를 "멀리 어머님께서 아들을 그리며 눈물 흘리실 것을 생각하니, 하나는 죽어 이별이요 하나는 생이별이로다." 또, 글을 지어 부쳐서 [윤씨부인의] 소일거리를 삼게 하였는데, 그 글의 요지는 "일체의 부귀영화가 모두 몽환이다."는 것이었으니, 또한 [부군이] 뜻을 넓히고 슬픔을 달래기 위한 것이었다.[39]

---

37 金鎭圭, 『西浦金萬重行狀』

38 金炳國, 崔載南, 鄭雲采, 『西浦年譜』, 서울대학교출판부, 1992, 7쪽

39 亦所以廣其意 『西浦年譜』, "又著書寄送, 俾作消遣之資, 其旨以爲一切富貴繁華, 都是夢幻, , 而慰其悲也"

네 번째의 것은 김창협의 문인인 이재가 궁중과 관련된 견문을 기록한 『삼관기』의 기록으로, 여기서는 다음과 같이 서술하고 있다.

서포 김공은 성품이 지극히 효성스러웠다. 자신이 유복자로 태어나 아버지의 얼굴을 알지 못한 것을 종신토록 애통해 하였다. 모부인에게 깊은 사랑이 있어서, 어머니의 의중대로 즐거워하고 기뻐하는 것이 옛날 병아리를 가지고 장난치고 아이처럼 울었던 노래자와 거의 비슷했다. 어머니께서 책을 좋아했기 때문에 옛 역사서나 신기한 책들, 심지어 패관잡기까지도 모아서 밤낮으로 곁에서 이야기하면서 한바탕 웃을거리를 만들었다. 젊어서부터 늙을 때까지 공적인 연고가 없으면 어머니 곁을 떠나지 않았다. 다른 집에 살게 된 뒤에도 매일 이른 아침에 찾아가 문안하였고, 성문을 닫는 인정 때가 되어야 돌아왔다. 이웃 사람들이 몰래 살펴보았더니 한 번도 거른 적이 없었다. 공의 지성스런 효성이 이와 같았지만, 나라를 위해서 진언할 때에는 어머니가 늙었다는 이유로 스스로 빠져나가지 않았다

처음에 공이 귀양지로 떠날 때 어머니가 태연히 말하기를, "영해로 가는 것은 선현들도 피하지 못했던 바이니 가서는 몸조심 하고 내 걱정일랑 말아라."라고 하였는데, 이 말을 들은 이들이 눈물을 흘리지 않는 이가 없었다.

패설에 『구운몽』이라는 것이 있는데, 곧 서포가 지은 것이다. 큰 뜻은 공명과 부귀가 일장춘몽으로 돌아가 버린다는 것이니, 대부인의 근심 걱정을 위로하고 풀어드리기 위한 것이었다. 그 책이 부녀자들 사이에 성행하였는데, 내가 어렸을 적에 흔히 이 이야기를 들었는데, 대개 석가세존의 말에 의지하였으며 그 중에는 『이소』가 남긴 뜻이 많았다.[40]

다섯 번째의 것은 18세기 후반에 활동한 문인인 심재가 우리나라와 중국의 역사와 문학, 사상과 예술, 풍속 세태 등을 담은 필기잡록인『송천필담』기록으로 다음과 같이 서술하고 있다.

서포 김공은 성품이 지극히 효성스러웠다. 자신이 유복자로 나면서부터 아버지의 얼굴을 알지 못한 것을 평생토록 아파하였다. 어머니 윤씨 부인을 섬길 때는 깊은 사랑이 있어서 어머니의 의중대로 즐거워하고 기뻐하는 것이 옛날 병아리를 가지고 장난치고 아이처럼 울었던 노래자와 거의 비슷했다. 부인이 책을 좋아했기 때문에 옛 역사서나 신기한 책들, 심지어 패관잡기까지도 모아서 밤낮으로 곁에서 이야기하면서 한바탕 웃을 거리를 만들었다. 젊어서부터 늙을 때까지 궁중 조회가 없으면 어머니 곁을 떠나지 않았으며, 다른 집에 살게 된 뒤에도 매일 이른 아침에 찾아가 문안하였고 인정 때가 되어야 돌아왔다. 이웃 사람들이 몰래 살펴보았더니 한 번도 때를 어기거나 놓친 적이 없었다. 공의 정성과 효성이 이와 같았지만, 나라를 위해서 진언할 때에는 노모가 알지 못하게 하였다. 처음에 공이 귀양지로 떠날 때 모부인이 환한 얼굴로 말하기를, "영해의 길은 선현들도 피하지 못했으니, 가거든 스스로를 아끼도록 하고 내 걱정은 말거라."라고 하였는데, 듣는 이들 가운데 눈물을 흘리지 아니한 자가 없었다. 패사에『구운몽』이라는 것이 있는데, 곧 서포가 지은 것이다. 그 요

40『三官記』「耳部」" 西浦金公 性至孝 自以遺腹子生 不識父面爲終身痛事 母尹夫人有深愛 所以娛悅親意者 殆類古之弄雛兒啼 以夫人好書 聚古史異書 以至稗史雜記 日夜談說左右 以資一笑 自少至老 非有公故 未嘗去其側 其異宮之後 每日早朝往省 人定時方還 隣人竊識之 一不蹉失 公之誠孝如是 而爲國盡言 則不以親老自解 始公赴謫也, 夫人怡然曰 嶺海之行前修所不免 行矣 自愛 勿以我爲念 聞者莫不流涕 稗說有九雲夢者 卽西浦所作 大旨以功名富貴 歸之於一場春夢 要以慰釋大夫人憂思 其書盛行閨閤間余兒時慣聞其說 盖以釋伽寓言 而中多楚騷遺意云"

지는 공명과 부귀가 일장춘몽으로 돌아가 버린다는 것이니, 대부인의 시
름을 위로하고 풀어드리기 위한 것이었다. 그 책은 여인들 사이에 성행하
였는데, 대개 불교의 말에 의지하였으며 그 중에는 『초사』에서 나온 뜻도
많다고들 한다.[41]

다섯 번째의 것은, 정밀한 고증과 변증으로 실학의 영역을 넓힌 19
세기의 학자인 이규경의 『오주연문장전산고』의 기록으로, 다음과 같
이 서술하고 있다.

이러한 소설은 우리나라 사람의 경우 국량이 얕고 재주가 짧아서 또한
요령을 얻지 못하였으니, 민간에 유행하는 것은 단지 『구운몽』(서포 김만
중이 지은 것인데 자못 뜻이 있다)과 『남정기』(북헌 김춘택이 지은 책이다)가
있을 뿐이다. 세상에 전하기를, "『구운몽』은 서포가 귀양갔을 때 대부인
의 근심을 풀어드리기 위해 하룻밤 만에 지었다" 하고, 북헌의 경우는 숙
종이 인현왕후 민씨의 자리를 내놓게 한 일에 대해 성심을 깨우쳐드리고
자 지었다고 한다.[42]

---

41 『松泉筆談』, "(西浦金公 性至孝 自以遺腹子生 不識父面 終身痛 事母尹夫人有深愛
其所娛悅親意者 殆類古之弄雛兒啼 以夫人好書 聚古史異書 以至稗官雜記 日夜談說
左右以資一笑 自少至老 非有公 故未嘗去其側 其異宮之後 每日早朝往省 人定時 方
還隣人竊視之 一不蹉失 公之誠孝如此 而爲國進言 則不以親老自解 始公赴謫也, 夫
人怡然曰 "嶺海之行前修所不免行矣 自愛勿以我爲念" 聞者莫不流涕 稗史有九雲夢者
卽西浦所作 大旨以功名富貴 歸之於一場春夢 要以慰釋大夫人憂思 其書盛行閨閤間
盖以釋伽寓言而中多楚辭遺意云"

42 『五洲衍文長箋散稿』卷七, 「小說辨證說」, "(如此小說 我東人則 量淺才短 亦不能領
略 閭巷間流行者 只有九雲夢 西浦金萬重所撰 稍有意義 南征記 北軒金春澤所著也
世傳西浦竄荒時 爲大夫人鎖愁 一夜製之 北軒則 爲肅廟仁顯王后閔氏巽位 欲聖心而
製者云 "

이상에서 제시하였듯이, 조선왕조의 여러 문헌들에 나타난『구운몽』의 창작 동기 및 창작 시기에 관련된 기록들은, 큰 테두리로는 초기의 기록부터 후기의 기록까지 일관성을 유지하고 있다. 그 공통적인 내용의 핵심은 작가인 서포 김만중이 유배지 선천에서 모친의 근심을 위로하기 위하여 '부귀공명 일장춘몽'이라는 요지를 담은『구운몽』으로 지칭되는 작품을 저작하여 모친에게 보냈음과, 그 속에는 작가 자신의 뜻을 넓히고 슬픔을 달래기 위한 것도 포함되어 있으며, 표현에서는 세존의 불경을 소재로 우의적으로 다루고 있다는 것이다. 그 외에도『구운몽』으로 지칭되는 작품의 내용에는 초나라 충신 굴원이『이소』에서 담았던 충신의 군주에 대한 감계의 주제도 포함되어 있음을 전하는 것이다.

단지, 이규경은 앞 선 시기부터 전하여 오던『구운몽』의 창작 동기 이외에도, 19세기 당시에 세간에서 유포되고 있던 소위 '일야제지(一夜製之)'에 관한 풍문을 덧보태어 전하고 있다.

1930년대에 들어서서, 김태준은『증보조선소설사』에서 다음과 같은 서술을 통하여『구운몽』은 남해 유배 시기의 작품으로 판단하였다.

서포는『소학』·『십팔사략』·『당시』같은 것을 전부 가정에서 배웠다. 이와 같이 현모의 수하에서 특수한 훈도와 이상적 교육을 받아서 자라난 서포의 심경에는 은의를 느끼는 효양의 마음이 저절로 흘러나와서 매양 고사 이서와 패관잡기를 말하여 드리며 아무리 조정에 일이 많을지라도 정성을 궐하지 아니하였다. 그는 남해의 배소에 있으면서 어머님이 병에 누운 소식을 듣고 하룻밤에『구운몽』을 지어 보내어 어머님의 병을 위로하였다.

여항에 유행하는 것으로는 『구운몽』이 있는데 서포 김만중이 찬한 것으로서 다소간 의의가 있다. … 중략 … 세상에 전하기를 서포가 유배가 있을 때에 그 어머니의 근심을 풀어드리기 위해 하룻밤 만에 지었다 한다.[43]"

여기서 보면, 조선시대에 전하던 『구운몽』 창작 동기에 대한 이와 같은 기록 속의 평가는 20세기에 들어와서도 신학문으로 집필된 최초의 고전소설론에 해당하는 김태준의 『조선소설사』에서 조선왕조 시대의 기록들인 이규경의 『오주연문장전산고』, 이재의 『삼관기』, 김만중의 『선비 정경부인 해평윤씨행장』의 기록들을 근거로 다시 동일한 입장을 반복 소개하게 되었다.[44]

그런데, 서포 김만중이 『구운몽』을 창작하여 모친에게 보낸 기록이나, 그가 모친을 위해 『구운몽』을 창작했다는 기록[45]은 『구운몽』이 일상적 자녀들이 부모에게 효심을 발휘하는 그런 평범한 수준의 효심을 뜻하는 것이 아니다. 실은 서포가 보인 윤씨부인을 향한 효의 수준은 그런 차원 이상의 큰 효의 실현으로서 모친 윤씨의 형상이 새겨진 재도적 작품을 지향한 것이다. 세계적 고전을 향한 심오하고 강력한 의지가 담긴 최고 수준의 서사구조에 효행 주제가 담겨 있다.

『구운몽』은 1803년에 이미 목판으로 출간되어 양반 독자들에게 대량으로 보급되기 시작하였다. 그 이후 인기가 상승하면서 국문 필사본

---

43 "閭巷間流行者, 只有九雲夢, 西浦金萬重所撰, 稍有意義, (…)世傳 西浦竄荒時 爲大夫人鎖愁, 一夜製之"(『五洲衍文長箋散稿』)

44 金台俊,『增補朝鮮小說史』, 學藝社, 1939, (교주 박희병, 한길사, 1990), 112쪽

45 이와 관련된 창작 시기에 대한 논의는 서포의 남해 유배 시기인 숙종 15년부터 숙종 18년 서포가 세상을 떠나는 해 사이에 창작되었으며, 더 구체적으로는 숙종 15년 서포 피찬 직후에 그 어머니 윤씨부인이 사망하였으니 『구운몽』의 한글본은 숙종 15년에 저작된 것으로 판단하였다.

의 유통과 더불어 국문 목판본도 전주와 한양에서 여러 차례 출간되면서, 여항의 부녀자까지 즐기는 대중 작품으로도 향수되었다. 이런 분위기는 소설뿐만이 아니라, 일반 대중문화 속에도 단편적인 삽화로 들어가서 상층 양반문학이면서, 대중문학 작품이기도 한 최초의 작품 즉, 진정한 국민문학으로 그 명성을 높이게 되었다.

『구운몽』의 이러한 특징은 문헌 기록상으로는 유일하게 국왕도 이 작품을 즐겼음을 보여준다. 그것도 국왕이 그냥 보고 스쳐버린 것이 아니라 작품의 작가를 신하들에게 묻기도 하고, 또 이 작품을 창작하여 모친에게 바친 그 정성을 본받고자 하는 정조 같은 임금도 등장하게 된 것이다.

『구운몽』이 창작되었던 숙종시대 이후, 경종, 영조 시대를 거쳐서 정조의 시대에 이르는 과정에서 있었던 아주 특별한 사건들을 개관해 보면 다음과 같다.

숙종과 영조의 긴 재위 기간은 성숙과 태평의 시기이기도 하지만, 인륜이나 가족 관리의 측면에서는 불행의 자취가 남겨진 시기였다. 그 단적인 사례가 숙종과 장희빈과 세자간의 문제, 영조와 세자 간의 문제가 인륜의 침몰을 보여준 암울한 그늘을 남긴 사건이기 때문이다.

경종은 숙종 18년인 1688년에 숙종과 궁인 장씨 사이에서 숙종의 큰 아들로 태어났지만, 갑술환국으로 왕비가 되었던 생모가 희빈으로 강등된 후 14세 때, 세자로서 부친 숙종에 의해 자신의 어머니 장희빈이 사사되는 것을 목격하는 고통을 감내하였다. 이런 연유로 세자는 이 사건 이후 줄곧 병환에 시달렸으며, 왕위에 오른 이후에도 끝내 후사도 얻지 못하고 생을 마감하였다.[46]

경종의 뒤를 이은 영조도 숙종 20년인 1694년에 숙종과 궁인 최숙

빈과의 사이에서 둘째 아들로 태어났다. 그 후 1699년에 연잉군에 봉해졌고, 경종 1년인 1721년에는 왕세자에 책봉된 뒤에, 왕위에 올랐다. 그러나 영조는 아들 사도세자를 뒤주에 가두어 죽게 한 비운의 왕이며 그 사도세자의 아들이 정조가 되었지만, 조부에 의하여 부친이 죽게 된 슬픈 역사를 안고 있었다.

영조는 평소에 숙종을 오래 모시지 못한 것을 지극한 통한으로 여긴 나머지 탄신일에 하례를 청하면 문득 『장자』의 말을 인용하면서 한사코 거절하였다. 그리고 『시경』의 어버이를 그리워하고 슬퍼하는 육아와 척호의 시를 읊으면서 처연하게 눈물을 흘렸으므로 경연장의 신하들이 모친에 대한 한이 있어 그럴 수도 있으리라고 생각하였다. 그 후에도 말이 탄신일의 하례에 관계되는 일이 있으면 그러하지 않은 적이 없었다.[47]

그런데, 영조 시대에는 윤씨부인의 증손자인 김양택이 영의정까지 올라 가문의 영광을 보여주었다. 이런 배경[48] 속에서 국왕 영조는 즐거하여 두 차례나 이 작품에 대한 관심을 측근 신하들에게 표현하였다. 즉, 영조가 51세가 되는 1751년에 중국의 로맨스 소설이라고 할 수 있는 재자가인 소설인 평산냉연의 문장 수준에 대하여 언급한 후,

---

46 일설에는 그가 아이를 얻지 못한 것이 희빈 장씨 때문이라고 한다. 즉, 희빈 장씨는 숙종이 내린 사약을 받고는 마지막으로 세자가 보고 싶다고 숙종에게 애원하게 되는데, 숙종은 처음에는 이를 거절하다가 결국 인정에 끌려 그녀의 청을 들어주게 된다. 하지만 막상 세자를 그 자리에 데려다 놓았을 때에 돌발적인 사태가 터지고 말았다. 장씨는 자신의 아들을 보더니 재빠르게 달려와서는 다짜고짜 그의 하초를 움켜쥐고 잡아당겨 버렸다. 그 때문에 세자는 그 자리에서 기절을 했고, 이 사건 이후 항상 시름시름 앓으며 남성 구실을 하지 못했다고도 전한다.

47 영의정 김양택이 쓴 영조의 지문

48 영조 초년에는 『구운몽』이 나주에서 목판으로 출판되었다.

신하들에게 『구운몽』의 작가가 누구인지 물었다. 영조의 물음에 신하들은 작가가 김만중이라고 알려주었다. 그러나 이 말을 들은 영조는 『구운몽』의 문장이 우수하다는 판단에 근거하여 문장으로 유명한 이의현이 작가로 추정된다 하였다.[49]

또, 영조는 모친에 대한 한이 많았던 군주였다. 그는 자신의 출생이 지닌 원초적인 한계가 있었기에, 모친에 효심을 발휘는 영웅 양소유의 부친은 신선으로 떠나가고, 모친이 홀로 키운 양소유는 미모와 탁월한 재능을 갖춘 풍류 호걸이요 문무의 영웅으로서 부마가 되고 중국 각지에서 만난 8명의 처첩을 한 집안으로 모아놓고 함께 행복한 가정을 꾸미는 이야기가, 더욱 자신이 부자 간에서 이루지 못한 한을 보상하는 내용으로 제공받았을 수도 있다.

이런 상황이었기 때문에, 영조의 딸인 화협옹주의 시아버지인 약방 제조 신만은 승지 김양택[50]에게 직접 들었다면서, 『구운몽』은 김만중이 지은 것이 맞고, 그 어머니를 위해 지었다는 창작동기까지 알려주었다.[51] 또, 1761년 61세가 된 만년의 영조는 신하들에게 『구운몽』의 작가에 대해 물었다.

또 한번은 영조가 『구운몽』의 작가가 김만중의 조카인 죽천 김진규가 아닌가 하고 물었다. 이 때 영조의 사돈이요, 사도세자의 장인인 홍봉한이 그렇다고 하자, 영조는 '『구운몽』은 좋은 글'이라고 칭찬했다.

또 이로부터 2년 후인 1763년에는 63세의 영조가 다시 『구운몽』의 짜임새가 매우 훌륭하다고 하면서 "정말 문장 솜씨가 있다."고 하는 최

---

49 정병설, 『구운몽도』, 2001, 문학동네, 17쪽
50 1776년에 김만기의 손자 영의정 김양택은 영조의 지문을 지었다
51 정병설, 같은 책

고의 찬사를 보냈다.[52]

이 시기에는 아마 「구운몽도」가 자수병풍으로 만들어져서 궁중의 연회에 화려한 분위기를 자아내는 역할을 감당했을 가능성이 높다. 왜냐하면, 민가에서는 민화로 통용이 되었지만, 현재 전하는 몇몇 자수병풍은 그 예술적인 품격으로 보아서 웬만한 양반 집안에서 집안 장식용으로 사용했다고 보기보다는 궁중 연회용이라고 평가할 만하기 때문이다.

정조 초년에는 서포 김만중에 대한 재인식이 일어나서, 정조 7년 2월에 살아 있을 때 예조판서를 지냈던 서포에게 '문효(文孝)'라는 시호[53]를 내렸다. 정조는 다시 조부인 영조가 최고의 찬사를 하면서 몇 번이나 거듭 읽은『구운몽』을 자신도 직접 읽었다.[54] 정조는『구운몽』을 읽는 것으로만 끝나지 않고,『구운몽』의 작가와 창작동기까지 파악한 다음, 자신도 이를 본받아 자신의 모친에게『시경』을 언해하여 헌증하게 되었다. 즉, 정조는 궁궐에서 초계문신들과 학문을 토론하면서, 특히『시경』강의를 하면서 다음과 같은 말을 하였다.

상이 이르기를, "『시경』삼백 편은 읽을수록 더욱 좋아서 오래 읽으면 읽을수록 더욱 그 참맛을 알게 된다. 예컨대 '문왕의 손자들이 본손과 지손 모두 백세를 전할 것이며, 모든 주나라의 선비들도 또한 대대로 드러나리로다.'라는 시는, 이 네 구절을 시험 삼아 읊어 보면 무한한 의미가 담겨 있으니, '청묘의 시를 비파로 연주할 때에 한 사람이 창하고 세 사람이

---

52 『승정원일기』
53 『조선왕조실록』, 정조 7년, 2월 20일
54 정병설,『구운몽도』, 2001, 문학동네, 19쪽

화답한다'는 정도만이 아니다." 하였다. … 중략 …

상이 이르기를, "내가 젊었을 적에 시를 무척 좋아하여, 『시경』 삼백 편으로부터 송·명의 제가에 이르기까지 그 울타리를 엿보며 아름다운 구절을 주워 모았고, 더러는 작자의 필의를 보아 그 오묘한 뜻을 깨닫기도 하였다. 그러다가 곧 이로움은 없고 공부에 해만 끼친다고 생각하여 일체 포기한 지가 이제 20여 년이 되었다. 근래에 심기가 화평하지 않아서 내 성향에 맞는 여러 문집들을 가져다가 두어 차례 펼쳐 보았는데, 불현듯 생각이 넓어지고 막힘이 없어지는 것을 깨달았으니, 이것이 바로 『시관』을 편찬하게 된 동기이다. 옛사람이 '심기가 화평하지 않을 때는 악기를 한번 읽으면 마음속의 근심을 쏟아 버릴 수 있다.'고 하였는데, 참으로 옳은 말이다." 하였다.

상이 이르기를, "내가 요즈음은 시를 지을 때 심혈을 기울이지 않고 그저 손 가는 대로 써 내려갈 뿐이다. 『춘저록』을 한번 보았더니 순아하고 풍채와 정치를 갖추어서 근래의 작품이 미칠 수 있는 것이 아니었다." 하였다.

재계하는 날 각신에게 하교하기를, "요사이 자궁을 기쁘게 해드리기 위해서 『시경』에서 100편을 발췌하여 『모시백선』이라고 이름 짓고 경들로 하여금 분담하여 언해로 번역해서 올리게 하였다. 옛날에 김만중은 하룻밤 사이에 「구운몽」을 지어 자신의 어머니에게 바쳤는데, 더구나 나의 경우에는 뜻을 봉양할 수 있는 길이 오직 여기에 있으니, 경들은 게을리 말고 힘쓰도록 하라." 하였다. … 중략 …

상이 이르기를, "패관 소설은 사람의 심술을 가장 해치는 것이니, 문장과 경술에 뜻을 둔 선비라면 상을 준다고 하더라도 보지 않을 것이다. 더구나 음조가 낮고 슬프며 날카롭고 경박한 고신얼자의 슬프고 근심스러운 소리를 무엇 하러 읽겠는가. 처음에는 이러한 문체를 추구하는 자가 있다는 말을 듣고도 대수롭지 않게 여겨 내버려 두어도 다스려질 것이라고 생각했는데, 요사이에 와서 보니 시례를 전수해 온 집안의 자제로서 근밀한 자리에 출입하고 왕명을 윤색하는 자들까지도 습속에 물드는 것을 면치 못하고 있다. 그것이 세도와 시운에 관계되는 문제라는 것을 크게 깨달았으니, 하교를 통해서 한번 바로잡지 않을 수 없다." 하였다.[55]

이처럼, 각신들의 토론에서 나온 정조는 자궁[56]을 기쁘게 해 드리기 위해서 『시경』에서 100편을 발췌하여 『모시백선』이라고 이름 짓고 신하들에게 분담하여 언해로 번역해서 올리게 하였다. 그러면서 "옛날에 김만중은 하룻밤 사이에 『구운몽』을 지어 자신의 어머니에게 바쳤는데, 더구나 나의 경우에는 뜻을 봉양할 수 있는 길이 오직 여기에 있으니, 경들은 게을리 말고 힘쓰도록 하라." 하였다.

---

[55] 정조, 「홍재전서」 163권. 일득록, 문학
[56] 즉, 모친인 혜경궁 홍씨

제5장

소설에 새겨놓은 윤씨부인의 이미지와 행장 속의 윤씨부인

서포 김만중은 유복자로 낳고 키워 준 모친에 대한 존경과 감사의 마음으로 『구운몽』 속에 등장하는 형산의 선관 위부인과 양소유의 모친 유씨부인에 자신의 모친 윤씨부인의 이미지를 투사시켰다.

또 자신의 이미지를 투사시킨 양소유로 하여금 모친 유씨를 8처첩의 시모로 설정하고, 천하의 영웅이요 승상의 자리에 오른 아들의 효를 받는 것으로 설정하였다. 그리고 모친의 사후에는 남해 유배지에서 『사씨남정기』를 지어 모친의 이미지를 작품 속에서 사씨를 구제하는 관세음보살과 아황·여영에 투사시켰다.

윤씨부인의 삶과 그 정신

1. 『구운몽』에 위부인과 유씨부인으로 새겨놓은 윤씨부인의 이미지

1) 윤씨부인을 모델로 한 형산을 다스리는 위부인의 이미지

서포의 모친에 대한 존경심은, 불효를 조금이나마 씻을 수 있는 방편으로 한양으로부터 멀리 떨어진 유배지 평안도 선천에서 모친이 일찍이 충신연주의 내용을 담은 「사미인곡」 형의 작품을 창작해 볼 것을 권유한 바를 가슴에 새겨두었다가 『구운몽』을 창작하여 헌증한 것에서 단적으로 나타난다. 서포는 부친이 세상을 떠난 이후에 더욱 분발하여, 가장의 내조자의 위치에서 가장과 내조자의 몫을 통합적으로 해내는 데 성공한 모친 윤씨부인을 『구운몽』 속의 주요인물로 형상화하였다. 즉, 서포는 아들을 먼 유배지에 보내놓고 홀로 가슴 아파하는 노모의 안타까운 마음을 위로하며, 유복자로 낳고 키워준 모친에 대한 존경과 감사의 마음을 작품 속에 새겨넣었다. 때로는 표면적인 이야기에 사연스럽게, 때로는 고도의 상징성을 통하여 모자 산에만 소통할 수 있을 정도의 방식으로 비단 위에 수를 놓듯이 모친의 이미지를 새겨넣었다.

그 대표적인 이미지가 모친 윤씨부인을 『구운몽』에 가장 먼저 등장하는 존재로 천상에서 내려와 형산에 좌정하고 있는 여선관인 위부인으로 형상시켰다. 형산의 연화봉에는 자신을, 즉 성진을 가르치는 육관대사로 형상하였다. 그래서 천하의 명산 오악 중에도 가장 성스로운 남악 형산을 모친 윤씨와 자신이 선가와 불가의 스승으로 자리잡게 했다. 윤씨부인을 모델로 한 위부인은 8선녀를 비롯한 선녀들에게 『황정경』을 가르치고, 자신을 모델로 한 육관대사는 성진을 비롯한 5~6백 명의 사미승들에게 『금강경』을 가르치는 것으로 설정하였다. 즉, 서포는 유복자로 태어난 자신과 형을 대학자로, 관직에서는 두 아들을 대제학까지 키워낸 장한 모친에 대한 존경심이 위부인 못지 않는 존재로 인식되었기에, 거의 신격화에까지 나아갈 수 있었을 것이다. 특히, 이런 마음속에 그려내는 모친의 이미지를 통하여 유배 생활 중에도 효친의 심정과 충신의 마음으로 혼미 속의 군주 숙종을 깨우치기 위하여 염원하는 주제를 담아낸 작품 속의 대표적인 신격으로 모친을 형상화하였다.

그는 『구운몽』 속에서 어머니 형상을 입체적 구조 위에서 두 가지 다른 인물로 투사시켰다. 즉, 서포 김만중은 모친 윤씨부인을 모델로 하여 성진의 현실 층위에서는 위부인으로 형상하였고, 성진의 1차 꿈의 층위인 양소유의 현실에서는 양소유의 모친인 유씨부인으로 형상하였다. 그리고 윤씨부인에게 가장의 역할을 넘겨주고 호국의 절사요, 열사로 먼저 세상을 떠난 부친을 동정용왕의 모델로 설정하여, 부모를 형산과 동정호의 주역의 이미지로 자리하게 하였다. 이런 부모를 모델로 한 작중 대표 인물의 기본 설정 위에 자신을 모델로 한 육관대사라는 늙은 승려를 등장시켰다. 이런 설정은 형산과 동정호라는 성스러운 공간에 천축국의 육관대사가 늦게 찾아 오듯이, 서포 자신이 이런 부모 밑에서 출생한 것으로 자신과 부모를 모델로 형산 권역의 주역들인 위부인, 동정용왕, 육관대사를 설정하였다. 이런 구도를 제2 층위에 다시 반복하여 양처사와 유씨부인, 그리고 그들 양친의 자식으로 출생한 양소유를 설정하였다.

서포가 모친 윤씨를 모델로 하여 설정한 위부인의 부친은 중국신화나 역사상의 인물인 위서인데, 윤씨부인의 부친은 선조의 사랑을 받았기에 주변 사람들로부터 외조부로부터 특별한 사랑을 받았던 위서에 비유되기도 하였다. 그 예로, 대문장가 택당 이식은 윤지에 대한 만사에서 "귀척 중에 그 누군들 선비가 아니리요마는 맑은 그 이름은 공으로부터 비롯됐네. 선왕에게 택상의 기대 한 몸에 받고, 원보로 우뚝 서서 가풍을 수립하였도다."라고 하였는데, 여기서 택상은 진나라 『위서전』에 위서가 외가인 영씨 집안에서 성장하였는데, 그 집의 운세를 점치는 자가 "귀한 외손자가 나올 것이다."고 말하자, 외조모가 더욱 더 위서에게 관심을 기울이며 애정을 쏟았다는 고사[1]에 근거한 서술이다. 그러므로 이 말은 선조의 사위 해숭위 윤신지와 정혜옹주 부부의 아들인 윤지에 대한 선조의 기대를 위서에 빗대어 기술한 것이다.

또 〈석양정[2] 묵죽가를 해숭위의 운에 차하여 위천자에게 주다〉[3]란 제목의 한시, "인간 목숨 잠깐 사이 그 안에 백년이라 한 번의 꿈이런가 만사 이제 아득하네. 이윽고 푸른 대나무 붓끝에서 생기는데 골법이 절묘하여 신령을 통했도다. 좋은 솜씨 전해 와 택상에게 있거니 지궁했다 하더라도 불 꺼졌다 말을 마소. 현주라 노인께서 그 일을 기록했으니 좋은 사적 진정으로 후인에게 자랑할 만[4]"에서도 윤씨부인의 부친 윤지를 택상, 즉 위서에 비유하였다.

이처럼 윤지는 선조로부터도 사랑을 듬뿍 받으면서 성장하였기에

---

1 「진서」 41권, 『위서전』

2 석양정은 세종의 현손이자 윤산군 이탁의 서자인 이정의 봉호. 그는 묵죽을 잘 그리는 것으로 유명하였다

3 해숭위 윤신지는 시·서·화에 능하였다. 그가 지은 석양정 묵죽가의 운자에 맞추어 역시 같은 제목으로 지어서 준다는 것이다.

4 『한수재집』

곧장 중국 진나라 위서에 비유되었던 것이다. 역사와 패설 등 문학에 대한 애호가요 총명한 윤씨부인은 위서의 딸이 위부인, 즉 위화존임을 고사를 통해 익히 알고 있었을 것이다.

위부인은 역사적으로 볼 때는 도교의 선도 수련에서의 최고 도서인 『도덕경』, 『참동계』, 『황정경』[5]중에서 『황정경』을 전수받은 여선이다. 즉, 부상대제군은 양곡신선왕에게 명하여 황정내경을 위부인에게 전하였다.[6] 『황정경』이 비록 위진 사람들의 손에 의해 나왔지만 위나라, 진나라 및 당나라 때부터 더 보태어져 이루어질 수도 있었다. 이는 장도릉의 비밀 책이 위부인이 얻은 바 되어, 다시 위부인의 손을 거쳐 부상대제군의 이름을 가탁하여 전수받아서 유전[7]된 것으로 볼 수 있기 때문이다.

역사상 존재로 기록되기도 하고, 신화적 존재로 표현되기도 하는 위부인의 이름이 화존이다. 그녀는 임성인으로 진나라 무제의 좌복사인 위서의 딸로서 타고난 재주가 뛰어나고 신선을 좋아하는 성정으로 나이 24세에 부모의 강제로 남양의 유문에게 시집갔다. 그의 아들이 유언으로 수무령이 되어 부임하므로 부인은 따라갔다. 그녀는 한가한 재실의 별실에서 도법을 수련했는데, 입실 백일에 기약한 바의 선령을 조용히 생각하고 감촉하기를 바랐다. 한겨울 야반에 감촉하니 네 진인이 고요한 방에 내려와 진리의 요체를 전하고, 후에 여러 진인들이 다시 내려와 부인으로 하여금 병에 의탁해서 시해하며 회오리바람에 끌려 왕옥의 청허동천을 방문하게 하여 천제군을 받드니 옥찰금문을 전

---

5 최창록, 『황정경연구』, 태학사, 1998, 15쪽
6 『道藏』「黃庭內經, 外經, 中經, 둔갑연신경」의 梁丘子의 註釋
7 周楣聲疏注『黃庭經醫疏』, 북경, 安徽科學出版社, 7쪽

하면서 자허원군의 자리에 명했다. 상진인을 거느리고 수명을 담당하고 여러 학문의 길과 생사의 그림책을 주관하고, 삼관을 대신하여 모시고 죄과를 비교하는 일을 맡았다. 또 남악부인이란 직함을 더하여 갈선공과 차례를 견주고 천태산 대곽산 여러 동천을 다스렸다. 그후 성제 함화 4년에는 회오리바람이 승천하는 그녀를 맞이하였다.[8]

도교의 사승 계보에서 남악 작산을 주요 공간으로 하여 머무르고 있던 위부인은 왕원, 왕보의 계보를 이어 다시 양희에게 선가의 학맥을 이어주었다.[9] 그녀가 머무르는 공간은 도가의 신성공간으로 유명한 남악으로, 하늘로부터 지상을 내려다 본 산하와 그 모양을 평면도로 그린 「오악진형도」의 중심부에 있다.

서포가 모친을 은유 내지 가탁한 위부인을 『구운몽』에서 얼마나 고고하고 신성스럽게 형상하였는가를 살펴보면 서두에서 위부인을 다음과 같이 묘사하고 있다.

천하의 명산으로 동에는 태산 서에는 화산 남에는 형산 북에는 항산이 있고, 그 가운데는 숭산이 있으니 이른 바 오악이라. 오악 가운데서 형산은 중토에서 가장 멀리 있는데, 그 남쪽에는 구의산이 있고 북쪽에는 동정호가 지나고 소상강이 둘러있다. 형산에는 축융, 자개, 천주, 석름, 연화의 다섯 봉우리가 높은데, 구름이 그 낯을 가리고 안개가 그 허리에 둘러 날씨가 천명하지 못하면 사람이 그 진상을 보지 못할러라.

옛날 우왕이 홍수를 다스리고 이 산에 올라 비를 세워서 공덕을 기록하니, 하늘 글과 구름같은 전자가 아직 있다. 진나라 때에 위부인이 도를 얼

---

8 『역세진선체도통감』 후집 권2
9 小南一郎, 『中國の神話と物語り』, 1984, 岩波書店, 339쪽

고 상제의 명을 받아 선동과 옥녀를 거느리고 이 산에 와 지키니, 이른 바 남악 위부인이라. 예로부터 그 신령한 자취와 기이한 일은 이루 다 기록하지 못할러라.

또 당나라 시절에 한 노승이 서역 천축국으로부터 형산 연화봉의 경개를 사랑하여 제자 오륙백 명을 거느리고 큰 법당을 짓고 늘 『금강경』 한 권을 외더라. 노승의 당호는 육여화상 또는 육관대사라 하는데, 중생을 가르치고 귀신을 제어하니 사람들이 생불이 세상에 내려왔다 이르더라. 대사 문하의 제자 수백 사람 중에 불법에 신통한 자가 삼십여 인이라. 그 중에 특히 젊은 제자의 이름은 성진이니, 얼굴은 백설 같고 정신은 가을물 같고 나이는 겨우 이십 세에 삼장경문을 통하지 못하는 것이 없고 총명과 지혜 빼어남으로 대사 극히 애중하여 장차 의발을 전하고자 하더라.[10]

여기서 보면, 유가적 성군인 우임금 다음으로, 천상에서 지상으로 내려온 위부인를 소개할 때 "진나라 때에 위부인이 도를 얻고 상제의 명을 받아 선동과 옥녀를 거느리고 이 산에 와 지키니 이른 바 남악 위부인"이라 하였다. 이 위부인에 대한 신기한 사건들을 이루 다 표현할 수가 없을 정도로 많다는 요약 진술만 하고 있다.

서두에서 제시되는 이와 같은 서사 주역들의 소개에서, 지상의 인간인 유가계의 우임금과, 불가계의 육관대사 사이에 천상 존재인 위부인을 등장시켜, 위부인의 위상을 극도로 높여, 작가 서포는 모친 윤씨부인에 대한 존경심의 수준을 최상위에 놓았다. 그뿐만 아니라. 남악 형산이라는 천하에서 가장 신비스럽고 아름다운 풍광 속에서 도가와 불

---

10 〈제1회〉 노존사남악강묘법 소사미석교봉선녀

가의 수련 내지 수행 공간인 형산의 좌우에 머무르고 있는 두 인물로 위부인과 육관대사를 설정하였다. 구체적인 사건의 전개는 위부인 쪽은 생략한 채, 상대역인 육관대사를 중심으로 서사를 전개시켰다. 즉, 사건의 서술에서 천상의 존재인 옥황상제와 석가세존은 구체적인 서술 대상으로 삼지 않은 채, 신비적인 분위기만 자아낸다.

윤씨부인은 유배지에서 아들 서포가 창작하여 보낸 소설『구운몽』의 이러한 서사를 읽고 어떤 반응을 보였을까? 현재 남아 있는 문헌 기록에서는 여기에 대한 어떤 기록도 남아 있지 않다. 그러함에도 불구하고, 윤씨부인은『구운몽』에서 가장 먼저 등장하는 천상에서 지상의 형산으로 내려와 거주하고 있는 위부인과 8선녀 이야기를 읽으면서, 자기의 친정 부친인 윤지와 위서의 관계, 그리고 위서의 딸인 위부인과 윤지의 딸인 윤씨부인 자신의 연결고리를 통하여, 아들 서포가 자신을 위부인으로 설정하여 특등 존재로 설정한 아들 서포의 효심과 외가에 대한 깊은 존경심에 감동을 느낄 수 있었을 것이다.

2) 윤씨부인을 모델로 한 양소유의 모친 유씨부인의 이미지

서포 김만중은 모친에게 바친『구운몽』을 창작하면서 모친을 모델로 하여 위부인으로 설정하였듯이, 양소유의 모친인 유씨부인도 그렇게 설정한 사실을 확인할 수 있다. 그 구체적인 근거는『구운몽』의 제1회장[11]의 다음과 같은 서술에서 찾아 볼 수 있다.

---

11 장회명은 〈늙고 존경받는 스승은 남악에서 묘법을 강의하고, 젊은 사미승은 석교에서 선녀를 만나다(老尊師南嶽講妙法 少沙彌石橋逢仙女)〉이다.

한 곳에 가 바람이 그치며 발이 땅에 닿았거늘 정신을 차려 보니 푸른 뫼가 네 녘으로 두르고 시냇물이 굽이지어 흐르는데 대발과 푸른 집이 수풀 사이에 여남은 인가가 있더라.

사자가 성진을 인하여 한 집에 이르러 문 밖에 섰으라 하고 안으로 들어가거늘 양구히 서서 들으니 곁집 사람이 저희 같이 말하되 "양처사의 부처 오십에 처음으로 잉태하니 인간에 드문 일이러니 임신한 지 오래되 아이 울음소리 없으니 염려롭다." 하거늘, 성진이 저를 이르는 말 같으나 차언을 들으니 심중에 분명히 양처사의 자식이 되어 날 줄 알고 홀연히 생각하되 "내 이미 인세에 환도하게 하였으니 이에 와도 분명히 정신만 왔을 것이니 육신은 분명히 연화봉에서 소화하는도다. 내 나이 젊어 제자를 데리지 못하였으니 어느 사람이 나의 사리를 거두리요."

이렇듯 두루 생각하매 마음이 처창하더니 이윽고 사자 나와 손짓하여 부르되 "이 땅은 곧 대당국 회남도 수주현이요, 이곳은 양처사 집이니 처사는 너의 부친이요, 그 부인 유씨는 너의 모친이라. 네가 전생 인연으로 이 집 아들이 되니 너는 속히 들어가 좋은 때를 잃지 말라."하니, 성진이 즉시 들어가 보니 처사 갈건야복으로 대청에 앉아 화로에 약을 다리니, 향내가 옷에 젖고 방안에는 부인의 신음하는 소리 은은한지라. 사자가 재촉하여 "방안으로 들어가라!" 하거늘, 성진이 의심하여 주저하니 사자 등을 밀치는지라. 성진이 땅에 엎어져 아득하여 천지를 분별하지 못하고 크게 부르짖어 "구아[12]! 구아! " 하되, 소리가 목구멍 속에 있어 능히 말을 이루지 못하고 다만 어린 아이의 우는 소리더라.

이때 처사가 부인을 위하여 약을 달이다가 문득 아이 소리가 남을 듣고,

---

12 '구아(救我)'는 '나를 구해주소서'의 의미이지만, '응아'의 의태어 되고, 불가에서는 '부처 님께 귀의한다'는 뜻도 지닌다.

또 놀랍기도 하고 기쁘기도 하여 바삐 들어가니, 부인이 벌써 순산 득남하였는지라. 기쁨을 이기지 못하여 향탕에 아이를 씻겨 눕히고 부인을 위로하더라.

성진이 주리면 젖을 먹고, 배부르면 울음을 그치고, 갓 나서는 마음에 오히려 연화봉 일이 생각나더니, 점점 자라 부모의 정을 알매 전생 일이 망연하여 능히 알지 못하더라. 처사가 아이의 골격이 맑고 빼어남을 보고 이마를 어루만지며 부인을 돌아보고 말하되 "이 아이는 틀림없이 하늘 사람으로 인간에 내려왔도다!" 하더라.

인하여 이름을 소유라 하고, 자를 천리라 하더라. 애지중지하더니, 어느덧 소유의 나이 열 살이 되니, 용모 고운 옥 같고 눈빛이 샛별 같으며 기질이 맑고 빼어나며 지혜 있고 너그러워 엄연한 대인군자라. 처사가 유씨에게 말하되 "내가 본래 세속 사람이 아니요, 부인과 더불어 인간 인연이 있기에 오래 티끌 속에 머물렀더니, 봉래산 신선 친구가 편지하여 부른 지 이미 오래지만 부인의 고단함을 염려하여 가지 못하였더니, 이제 하늘이 도우사 영민한 아들을 얻어 총명이 남보다 빼어나니 부인이 의탁할 곳을 얻고 늙어서 필연 영화를 보고 부귀를 누릴 것이니, 나의 가고 없는 것을 괘념하지 말라." 하는 말을 마치자 공중을 향하여 손짓하여 백학을 타고 표연히 가거늘, 부인이 미처 한 마디 말도 묻지 못하여 간 곳이 없는지라. 그 후로 간혹 공중으로 편지나 부칠 뿐이요, 종적이 집에 이르지 아니하더라.

이러한 본문을 통해서 보면, 양소유의 모친 유씨부인은 신선의 아내이다. 유씨부인은 신선과의 인연으로 인하여 양처사로 화신한 남편과 50세까지 함께 살고, 자식을 얻은 후에 다시 10년을 함께 살았다. 남편은 유씨부인에게 '하늘사람이 지상세계의 인간에 하강'하여, '용모는 옥 같고 눈빛은 샛별 같고 기질은 맑고 빼어난 지혜 있고 너그러운 대인군자'같은 외아들에게 맡기고 신선으로 복귀하였다. 유씨부인은 50년 가까이를 함께 살던 남편 양처사가 갑자기 백학을 타고 공중으로 사라지기에 한 마디 작별 인사도 나누지 못한다.

작가가 작품에서 이러한 설정을 하게 된 이유는 서포가 노모 윤씨부인을 모델로 하였기에, 작품 속에서 유씨부인이 50세에 양소유를 낳게 하였던 것으로 판단할 수 있다. 즉, 윤씨부인이 유복자로 작가 서포를 낳은 해가 1637년이었고, 그로부터 꼭 50년이 되는 1687년에는 선천으로 유배를 가게 되었다는 사실을 고려한 것이다. 이는 양처사가 유씨부인과 10년을 함께 산 다음에 신선으로 떠나는 것으로 모친이 부친과 10년 미만의 짧은 결혼 생활을 아들 만기와 함께 한 것으로 반영한 것이다. 그리고 유씨부인은 99세를 살다가 세상을 떠난다. 이것은 서포가 『구운몽』 속에서 유복자로 태어난 이후, 그 50년 후에 다시 유배지에서 모친과 이별의 아픔을 나누고 있는 현실을 작품의 창작에서 창작시점인 1687년인 50년으로 부각시킨 결과이다.

그 50년은 자신의 혈육에 얽힌 생사의 갈림길은 비단 자기 가족만의 사건이 아닌, 조선 역사의 비극적 대사건의 한 단면이요, 차마 잊으려고 해도 잊을 수 없는 한 순간이다. 서포는 그 50년을 부각시켜서 그런 비극적인 역사현실과는 상반된 이상적인 세계를 작품 속에 서술하였다.

1687년의 시대적 상황은 다시 50년 전에 있었던 1637년에 윤씨부인 가족이 겪었던 불행을 반복하는 것과 같은 상황이 되었다. 그 대표적인 사건이 윤씨부인의 큰 아들 김만기의 죽음과 작은 아들 김만중의 선천 유배였다. 즉, 작은 아들 서포가 숙종 앞에서 직언을 한 언사의 변으로 선천으로 유배를 간 것은 1687년이다. 이 해는 자신이 유복자로 강화도 앞 바다에서 태어난 지 꼭 50년이 되는 해이다. 즉, 이 해는 자신의 부친 김익겸이 나라를 위해 순국한 지가 꼭 50년이 되는 해이며, 당시의 조선국왕 인조가 삼전도에서 청태조에게 무릎을 꿇은 지 꼭 50년이 되는 해이다. 작가로서의 서포 김만중은 이 50년이 지닌 다양한 의미를 『구운몽』 속에 표현해 내기로 작심을 하고 『구운몽』 속에서 자신의 이미지를 담은 영웅 양소유의 활동과 자기 모친의 이미지를 담은 양소유의 모친 현모 유씨부인과 연계된 50년 전의 추억을 특별히 부각시켰다.

이 해는 곧 윤씨부인에게는 큰 아들은 사별이요, 작은 아들은 유배라는 생이별이 되었던 것이다. 이러한 윤씨부인의 심정을 가장 잘 알고 있는 효자 서포로서는 『구운몽』 속의 인물들이 구축하는 충효의 주제를 통하여 모친의 울적한 심정을 위로해 드리고 싶었던 것이다.[13] 그것이야 말로 모친 윤씨부인이 평생을 통해 일관되게 바라던 가정과 나라를 향한 간절한 염원이었기 때문이다. 현실에서는 그 길이 당시까지 열리기는커녕 임금께 직간한 충신인 아들 서포가 선천으로 유배를 가 있는 상황이지만, 허구적인 작품 속에서는 진리와 정의가 통하는 거룩한 이념적인 시공간 위에서 일어나는 염원으로서의 사건인 것이다.

가정과 궁정의 화목, 국가의 평화, 이것은 작가 서포가 『구운몽』 속

---

[13] 『금강경』에는 복덕론을 펼치기를, 특히 『금강경』을 대표하는 사구게 만이라도 유통 보급하는 이에게도 무한 복덕이 주어진다고 하였기에, 모친에게 헌정할 『구운몽』에서는 이 사구게를 〈육관대사〉의 두 이름, 즉 〈육관〉과 〈육녀〉로 표현하여 『구운몽』의 독자들이 접할 수 있도록 하였다.

에서 그 중심에는 서포 자신으로 표상된 대표 주인공 양소유와 그 모친 유씨부인, 황태후와 황제, 그리고 양소유를 에워싼 8처첩이 펼치는 충효열 삼강이 중심이 되어 행복하게 공존하는 대가정이요, 정치사회인 것이다.

이런『구운몽』의 작가 서포 김만중의 치열한 이념은 제2회장[14]에서는 다음과 같은 내용으로 서술되고 있다.

양처사가 신선이 되어 간 후로 모자가 서로 의지하여 세월을 보내더라. 양소유의 재주와 총명이 굉장하므로 그 고을 태수가 신동이라 하여 조정에 천거하였으나 소유는 노모를 위하여 사양하고 나가지 아니하더라.

나이 십사오 세에 이르자 청수한 풍채는 반악 같고 문장은 이백 같고 필법은 왕희지 같고, 겸하여 지략은 손빈·오기 같아 천문지리와 육도삼략과 창 쓰고 칼 쓰는 법이 귀신같아서 무불통지하니, 대개 전세에 행실 닦은 사람으로서 심계가 청정하고 흉금이 시원스럽고 이치를 통달함이 일반 사람들에게 비할 바 아니더라.

소유가 하루는 모친께 고하되 "부친이 하늘에 올라가실 때에 문호 영귀함을 소자에게 부탁하신지라. 이제 집안 형편이 빈한하여 노모께서 근로하시니 소자 만일 집을 지키는 개가 되고, 꼬리 끄는 거북이 되어, 세상 공명을 구하지 아니하면 문호를 빛내지 못하고 노모님의 마음을 위로하지 못하겠사오니, 이는 부친의 바라시던 뜻을 어김이로소이다. 이제 들사오니 시방 나라에서 과거를 베풀어 인재를 빼어 쓴다고 하오니, 소자 잠시 모친 슬하를 떠나 과거를 보러 가고자 하나이다." 하니, 유씨가 그 뜻의

---

14 장회명은 〈화음현의 규수는 편지를 보내고, 남전산 도인은 거문고를 전한다(華陰縣閨女通信 藍田山道人傳琴)〉이다.

근본이 만만하지 않은 것을 보았으나, 소년에 먼 길을 가는 것이 염려되고 이별이 오래 될 것이 걱정되었으나 이미 그 활발한 기운을 가히 막지 못하더라. 부득이 허락하고 행장을 차려 주며 경계하되 "네 나이가 어려서 경력이 적고 먼 길이 처음이라. 부디 조심하여 행하며 빨리 돌아와 노모의 문을 의지하고 기다리는 마음을 저버리지 말라." 하더라.

소유가 명을 받들고 모친께 하직한 후, 삼척동자와 한 필의 작은 나귀로 길을 떠났다.

여기서 보면, 양처사는 신선이 되어 떠났다. 그 후로는 모자가 서로 의지하여 세월을 보낸다. 양소유는 그 재주와 총명으로 태수로부터 신동으로 인정받고 조정에 천거된다. 그러나 양소유는 노모를 위한 효심을 발휘하느라 벼슬길에 나가지 아니하다가 14~5세가 된 후에 더욱 빼어난 풍모를 드러내며 부친의 유지를 따라 세상의 공명을 얻어 문호를 빛내기 위해 과거길에 나선다.

이 대목에서 양소유는 과거에 급제하여 공명을 이루기 위하여 시중드는 동자와 함께 작은 나귀에 봄을 싣고 집을 떠난다. 이러한 어린 양소유의 모습은 어린 자식에게 과거길의 행장을 꾸려주는 자애로운 모습과, 늙은 모친을 홀로 두고 떠나는 어린 아들간의 애처러운 모습을 소박하게 묘사되고 있다. 특히, 소년의 몸으로 먼 장안까지 가야하는 과거길을 염려하면서도 만류하지 못하고 다만 성공하고 돌아오기를 기다리는 자신의 마음을 잊지 말라고 당부하는 모친의 모습이 부각되고 있다.

제2회장에서는 다음과 같은 내용으로도 서술되고 있다.

양생이 황망하고 놀라서 동자로 하여금 나귀를 채 쳐 급히 남전산을 향하여 가서 바위틈에 숨으려 하더라. 홀연 산 위에 몇 간의 초가집이 있는데 채색 구름에 가리고 학의 소리 청량하거늘, 인가가 있는 줄 알고 동자를 잠깐 머무르게 한 후 바위틈 길을 찾아 올라가니 한 명의 도사가 책상을 의지하여 누웠다가 일어앉으며 묻되 "그대는 피난하는 사람이니 반드시 회남 양처사의 아들이로다." 하니, 양생이 놀라 공손히 재배하고 눈물을 흘려 대답하되 "소생이 과연 양처사의 아들이로소이다. 부친을 이별한 이후로 다만 노모께 의지하옵더니, 비록 재주는 없사오나 부귀를 바라는 마음이 생겨 외람되이 과거를 보러 가옵다가, 화음 땅에 이르러 갑자기 난리를 만나 피난할 차로 깊은 산을 찾아왔삽더니, 의외에 신선께 뵈오니 이는 하늘이 도우사 선경을 알게 하심이니이다. 부친의 소식을 오래 듣지 못하와 세월이 가도록 사모하는 마음이 더욱 간절하옵니다. 지금 말씀을 듣자온즉 부친의 소식을 아실 듯하오니 바라옵건대 선군은 한 말씀을 아끼지 마시고 남의 아들의 마음을 위로하소서. 부친이 지금 어느 산에 계시며 기운이 또 어떠하시나이까?"하니, 도사가 웃고 이르되 "존군이 나로 더불어 자각봉 위에서 바둑을 두다가 작별한 지 오래지 아니하되, 어디로 가신 지는 모르거니와, 안색이 변하지 아니하고 모발도 희지 아니하였으니 그대는 너무 염려하지 말라." 하니, 양생이 울며 아뢰되 "혹 선군의 힘을 입어 한번 부친께 뵈옵기를 바라나이다." 하더라.

도사가 또 웃고 말하되 "부자 간의 정이 비록 깊으나 선계와 속계가 자연 구별되니 그대를 위하여 주선하랴 하여도 할 수 없고, 삼신산이 멀고 십주가 넓어서 존국의 거처를 알기 어렵도다. 그대가 여기 왔으니 아주 머물러 있다가 도로가 통하거든 돌아감이 늦지 아니하도다." 하니, 양생이 부친의 안부를 들었으나 도사가 주선할 뜻이 없으니 뵈올 가망이 끊어지고 심회 처량하여 눈물이 옷에 젖었다.

여기서 보면, 양소유는 난리를 만나 남전산으로 피신을 했다가 그곳에서 신선인 남전사 도사를 만난다. 그 도사는 양소유가 양처사의 아들임을 인지하고 반갑게 맞아준다. 양소유는 자신이 노모께 의지하고 살다가 과거길에 올랐으나 난리를 만나 피난을 왔다고 하며, 부친을 사모하는 마음이 간절하니 부친의 소식을 묻는다. 그러나 남전산 도사가 말하기를 양소유의 "부친은 안색이 변하지 아니하고 모발도 희지 아니하였으니 그대는 너무 염려하지 말라."는 근황을 전해주면서도 선계와 속계가 구별되니 주선할 수 없다고 하였다.

제2회장에서는 다음과 같은 내용도 서술되고 있다.

이에 행장을 수습하여 수주로 가더라.

이때 유씨부인이 수도의 난리 소문을 듣고, 아들이 병화에 죽을까 염려하여 주야로 하늘을 부르고 정성을 들여 축수하여 안색이 초췌하고 몸이 여위어 능히 오래 부지하지 못할 듯하더니, 그 아들이 오는 것을 보고 서로 붙잡고 통곡하여 죽었던 사람이 다시 살아온 듯이 기뻐하더라.

어언간 묵은 해는 지나가고 새 봄이 돌아오니 양생이 또 과거를 보러가려 하는지라.

유씨가 경계하되 "지난해에 네가 수도에 가서 위험한 지경을 맞았기에 지금까지 무섭고 놀라운지라. 네 나이 어리고 공명도 늦지 아니하나, 말리지 아니하는 것은 나도 또한 뜻이 있는 까닭이라. 이 수주가 심히 좁고 궁벽하여 문벌이나 재주·용모가 네 배필이 될 자 없는지라. 네 나이 열여섯 살이 되었으니 지금 정혼하지 아니하면 때 넘기기 쉬운지라. 장안 자청관의 두련사는 곧 내 표형인데, 도사가 된 지는 비록 오래나 그 연세를 헤어본즉, 혹 생존하였을 듯하구나. 그가 기상이 비범하고 지식이 남달라 명문거족에 출입하지 않음이 없으니, 필연 너를 친자같이 알고 힘써 주선하여 어진 배필을 구할 터이니 네 이를 유의하라."하고, 편지를 써 부치더라. 양생이 모친의 말씀을 듣고 비로소 화음현 진씨의 일과 말을 고하고 처량한 빛이 있으니, 유씨 탄식하되 "진녀 비록 아름다우나 이미 연분이 없어서 그러하도다. 또 참화를 입어 몰락한 집 자식이 혹시 죽지 아니하였다 할지라도 만나기 또한 어려우니, 단념하고 다른 곳에 혼취하여 노모의 바라는 마음을 위로하라." 하더라.

양생이 모친께 하직하고 길을 떠났다.

여기서 보면, 양소유는 과거길에서 난리를 만나 피난 한 후에 모친이 있는 수주로 되돌아 왔다. 그 동안 모친 유씨 부인은 난리가 났다는 소문을 듣고 아들이 화를 당하여 죽을 것을 염려하여 주야로 축수하여 안색이 초췌하고 몸이 여윈 상태에서 지나다가 아들을 만나니 죽었던 사람이 다시 살아온 듯이 기뻐하게 된다.

이때, 유씨가 수주는 좁은 곳이라 문벌이나 재주·용모가 네 배필이 될 자 없으므로 혼기를 놓치지 않도록 장안에 사는 표형인 두련사에게 중매를 부탁하는 편지를 써 준다, 그러나 양소유는 모친에게 화음현 진채봉과의 일을 고하지만, 유씨부인은 진녀와는 연분이 없는 것 같고, 게다가 참화로 몰락한 집의 자식이므로 단념하고 다른 곳에 혼취하기를 당부한다. 그리고 양소유는 이런 모친에게 하직하고 다시 과거길을 떠나게 된다.

제8회장에서는 양소유가 예부상서의 위치에 올라 자신의 혼사문제를 혼례의 원론으로 제시하면서 부마 간택을 사절하는 다음과 같은 상소 장면이 있다.

양상서는 심란스러워 온갖 생각에 산란하였다. 집을 올려다보며 길게 탄식하고 손바닥을 어루만지며 때때로 탄식할 뿐이었다. 다음날 이에 한 장 글월을 올렸는데 말이 매우 격렬하고 절실하였다.

상소문에 이르기를, "예부상서 신 양소유는 돈수백배하옵고 말씀을 황상 폐하께 올리나이다. 복이 윤기는 왕정의 근본이요, 혼인은 인륜의 시작이라. 그 근본을 한번 잃은즉 풍화 크게 무너져 그 나라가 어지럽고 그 비롯함을 삼가지 아니한즉 그 가도 오래지 못하여 그 집이 망하나니, 국가 흥망 성쇠에 관계됨이 어찌 현저하지 아니하나이까. 그러므로 성인 군자와 인군 명주 미상불 이에 유의하여 그 나라를 다스리고자 하시매 반드시 그 윤기를 붙드는 것으로서 중함을 삼고 그 집을 가지런히 하고저 하매 혼인을 정이 함으로써 으뜸을 삼는지라. 신이 이미 예폐를 정녀에게 보내옵고 또 자취를 정가에 의탁하였아온즉 신이 이미 정한 것이어늘 뜻밖에 지금 부마 간택하시는 은명이 불부한 천신에게 나리시니 황송 무지하와 성상의 하교와 조거의 처분이 과연 예에 적당한 줄을 아지 못하도소이다. 신이 설령 정혼하지 아니하였을지라도 문벌이 미천하고 학식이 천단하온즉 부마 간택에 합당하지 못하옵거든 하물며 정가에 납채한 자를 더럽다 아니시고 귀중하신 공주로 하가하려 하심이리꼬. 어찌 예에 합치하고 합치하지 아니함을 묻지 아니하시고 구차한 기롱을 무릅쓰고 예 아닌 예를 행하고자 하시니이까? 이에 밀지를 나리사 이미 행한 예를 폐하게 하시니 신은 예부의 직책이 있으므로 그윽히 위하여 취하지 않나이다. 신은 두려워 하건대 왕정이 신으로 말미암아 어지럽고 인륜이 신으로 말미암아 폐하여 위로 성덕을 손상하옵고 아래로 가도를 괴탄하와 마침내 민멸지화를 면하지 못할까 두려워하오니 바라옵건대 성상은 예의 근본을 중히 하옵시고 풍화의 비롯함을 바르게 하사 급히 조명을 거두시어 천분을 편하게 하옵소서."[15]

위의 인용에서 보면, 양소유는 일국의 예부상서로서 나라의 예법을 맡은 신분으로 자신의 혼사문제를 예법대로 처리하고자 하여, 이런 상소를 올린다. 즉, 임금에게 윤리의 기강이 왕도정치의 근본이며, 혼인은 인륜의 시작임을 환기시키면서, 부부 간에 그 근본의 예를 잃어버리게 되면, 집안과 국가를 다스리는 것에도 문제가 된다는 것은 유가 윤리의 기본적인 지식이라는 것이다. 그럼에도 불구하고, 양소유에게 다가온 현실적 결과는 황태후의 부마 간택을 거절한 신하라는 죄명으로 투옥되는 일대의 파란을 가져온다. 이는 윤리를 어지럽히는 문제가 발생한다는 것은, 이를 몰라서가 아니라 실천하지 못하여서 생긴 문제이기 때문이다. 더구나 이 문제는 동양의 정치윤리상 모든 예법의 모범을 보여야 할 황가에서 발생한 문제이다.

유씨부인의 아들 양소유는 혼사 길의 정점에서 모친이 써준 서신에 따라 양소유의 중매를 나선 두련사에 의하여 정사도 집안의 사위로서의 혼례 절차가 진행되는 도중에 황태후의 부마 간택령이 있고, 양소유는 모친이 평소 기대하던 그대로 자신의 출세보다는 예법의 질서를 지키는 기본 윤리대로 모친에게 진정한 효를 실현하고자 한다. 이는 양소유가 벼슬길과 혼삿길을 함께 걸으면서, 그 유가적 삶의 최정점에

---

15 정규복, 구운몽 재구본.

서 소인적인 유자로서가 아닌 당당한 군자적인 유자로서의 큰길을 선택하게 된 것을 보여준다.

여기서 양소유가 택한 길은 육예의 실천에서 이상적인 사대부가 법도대로 살아가는 유자의 올바른 길이다. 예를 관장하는 예부상서의 직위에 있던 양소유의 선택은 투옥이란 일시적 고난을 겪지만 결국은 더욱 당당하게 부마의 지위에 오르게 된다. 그의 투옥이란 일시적인 시련 뒤에 재기의 기회를 통해 성공적 삶을 이룩하여 끝내는 황상이나 황태후가 공심적 차원에서 그를 용서하고 받아들이지 않을 수 없게 하는 그 다음의 사건으로 이어진다.

제10회장에서 정경패가 정사도의 규수로 있을 때, 불전에서 하는 발원장면이 있는데, 그 발원서는 다음과 같은 내용을 담고 있다.

제자 정경패는 삼가 백배하고 비자 춘운을 목욕재계하여 보내어 제불전에 비나이다. 제자 정경패는 죄악이 심히 중하옵고 업장이 미진하여 세상에 나매 여자의 몸이 되옵고 또 형제의 낙이 없아오며 지난번에 이미 양씨의 납채를 받아 장차 몸을 양문에 맡기고자 하왔삽더니 양랑이 부마 간택에 빼이매 군명이 지엄하시니 제자 양씨로 더불어 어찌하오리까. 다만 하늘 뜻과 사람의 일이 서로 어기심을 한탄하옵고 기박한 몸이 여망이 없아오며 몸은 비록 허락하지 아니하였사오나 맘은 이미 붙었사온즉 아직 부모 슬하에 의지하여 미진한 세월을 보내고저 하오니 이 신세의 기구함을 인하여 다행히 일신의 한가함을 얻은 고로 이에 감히 정성을 불전에 올려 제자의 심정을 표하옵나니 바라옵건대 제불은 통촉하시고 자비지심을 드리우사 제자의 늙은 부모로 하여금 상수를 누리게 하옵시고 제자의 몸으로 하여금 질병 재앙이 없이 부모 앞에서 채색 옷을 입고 새새기를 희롱하는 즐거움을 다하게 하옵소서. 부모 백년 후에 맹세코 부처께 돌아와 세속 연분을 끊고 경계하는 말씀을 복종하여 만에 제계하여 경문을 외우며 몸에 정결히 하여 불전에 예배하와 제불의 후은을 갚사오리이다. 춘운이 본래 경패로 더불어 크게 인연이 있사와 이름은 비록 노주나 정의는 형제라 일찍 주인의 명으로 양씨의 첩이 되었삽더니 일이 맘과 틀려 아름다운 인연을 보존하지 못하옵고 길이 양씨를 하직하고 다시 주인에게 돌아오니 사생 고락을 가히 같이 하올지라. 제불은 제자 두 사람의 심중 일을 굽어 살피사 세세생생에 다시 여자의 몸 되기를 면하여 전생의 죄를 소멸하며 후세의 복을 주사 좋은 땅에 환생하여 쾌활한 낙을 누리게 하옵소서.

여기서 보면, 정경패의 효심은 "제자의 늙은 부모로 하여금 상수를 누리게 하옵시고 제자의 몸으로 하여금 질병 재앙이 없이 부모 앞에서 채색 옷을 입고 새새기를 희롱하는 즐거움을 다하게 하옵소서. 부모 백년 후에 맹세코 부처께 돌아와 세속 연분을 끊고 경계하는 말씀을 복종하여 경문을 외우며 몸에 정결히 하여 불전에 예배하와 제불의 후은을 갚사오리이다."라는 표현에서 구체적으로 드러난다.

부모를 백년 동안 정성으로 모신 다음에 불문에 귀의하겠다는 정경패의 효행 실현의 의지는 결국 그녀를 황태후의 양녀인 영양공주로 위상을 상승시켜서 혼사 갈등의 경쟁자인 난양공주 이소화를 뒤로하고 양소유의 제1부인으로 확고한 위치를 차지 하게 하였다.

이런 배후에는 양소유의 모친 유씨부인이 두련사에게 보낸 중매 요청의 편지, 이 편지를 본 두련사의 신중한 중매, 그리고 황태후의 양소유 부마 간택으로 일어난 위기와 시련을 극복하고 끝내 국중 혼례의 주인공으로 나서는 효친의 올바른 윤리를 지킨 보상으로 이런 결과를 맞게 된다는 서술자의 관점이 깔려 있는 것이다.

제12회장[16]의 다음의 인용에서도 양소유의 한결같은 효심을 확인할 수 있다.

> 진주 땅에 이르니 이미 가을이라, 산천이 황량하고 천지 소슬하며 찬
> 꽃은 감창함을 빚고 가는 기러기는 슬픔을 불러 사람으로 하여금 객회가
> 더할러라.
> 원수 밤에 객사에 들어 회포는 암암하고 긴 밤은 요요하여 능히 잠을
> 이루지 못하다가, 마음에 스스로 생각하되 고향을 떠난 지 이미 삼 년이
> 라. 자모의 근력이 전일 같지 아니하시리니 병환 구호는 뉘게 부탁하며,
> 조석 문안은 어느 때에 하게 될꼬? 난리 평정하여 오늘 뜻을 이루었으나
> 노친 봉양할 마음은 이때까지 펴지 못하였으니, 인자의 도리 아니로다.

여기서 보면, 양소유는 고향을 떠난 지 3년이 되는 시점에 진주 땅 객사에서 가을밤에는 객회로 잠을 이루지 못한다. 그는 모친의 근력이 어떤지, 병환 구호는 누가 하는지를 걱정하면서 노모를 곁에서 봉양하지 못하는 마음을 가지게 된다. 그래서 자신이 이제 오천 리 땅을 회복하고 백만 명 적군을 평정하였으니, 큰 벼슬을 내리면 그 벼슬을 버리고 정사도의 딸인 경패와 혼인하여 모친을 모실 생각을 하게 된다.

제12회장[17]의 다음과 같은 내용에서도 양소유의 효심을 확인할 수 있다.

---

16 장회명은 〈… (楊少游夢遊天門 賈春雲巧傳玉語)〉이다.
17 장회명은 〈신방에서는 서로 이름을 숨기고, 회갑연에서는 경홍과 섬월이 함께 나타난
　다(合巹席蘭英相諱名 獻壽宴鴻月雙擅場).〉이다.

익일 양승상이 정부에 자진하여 공사를 처리하고 드디어 상소하여 그 모친을 모셔오려 하니, 그 상소에 하였으되, "승상 위국공 부마도위 신 양소유는 돈수 백배하옵고 황상 폐하께 상언하옵나이다. 신은 본디 초 땅의 미천한 백성이라. 노모를 공궤함에 족하지 못하와 두초지재로 외람되어 국록으로써 노모의 감지지양을 받들까 하와 분수를 헤아리지 못하옵고, 향공을 입사와 과거에 뽑히고 조정에 선 지 수년에 조서를 받들어 강적을 치매 절도는 무릎을 굽히옵고, 또 명을 받자와 서으로 치매 흉한 토번이 속수 출항하오니 이 어찌 신의 한 계책이라 하리이까? 이는 다 황상의 위엄의 미친 바요, 모든 장수 죽기로써 싸움이어늘 폐하 이에 도리어 그 작은 수고를 권장하옵시고 중한 벼슬을 내리시니 신의 마음에 죄송 황감하나이다. 또 부마 간택에 하교 간절하시고 천은이 깊사오매 신의 미천함으로 능히 도망하지 못하와 승순하오나 또한 황송하오이다. 노모 신에게 바라던 바는 두록에 지나지 아니하옵고 신의 원하던 바도 미관 말직에 지나지 아니하옵더니, 이제 신이 장상 위에 거하옵고 공후의 작에 있사와 국사에 견마의 충을 다하려 하기로 노모 데려올 겨를을 얻지 못하오니, 거처와 음식이 신의 노모와 현수하온지라. 이는 부귀로써 몸을 처하고 빈천으로써 어미를 대접하옴이니 인자의 도에 크게 어기어짐이요, 하물며 신의 노모 연령이 이미 높고 질병이 침중하오나 다른 자녀 없사와 가히 구호하지 못하오며, 산천이 면원하와 또한 자주 통하지 못하옵더니 이제 국가의 무사하여 관부가 한가하오니, 복걸 폐하는 신의 위박한 정세를 살피시고 신의 봉양할 지원을 고념하사 특별히 두어 달 겨를을 허락하사, 돌아가 선영에 성묘하고 노모를 데려와 모자 함께 성덕을 송축하옵고, 반포의 정성을 다하게 하옵시면 신은 마땅히 정성을 다하와 천은을 갚으리라 하오니, 성상은 긍민히 여기사 윤허하옵소서." 하니, 상이 남필에 탄식하시되 "효재라, 소유여!" 하시고, 특별히 황금 일천 근과 비단 팔백 필을 하사 하여 그 노모에게 헌수하게 하시고, 또 노모를 맞아 속히 돌아오라 하신대, 승상이 예궐 사은하고 태후께 하직하니, 태후 또한 금과 비단을 내리시거늘 승상이 사은하고 물러가 두 공주와 진숙인 가유인으로 더불어 작별하더라.[18]

여기서 보면, 양소유는 승상의 자리에 오른 후, 모친을 모시고 오려는 상소에서 자신은 "노모를 공궤함에 족하지 못하였고, 나랏일로 노모를 데려올 기회를 얻지 못하였고, 모친의 나이가 높고 질병이 침중하고, 다른 자녀가 없어 홀로 지내므로 모친을 봉양할 기회를 얻어 선영에 성묘하고 노모를 데려와 모자 함께 살기를 원한다"고 한다. 이러

---

18 이 대목은 양소유가 시골에 있는 노모를 모시고 오겠다는 내용의 상소를 올리는 장면이다. 서울대학교 소장 국문본에는 생략되었다.(丞相魏國公駙馬都尉臣楊少游 頓首百拜 上言于皇帝陛下 伏以臣卽楚地編戶之民也 生事不過數頃 學業止於一經 而老母在堂 菽水不繼 欲營升斗之祿 以備甘毳之供 不揣才分 猥蒙鄕貢 方臣之躡屨赴擧 老母臨門而送之曰 門房殘矣 家業燬矣 堂搆之責 十口之命 皆付於汝之一身 汝其力學決科 以顯父母 是吾望也 而祿仕太早 則躁競之刺興 官職太驟 則負乘之患生 汝其戒之 臣敢受母訓 銘在心肝 而濫以幼小之年 幸値功名之會 立朝數年 名位俱赫 金馬玉堂 世稱華貫 而臣旣冒據 黃麻紫誥 必須全才 而臣又添叨奉綸 南諭强藩 屈膝受命 西征凶酋束手 臣本白面一書生也 是豈臣能立一策辦一謨 而致此哉 莫非皇威所及 諸將效死 而陛下乃反奬其微勞 襃以重爵 臣心之愧懼惶感 有不可論 而老母所戒躁競之刺 負乘之患 不幸當之矣 至於禁臠妙簡 尤非閭巷賤臣 所敢當者 而聖命勤摯 謬恩荐加臣逃遁不得 冒沒承順 豈不足以辱國家 而羞當世乎 嗚呼老母之所期於臣者 初不過乎寸廩而已 臣之所望於國者 本不外於一官而已 今臣居將相之位 挾公侯之富奔走王事 不遑將母 臣優處丹碧之室 而臣母則僅掩茅茨 臣坐享方丈之食 而臣母則不厭麤糲 居處飮食 母子絶異 是以富貴處身 而以貧賤待母 人倫廢矣 子職隳矣 況臣母年齡已高 疾病沈篤 無他子女 可以扶護者 而山川遼濶 信使阻絶 消息亦不能以時相通 不待陟屺望雲 而肝腸腸已寸斷無餘矣 今幸國家無事 官府多閑 伏乞陛下諒臣危迫之情 察臣終養之願 特許數月之暇 使之歸省先墓 將歸老母 母子同居 歌詠聖德 得以盡融洩之樂 效反哺之誠 則臣謹當彈竭移之忠 誓報體下之恩矣 伏乞陛下矜憫焉)

한 양소유의 상소를 보고 황제는 효자임을 감복하고, 일천 금과 비단 팔백 필을 하사 하여 그 노모에게 헌수하게 하고, 노모를 모시고 오기를 허락한다.[19]

　제 14회장[20]에서도 다음과 같은 내용으로 양소유의 효심을 서술하고 있다.

　　양승상 부중에 각각 거처를 정할 때 정당은 경복당이니 대부인이 거처하고, 경복당 앞은 연희당이니 좌부인 영양공주 거처하고, 경복당 서편은 봉소궁이니 우부인 난양공주 거처하고, 연희당 앞에 응향각과 청화루는 승상이 거처하여, 시시로 거기서 잔치를 베풀고, 그 앞에 연현당은 승상이 손님을 응접하는 집이요, 봉소궁 남편에 심홍원은 진숙인 채봉의 방이요, 연희당 동편에 영춘각은 가유인 춘운의 방이라. 청화루 동서에다 작은 누각이 있으니 푸른 창과 붉은 난간이 서로 비추이며 행랑이 둘러 청화루를 접하고, 응향각 동편은 상화루요 서편은 망월루니 계섬월과 적경홍이 각각 한 누씩 거하더라. 궁중 기악 팔십인이 다 천하에 자색이 있고 재주가 있는 자이니, 나누어 동서부를 지어 동부 사십인은 계랑이 주장하고, 서부 사십인은 적랑이 맡아 가무를 가르치며 풍악을 공부시키고, 매월 청화루에 모이어 동서 양부의 재주를 비교할 새, 승상이 대부인을 모시고 두 공주를 거느리고 친히 곧 누각에서 상벌하는데 이기는 자는 석 잔 술로써 상 주고 머리에 꽃 한 가지를 꽂아서 영광 있게 하고, 지는 자는 한 잔 냉수를 벌 먹여 먹 붓으로 이마에 한 점을 찍어서 그 마음을 부끄럽게 하는 까닭

---

19 이 대목은 서울대학교 소장 국문본에는 생략되어 있어서 주목된다.

20 장회명은 〈낙유원 사냥모임에서 춘색을 다투고, 화려한 수레를 타고는 풍광을 점친다.(樂遊園會獵鬪春色 油碧車招搖古風光)〉이다.

에 모든 기생의 재주 날로 점점 성숙하니 위공부와 월왕궁의 여악이 천하에 유명하여 비록 이원 악공이라도 이 두 악공을 미치지 못할러라.

여기서 보면, 양소유는 승상의 자리에 있으면서 모친 유씨를 가장 중심으로 삼는다. 그래서 거처를 정할 때에도 정당인 경복당에는 대부인을 거처하게 하고, 마주 한 데는 양소유가 거처하고, 그리고 경복당 앞에는 좌부인 영양공주, 서편에는 우부인 난양공주를 거처하게 한다. 그 주변에 양소유의 6첩인 진채봉, 가춘운, 계섬월, 적경홍, 심요연, 백능파가 각각 거처한다.

이 중에서 주목을 받는 곳은 유씨부인이 거처하는 경복당이다. 경복당은 인현왕후가 폐비되었다가 복귀한 다음에 거처하는 공간이기도 하지만, 조선의 정궁인 〈경복궁(景福宮)〉을 연상하게 한다. 『구운몽』에서는 양소유가 궁궐에 준하는 거대한 거처를 마련하고 모친을 그 중심에 거처하게 하면서, 그 집을 경복당이라 했지만, 작품 밖의 작가가 처한 현실과 관련시켜 보면, 조선의 당대 사실과 교묘히 오버랩 되는 곳으로 경복궁[21]이 있다.

이 경복이란 명칭은 조성 당시에, 정도전이 『시경』에 나오는 군자의 만년 빛나는 복을 빈다는 뜻이 담긴 경복이라는 시구를 따서 지은 것으로, 이런 사연이 있는 궁궐 수준의 거처를 모친의 비유 인물인 유씨부인의 거처 경복당으로 삼았다. 비록 당나라에서는 황제의 정전 궁궐에는 미치지 못하지만, 조선 역사에 비교해보면, 조선시대 궁궐 중 가

---

21 이 궁은 임진왜란(1592년)의 병화로 전소된 이후 273년 후인 고종 2년(1865)에 착수하여 4년 만인 고종 5년(1868)에 창건 당시의 규모로 재건하였다. 임진왜란으로 인해 창덕궁·창경궁과 함께 모두 불에 탄 것을 1867년에 흥선대원군이 다시 세웠다.

장 중심 궁궐안의 경복당인 것이다. 이를 『금강경』의의 상과 비상의 논리로 보면, 성진의 꿈 속이 오히려 실상이 되는 이치, 그리고 당쟁 등으로 외침을 막지 못하고 7년간 국토가 유린되고, 군왕이 의주로까지 몽진을 하고, 정전이 불탄 비극적인 역사 현실에 대한 우의적인 의미가 스며들어 있다.

이렇게 양승상이 지극한 효심으로 모시는 대가족의 정점에는 유씨부인이 있다. 이러한 유씨부인 모자를 중심으로 한 천하 각 지역에서 모여든 양소유의 8처첩은 곧 유씨부인의 8인의 며느리가 된다. 이렇게 구성된 10인의 대가족이 누리는 호사스런 생활 속에서 유씨부인은 사철마다 잔치를 베풀 때 잔치의 상석을 차지하는 인물로서 황태후에 비하여 조금도 손색이 없는 것이다.

제 15회장22에서도 양소유의 효심을 확인할 수 있는 다음과 같은 내용이 서술되고 있다.

팔인 다 각각 자녀를 낳으매 두 부인과 춘운 섬월 요연 경홍은 남아를 낳고, 채봉 능파는 여아를 낳고, 다 잘 길러 한번도 자녀의 참경을 보지 아니하니 또한 범인과 다르더라.

이때 천하 태평하여 사방에 일이 없고 백성이 안락하고 곡식이 풍등하여, 승상이 나간즉 천자를 모셔 상림원에 사냥하며, 들어온즉 대부인을 받들어 당상에서 잔치하여 가무 속에서 세월을 보냈더니 홍진비래는 고금의 상사라. 유부인이 우연히 득병하여 세상을 이별하니 연세 구십구 세더라. 승상이 애통하며 예로써 안장할 새, 양 전궁에서 내시를 보내어 위

---

22 장회명은 〈부마는 금 술잔으로 벌주를 마시고, 거룩한 왕은 취미궁을 은혜로이 빌려준다.(駙馬罰飲金屈巵 聖主恩借翠微宮)〉 이다.

문하시고 왕후의 예로써 예관을 보내어 장사하시더라. 정사도 내외의 영화봄은 이르지 않고, 상수하고 또한 별세하매 승상의 슬퍼하는 정이 정부인보다 못하지 아니하더라.

여기서 보면, 유씨부인은 아들 양승상의 모친으로서, 양승상의 8처첩의 시모로서, 또 그들 8처첩이 출산한 8명의 손자, 손녀의 조모로서 영화를 누린다. 유씨부인의 가정에만 이런 행복을 누리는 것이 아니라, 아들 양승상이 황제를 모시고 다스리는 당나라 또한 태평하여 사방에 일이 없고 백성이 안락하고 곡식이 풍등한 태평성대를 누린다. 그리고 유씨부인은 천하의 영웅 양승상이요, 지극한 효자인 양승상이 가무로 베푸는 잔치의 주역으로 살다가 99세의 수명을 누리고 세상을 떠난다. 그에 대한 장례 또한 양 전궁에서 내시를 보내어 위문하고 왕후의 예우로써 장사를 지내게 되었다.

이렇게 서술된 사건은 양소유의 애정과 권력[23]를 통한 영웅적인 인물화에는 모친에 대한 효의 실현이 그 기저에 깔려 있다. 양처사는 부인 유씨에게 어린 자식 양소유를 맡겨놓고 떠났기 때문에, 유씨부인은 남편을 대신하여 양소유를 성공시킴으로써 자신에게 맡겨진 역할을 다하였다. 이런 모친을 위하여, 그리고 가문의 창달을 위하여 양소유는 영웅적 일생을 살아가게 된 것이다. 양소유가 접하게 되는 여자와 권력에서 획득되는 개인적인 행복은 그것이 곧 가정적인 차원에서는 효의 실현이요, 국가적 차원에서는 충의 실현이었다.[24]

양소유의 삶이 지향하던 현실주의적 세계관[25]은 시골 출신으로 서울

---

23 김일렬, 『조선조소설의 구조와 의미』, 형설출판사, 1984, p.52
24 전게서, 54쪽

에 가서 장원급제를 하고, 나가서는 천하의 빼어난 장수가 되고 들어와서는 정승이 되는 이야기로 전개되었지만, 이것을 다른 측면에서 본다면, 가정적으로는 노모를 모시고, 아름다운 미인인 두 처와 여섯 첩을 거느리고, 자손이 번창한 가운데 화목한 가정을 만년까지 유지한 것이 되었다. 이처럼 양소유가 부귀를 획득하고 애정을 성취하고 장수하는 시원스럽고도 광대한 인생의 전개는 유가사상에서 강조된 복, 녹, 수사상이 얽혀진 이상적인 삶의 제시였다. 그러하기에, 양소유의 풍류남아로서의 행운아의 모습, 특히 8처첩을 거느리며 천하의 영웅으로서 효와 충을 실현하며 살아간 양소유의 일생은 곧 조선조의 양반들이 무의식 중에 꿈꾸며 갈구하던 삶이었다. 그것은 설령 그러한 상층 신분에 놓여있지 못한 계층의 남녀들에게는 비록 백일몽일지언정 그들이 추구한 가장 온전한 이상적인 삶이었다[26]고 판단할 수 있다.

이처럼, 양소유는 지극한 효를 실천하는 인물로 서술되었다. 즉 양처사의 아내인 유씨부인은 아들 양소유의 지극한 효심으로 양소유가 과거길에 올라서 천하의 영웅으로 부상될 때까지인 초년에는 집에서 자식의 성공을 기원하면서 홀로 지내는 외로움의 생활을 하였지만, 중년 이후에는 성공한 외아들 양소유의 효심 발휘에 따라서 최상의 행복을 살아서 누리고 세상을 떠나는 인물로 서술되었다. 특히, 유씨부인의 행복은 황태후의 행복 이상에 해당되는 것으로 천하의 여인들 중에서 가장 행복한 여인으로 부각되었다. 이러한 내용은 작중의 인물인

---

25 이런 경향은, 조동일 교수의 경우, 「구운몽의 주제는 과연 금강경인가?」에서 현실시간 위에 전개되는 성진과 꿈 속에 진행되는 양소유의 행위가 이념과 현실의 뒤바꿈의 구조로 되어있음으로 표현하여, 양소유의 이런 현실주의적인 행위를 강조하고 있다.

26 김동욱, 『국문학사』, 일신사, 1976, 182쪽

유씨부인을 통하여, 작가 자신의 모친인 윤씨부인의 행복을 문학을 통하여 대리 충족을 시켜드리는 작가 서포의 진심어린 소망을 투영시킨 결과였다. 그 뿐만이 아니라,『구운몽』에서는 모친에 대한 효심과 더불어 군주 숙종에 대한 충성심도 더불어 담아내었다. 그것은 작품에서 유씨부인의 아들 양소유가 천하의 영웅으로서 활동하면서 황태후의 두 공주인 영양공주 정경패와 난양공주 이소화를 두 부인으로 맞이하였을 뿐만 아니라, 진채봉 등의 6첩도 함께 거느리며, 토번의 침공과 같은 국가적 위기를 해결하는 문무 겸비한 충신으로 활동한 것은, 작품 밖에서 일어나는 작가 서포 김만중의 현실 속에서 작가 자신을 비롯한 중신들이 갈등 없이 군주를 잘 받들고자 하는 소망과 궁중의 비빈들 간의 화목한 생활을 기원하는 충심을 은유적으로 담은 것이었다고 판단된다.

2. 『선비정경부인 해평윤씨행장』으로 본 윤씨부인

서포 김만중은 모친이 세상을 떠난 후에, 돌아가신 모친을 기리는 뜻으로 모친 윤씨부인의 일생 동안의 행적을 기록으로 남겨 후세의 귀감으로 삼고자 단편적인 기록들과 기억들을 종합하여 1690년 8월에는 모친의 전기『선비정경부인 해평윤씨행장』을 짓게 되었다.

서포는 모친이 살면서 보여준 몇몇 사실들을 근거로 전기문 형식으로 기록한 이 행장의 집필에서는 객관적이고 겸손한 태도를 보이면서 간결한 문장으로 단편적인 사실을 중심으로 수식이나 과찬이 없는 서술을 하였다.

이 행장을 지은 동기는 서포 자신이 타고난 효행을 다하지 못한 것을 안타까워하며 유배지 남해에서 모친을 향한 지극한 효행을 드러낸 것으로, 모친의 '아름다운 말씀과 덕성, 그리고 어진 행실'을 적어 길이 후세의 귀감을 삼고자 함에 있었다. 이러한 의도는 그가 "태부인의 아름다운 말씀과 착한 행실이 훗사람들에게 전하지 못할까 하여 행록 두어 벌을 지어 나누어 모든 조카에게 준다."[27]고 한 데서 확인이 된다.

표제인 『선비정경부인 해평윤씨행장』에서는 모친인 윤씨부인이 정경부인임을 부각시켰다. 정경부인은 문관 무관의 처 가운데 가장 높은 위치로, 외명부 가운데에서 정1품의 문관과 무관의 부인에게 주던 작호이다. 그 연원은 태조 5년인 1396년에 문관 무관 정처에 대한 봉작제를 정할 때, 정1품과 종1품의 처에 대한 작호를 군부인이라고 했다가, 태종 17년인 1417년에 명부 봉작직을 개정하면서, 군부인을 정숙부인으로 개칭한 데서 비롯된다. 그런데 세종 21년인 1439년에 정숙왕후의 묘휘와 같다는 이유로 1품 정처의 작호를 다시 정경부인으로 개칭하면서, 이미 봉작했던 것도 추가로 개칭하도록 하였다.

이 행장에서는 작자 서포의 효행사상이 확연히 나타난다. 그는 소문난 효자로서, 혼정신성의 효행은 물론, 평생을 두고 모친의 뜻을 따랐고, 때때로 유배를 가서 곁에서 효를 실천할 수 없을 때에는 문학작품으로 자신의 효심을 드러내고, 작품 속에서 모친의 고귀한 삶을 토대로 모친을 불멸의 여인상 내지 신격화 된 여인으로 부각시켜서 출천대효의 한 귀감을 보여주었다.

---

27 김춘택 필사본, 『윤시행장』

윤씨부인은 어려서는 학문에 정진하고 시집간 지 5년 만에 청상과부가 되어 가난한 살림 속에서도 두 아들을 출중한 문인이자 관리로 길러내었다. 조선이란 폐쇄된 사회 속에서 자신의 영민함을 떨칠 수 없음을 절망하지 않고 어머니로서의 그녀의 역할에 최선을 다했으며, 말뿐이 아니라 몸소 인간의 도리와 선비의 길을 보여준 큰 교육자라고 할 수 있다. 또, 이 행장은 주인공의 선대 가계로부터 성장과정과 그의 인품 언행을 중심으로 그 저명한 행적을 기술하고, 임종과 그 자손의 일까지 거론함으로써, 전형적인 일대기 형식의 구성을 갖추고 있다. 윤씨의 조부모, 특히 조모 정혜옹주의 역할을 강조하였고, 윤씨의 시가 쪽에서는 시부인 허주공을 부각시켰다. 그리고 윤씨의 남편 충정공 김익겸이 절사함으로써 윤씨의 행동 방향이 결정적인 전환을 가져오게 되었음을 강조하였다. 그 결과 윤씨부인은 서포 형제를 기르고 가르치는 적극적인 활동에서 성공적인 결과를 얻어내었음에 행장의 초점을 맞추고 있다. 이와 아울러, 윤씨부인의 큰아들 김만기, 그리고 손녀 인경왕후가 가문과 국가를 위하여 한 역할을 부각시켰다. 마지막에서 유복자로 태어난 자신이 홀로 형제를 키우느라 고생을 많이 한 모친에게, 유배 중의 몸이 되어서 임종도 보지 못한 불효를 지어, 원통하기 이루 표현할 길 없는 사연까지 절실하게 서술하였다.

이 『선비정경부인 해평윤씨행장』은 서포가 원래 한문으로 지었던 것으로 그의 문집에 실려 있었기에, 당대 및 후대의 자손 내지 선비들이 매우 즐기는 중후하고 감명 깊은 문장으로 평가되었다. 한편 여성이나 아이들에게 널리 알리기 위한 간절하고 성실한 사연을 번역하여 국문으로도 전승하게된 것으로 추정된다.

현재 전하는 『선비정경부인 해평윤씨행장』의 시작과 마무리는 다음과 같다.

　태부인의 성은 윤씨니, 선계는 선산 해평이다. 고조의 휘는 두수이니 영의정 해원부원군이요, 시호는 문정공이다. 증조의 휘는 방이요, 영의정이며, 시호는 문익이니, 공덕 있는 어진 정승이 계승되었다 칭찬한다. 할아버지의 휘는 신지니, 선조의 따님 정혜옹주를 취처하여 해숭위에 봉해졌고, 문장으로 세상에 이름났으며, 시호는 문목이다. 아버지의 휘는 지니, 인조조 명신으로 벼슬이 이조참판에 이르셨다. 어머니는 정부인 남양 홍씨니, 경기감사 휘 명원의 따님이시다.[28] … 중략 …

　태부인이 이남을 낳으시니 맏 아들 선형 만기니 영돈녕부사 광성부원군으로서 일찍이 병조판서와 대제학을 지냈다.

　선형의 직급이 높고 현달하되 태부인이 일찍이 기쁜 기색이 없으시더니 대제학이 됨에 이에 탄식하면서 말씀하기를 "내 한 부인으로 너희 형제를 가르치며 항상 두려워 하기를 너희들이 고루하고 배움이 없어 선인께 수치와 모욕이 될까했더니 이제서야 거의 모면 되었다." 하셨다. 막내는 불초 만중이다. 선형은 군수 한유향의 딸을 취하여 4남 3녀를 낳으니 맏이는 진구요, 다음은 진규이니 모두가 문과 급제하고 다음은 진서, 진

28　틱부인(大夫人)의 셩(姓)은 윤시(尹氏)니, 본(本)은 션산(善山) 히평(海平)이라. 고조(高祖) 휘(諱)ᄂᆞᆫ 두슈(斗壽)니, 녕의정(領議政) 히원부원군(海原符院君) 시호(諡號)ᄂᆞᆫ 문정(文靖)이요, 즁조(曾祖) 휘(諱)ᄂᆞᆫ 방(昉)이니, 녕의졍(領議政) 시호(諡號)ᄂᆞᆫ 문익(文翼)이니, 다 공덕(功德) 잇ᄂᆞᆫ 어진 졍승(政丞)이라 일쿳고, 조(祖) 휘(諱)ᄂᆞᆫ 신지(新之)니, 션조녀(宣祖女) 정혜옹쥬(貞惠翁主) 부마(駙馬)로 히숭위(海嵩尉)를 봉(奉)ᄒᆞ고, 문장(文章)으로서 세상(世上)의 일홈나고, 시호(諡號)ᄂᆞᆫ 문목(文穆)이오, 황고(皇考) 휘(諱)ᄂᆞᆫ 지(墀)니, 인조됴(仁祖朝) 명신(名臣)으로, 벼슬이 니조참판(吏曹參判)의 니ᄅᆞ고, 비(妣)ᄂᆞᆫ 정경부인(貞敬夫人) 남양홍시(南陽洪氏)니 감ᄉᆞ(監司) 휘(諱) 명원(命元)의 녀(女)라.

부이니 모두 성관하지 않았다. 인경왕후는 자매에서 맏이요, 다음은 정형
진에게 출가하고 다음은 이주신에게 출가했다.[29]

만중은 판서 이은상의 딸은 취처하여 1남 1녀를 낳으니, 아들인 진화는
진사요, 딸은 문과 급제한 이이명에게 출가했다. 진구의 아들은 춘택, 보
택, 운택이요, 나머지는 다 어리다. 진화의 아들은 다 어리고, 정형진 이
이명의 소생도 다 어리다.

만중이 태어나기 전부터 죄가 많아 평생에 아버지의 안면을 보지 못하
고 난리 때 태어나느라 어머니의 노고가 보통 사람보다 백배나 되었는데
우둔하여 아무런 지식이 없고 은혜와 사랑에 친압하여 안색을 순수하기
에 어긋남이 많았다.[30]

분수에 맞지 않는 영귀가 어버이를 영화롭게 함이 아닌데 참광하고 우
매하여 함정을 밟음으로서 우리 태부인께 평생의 슬픔을 끼쳐 드렸으니
불효의 죄는 하늘에 관통하는데 오히려 목을 찌르거나 배를 갈라서 귀신
에게 사죄하지 못하고 벌벌 떨면서 독기 어린 바닷가 가시울 속에서 삶을
구하니 아! 슬프도다. 돌이켜 생각하건데, 하늘의 이치가 정상에 돌아오
지 않고 남은 목숨이 떨어지게 되었는데 진실로 누렵거늘 우리 태부인의

---

29 태부인(大夫人)이 이남(二男)을 기르시니 맛은 션형(先兄)만긔(萬基)니 녕돈녕부스
(領敦寧府事) 광셩부원군(光城府院君)이니, 일작 병죠판셔겸딕뎨흑(兵曹判書兼大提
學)을 디닉다 션형(先兄)이 슝현(崇顯)의 추례(次例)로 벼슬ᄒᆞᄃᆡ, 태부인(大夫人)이
일작 회식(喜色)을 두지 아니ᄒᆞ시더니, 밋 문형(文衡)을 ᄀᆞ음알미 이에 탄(歎)ᄒᆞ야 ᄀᆞ
ᄅᆞᄉᆞᄃᆡ, "늬 ᄒᆞᆫ 부인(夫人)으로 녜희 형제(兄弟)을 ᄀᆞᄅᆞ쳐 샹히 고루(固陋)ᄒᆞ야 드ᄅᆞ
미 업셔 션인(先人)긔 슈욕(羞辱)이 될가 저허ᄒᆞ더니, 이후의야 거의 면(免)ᄒᆞ과라."ᄒᆞ
시더라. 그 아은 곳 불쵸(不肖) 만듕(萬重)이라. 션형(先兄)은 군슈(郡守) 한유양(韓有
良)의 녀(女)를 취(娶)ᄒᆞ야 ᄉᆞ남 삼녀(四男三女)를 두니, 남쟝(男長)은 진귀(鎭龜)요,
버거는 진규(鎭圭)니 다 급제(及第)ᄒᆞ고, 버거는 진셔(鎭瑞)·진부(鎭符)니, 다 관(官)
스지 못ᄒᆞ엿고, 인경왕후(仁敬王后)ㅣ 쟈미항열(姉妹行列)의 맛디 되시고, 버거는 뎡
형진(鄭亨晉)의게 젹(適)ᄒᆞ고, 버거는 니쥬신(李舟臣)의게 뎍(適)ᄒᆞ나라.

좋은 말씀과 훌륭한 행실이 점차 암매하여 후손에게 모범을 드리울 수 없으므로 감히 슬픔을 억제하며 아픔을 참고 본래 손수 언행의 일통을 기록하여 몇 장을 등초해서 여러 조카에게 넘겨주는 것이다.[31] … 중략 …

태부인께서 일찍이 근대의 비문과 묘지를 보다가 부덕의 칭찬이 태과한 것을 병들게 여기면서 말씀하시기를, "규문 내의 행검을 남으로서 알 바가 아닌데 병필가들이 다만 가장만을 빙자함으로 그 말 자체가 증거의 자료가 못되는 것이다. 그런 것이 아니라면 어찌 우리나라의 현부인이 이처럼 많겠느냐?" 하셨다. 이 말씀이 낭랑하게 귀에 남아 있음으로 이제 덕행을 칭술하는 문자에서 감히 한 글자도 꾸며 만들지 못하고 차라리 간략히 하는 것은 대개 우리 태부인의 평소의 뜻에 따르자는 것이다.[32]

경오년 팔월 일에, 불초 고애남 만중은 피눈물을 닦으면서 삼가 행장을 짓는다.[33]

---

30 만듕(萬重)은 판서(判書) 니은샹(李殷相)의 녀(女)를 취(娶)ᄒ야 일남(一男) 일녀(一女)을 나ᄒ니, 남은 진화(鎭華)니 진ᄉ(進士)요, 녀(女)ᄂ 급제(及第) 니이명(李頤命)의계 뎍(適)ᄒ니라. 진귀(鎭龜)의 남(男)은 츈튁(春澤)·보튁(普澤)·운튁(雲澤)이오. 나무니ᄂ 다 어리고 진화(鎭華)의 남(男)은 다 어리고, 뎡형진(鄭亨晉)·니이명(李頤命)의 나ᄒ니ᄂ 다 어리다. 만듕(萬重)이 인싱(人生)의 잇기 젼(前)의 ᄉ오나온 일을 마히 ᄒ야 나며, 엄친(嚴親)의 면목(面目)을 아지 못ᄒ고 싸회 써러디기를 난니(亂離) 가온딕 ᄒ야 구로(劬勞)ᄒ 은혜(恩惠) 녜 ᄉ름의셔 복비(百倍)나 ᄒ딕 어려셔 안ᄂ 거시 업고, 은익(恩愛)를 아와 승안(承顔)ᄒ며 슌식(順色)ᄒᄂ 바의 거슴즈미 만코, 분밧긔 벼슬이 임의 열친(悅親)ᄒᄂ 빅 아니요, 미치고 녀려 함졍(陷穽)의 샛져 써 우리 태부인(大夫人)의 죵신(終身)토록 셜워ᄒ믈 씨치니, 불효(不孝)의 죄(罪) 우ᄒ로 하날의 통(通)ᄒ딕, 오히여 능히 목 질라고 빅를 혜쳐 귀신(鬼神)의계 ᄉ죄(謝罪)치 못ᄒ고, 최최(惴惴)히 쟝녀(瘴癘) 바다 위리(圍籬) 가온딕 슬기를 도적(盜賊)ᄒ여시니, 오호(嗚呼)! 통의(痛矣)라! 도라보건딕, 호천(昊天)이 복디(覆地)아니ᄒ야 남은 목숨이 진(盡)기를 기다리니 진실노 저허ᄒ건딕 우리 태부인(大夫人)의 아름다온 말숨과 착ᄒ 힝실(行實)이 졈졈(漸漸) 엄미(晻昧)ᄒ딕, 나아가 써 법(法)을 후곤(後昆)의 드리오디 못ᄒᆯ가 ᄒ야 이에 감히 셞기를 억제(抑制)ᄒ고, 알품을 춤아 손으로 언힝(言行) ᄒ 벌을 긔록(記錄)ᄒ야 ᄂ화 두어 조희에 써 문득 죡하를 쥬되,

31 같은 책, 上同

이처럼, 서포 김만중은 윤씨부인이 평소에 말하기를 "집안의 어른들에 대한 기록인 가장의 집필이라는 것을 핑계로 삼아서 고인에 대한 칭송에 지나친 점이 많기에, 가장의 기록에는 현부인이 그토록 많다."고 지적하였기 때문에, 자신은 모친의 뜻을 받들어서 모친의 덕행을 기록함에서 한 글자도 꾸며 만들지 못하고 간략하게만 서술하였다는 사실을 행장의 말미에서 분명히 밝혔다.

이러한 배경으로 인하여 서포 김만중은『선비정경부인 해평윤씨행장』에서는 자신의 모친 윤씨부인을 명문 가정에서 태어나 조선 최고 예학의 종가로 시집을 가서, 절의를 지킨 남편을 일찍 떠나보낸 청상의 여인이지만, 불굴의 의지와 자애로 자손들의 뒷바라지를 한 덕성의 여인으로, 화치와는 거리가 먼 근검하고 절약하는 소박한 여인상으로 서술하였다. 그러나 그는 자신이 창작한 허구적인 소설 속에서는 행장에서 보여준 이러한 현실적이고 사실적인 서술과는 달리 모친의 이미지를 강렬하고 위대한 여군자로, 여성 신격으로 최고의 위치에 올려놓았다. 이러한 상반성은 서포 김만중이 남겨놓은 모친 윤씨부인에 대한 두 기록, 즉 실기로서의 행장과 허구로서 소설이 지닌 독자

---

32 성품(性品)이 본딕 어둡고 막히여 써 뜻과 힝실(行實)을 잘 알아 보지 못ㅎ고 더옥 정신(精神)이 소망(銷亡)ㅎ야 ㅎ나흘 긔록(記錄)ㅎ고 열흘 쌔디온니, 불초(不肖)ㅣ 의 죄(罪) 이예 이릇러 더욱 크도다. 태부인(大夫人)이 일작 근딕의 비명(碑銘)과 묘지(墓誌)를 보믹 그 부덕(婦德)을 과(過)히 기리믈 병(病)되히 넉기사 ㄱ라ㅅ딕, "규문(閨門) 안은 ㅅ롬의 아지 못ㅎᄂ 빅라 부솔 잡은 ᄌ 다만 가쟝을 빙거ㅎᄂ 고로 그 말이 더욱 족히 밋부지 못ㅎ니, 그러치 아니면 동방(東方)의 현완(賢緩)이 만흐요?"ㅎ믈 긔지(旣知)ㅎᄂ니, 이 말솜이 낭연(琅然)ㅎ야 오히려 귀예 잇ᄂ 듯ㅎᄃ라. 이졔 덕(德)을 짓ᄂ 글의 감히 혼자룰 문칙(文彩)로 꾸미지 못ㅎ여 출하리 너모 간약(簡略)ㅎ믹 일으랴 ㅎ문, 딕긔 우리 태부인(大夫人) 평석(平昔)의 뜻을 쓸오랴 ㅎ미니라.

33 경오(庚午) 팔월(八月) 일(日) 불초(不肖) 고익남(孤哀男) 만듕(萬重)은 읍혈(泣血)ㅎ고 삼가 지ᄂ이다.

성을 충분히 고려하여, 실제 역사적 사실로서의 행장과, 있어야할 당위적 사실로서의 초역사적 허구라는 두 양식의 특징을 최대한 살린 결과이다.

서포 김만중은 역사로서의 행장과 초역사적인 허구로서의 소설의 거리를 이토록 철저히 인식하고 있었기 때문에, 행장 이전에 모친이 살아있을 때 창작한 소설인『구운몽』, 또 모친이 세상을 떠난 이후에 집필한 행장. 다시 행장을 집필한 다음 세상을 떠난 모친을 추모하면서 창작한 소설인『사씨남정기』라는 모친과 연관된 세 작품의 유기적인 관계상을 분명히 보여주고 있다.

늘 조용한 침묵 속에서도 어떤 달변 이상의 말씀을 자식들에게 실천적인 행동으로 솔선하던 모친의 절제되고 아름다운 삶을 부각시키기 위하여 선천 유배지에서 창작한『구운몽』에서는 형산에 좌정하여 늘 조용한 침묵 속에서도 8선녀 등을 이끌고 있는 위부인으로 묘사하였다. 그리고『선비정경부인 해평윤씨행장』에서는 자식들에게 실천적인 행동으로 솔선하며 절제되고 아름다운 삶을 살았던 당당한 삶과 그 다양한 모습을, 유년시절에는 정혜옹주의 손녀로 성장한 모습으로, 출가한 후에는 며느리 역할과 자손들에 베푼 교육과 덕행을 실천하는 모습으로 윤씨부인을 묘사하였다. 남해 유배지에서 창작한『사씨남정기』에서는 서석의 영광과 안타까운 종말로서의 죽음과, 서포 김만중의 직언과 유배에서 엄습해오는 슬픔을 감내하는 윤씨부인의 모습을 서포와 군주에 비유되는 사씨와 유한림을 구제하는 자비의 관음보살로 묘사하였다.

이런 관점에서 본다면, 윤씨부인의 삶을 일화 중심의 전기형 삽화로 엮는『선비정경부인 해평윤씨행장』은 가장 절제된 단편적인 사실

기록만으로 이루어진 행장인 셈이다. 그것은 서포 자신이 "성품이 본래 어둡고 막혀 언행을 잘 보지 못하고 더구나 정신이 소모되어 십분의 일 만을 기록하게 되니 불초의 죄가 이에 이르러 더욱 큰 것이다." 고 술회하고 있음에서도 확인된다. 그러므로 윤씨부인이 이 세상에 와서 남긴 실질적인 공적은 이 행장의 뒤에서 받쳐주고 있는 초시대적인 역사로서, 윤씨부인을 축으로 하여 일어난 포괄적이고 심층적인 역사사실을 객관적으로 재구성 할 때에만 그 진상을 제대로 접할 수 있는 것이다. 그래서 이 책에서는 윤씨부인의 위대하고 아름다운 삶을 실상에 접근해서 살펴보기 위하여, 그 하나의 단면인 윤씨부인의 삶이 단편적으로 제시된 행장의 삽화들과, 실상적인 차원에서 투사되어 있는 서포소설을 이원적으로 살펴보고, 다시 이를 통합적으로 살펴보는 길을 선택하게 된 것이다.

3. 『사씨남정기』에 관음보살과 아황·여영으로 새겨놓은 윤씨부인의 이미지

1) 윤씨부인 사후에 남해 노도에서 창작한 『사씨남정기』

서포 김만중은 숙종 14년인 1688년 11월 하순쯤에 후궁 장소의의 몸에서 후에 경종이 된 왕자가 태어난 이유로 선천 적소에서 돌아왔다. 그러나 집에 돌아온 지 겨우 두어 달 만인 이듬해 숙종 15년 1689년 2월 초순부터 다시 대간들의 탄핵을 받기 시작하였다.

정월에 임금은 원자, 즉 후궁 장소의의 아들의 위호를 정하라고 명했는데, 신하들은 인현왕후의 나이가 아직 젊고, 왕자가 태어난 지 몇 달밖에 되지 않았으니 너무 급박하다고 하였고, 우암 송시열도 소를 올려 거조가 너무 급박하다고 하였다. 숙종은 진노하고는, "송시열이 산림의 영수로서 감히 이의를 제기하니 장수였던 무리들이 이제야 장수를 만났다고 잇달아 일어난다."고 하면서, 송시열을 제주도로 귀양을 보내었다. 이렇게 조정이 남인들 세상으로 바뀌자, 대간들은 이 기회를 이용하여 언근을 밝혀서, "조사석이 청촉으로 정승이 되었다."는 말을 지어낸 자를 가려내자고 주장하였다. 이에 숙종은 "김만중은 탑전에서 말을 꺼낸 뒤 바른대로 아뢰지 않고 있으니 또한 몹시 통탄스럽다. 즉시 잡아 가두고 엄중히 캐물으라."고 하였다.

서포 김만중은 이에 대해 공술하기를, "신의 아들 진화가 진사 이홍조를 보러 갔다가 서로 말을 주고받던 중, 여항간에 떠도는 말이 조정승이 정승이 된 것은 후궁의 연줄로 해서라 하므로, 조정승 댁에서는 놀라움과 분함을 이기지 못하고 있다 하였는데, 신의 아들이 이 말을 전하여 신이 비로소 듣게 되었습니다." 하였다. 즉, 이홍조는 곧 서포 김만중의 부인의 사촌 아우로서 조사석의 종질서이다. 그는 처음에는 사실대로 말하다가 나중에는 번복하여 "들은 바도 없고 전한 바도 없습니다. 처음에는 진화로부터 달램과 협박을 받고 그의 말에 따라 공사의 초고를 작성했으나 이것은 임금을 속이는 것이라 바른 대로 아뢰는 것입니다." 하고, 김만중과 그 아들 김진화를 교묘히 무함하였다. 숙종은 김진화에게 곤장을 쳐서 신문하라 했고 이홍조는 석방했다. 김만중도 세 번이나 심문을 받았으나 끝내 이홍조 이외의 다른 사람을 언근으로 끌어대지는 않았다.[34]

이로 인하여 2월 7일에 탄핵되었고, 김만중을 국옥으로 옮겨서 이사명이 한 말에 따라 신문을 하였다. 김만중은 "지난날에 단지 이홍조의 말만을 아뢴 것은 그에게서 들은 것이 두루 갖추어져 있었기 때문이었습니다. 이사명이 전한 것은 이미 이홍조보다 뒤의 일이고 또 분명함을 결여하고 있었으므로 감히 일일이 말씀드릴 수 없었습니다."고 하였다.

숙종은 윤3월 7일에 김만중을 외딴 섬에 귀양보내고 귀양간 집 둘레에 가시나무 울타리를 쳐서 출입하지 못하도록 하라는 명을 내렸다. 즉, 숙종은 김만중이 당초 탑전에서 끝내 실토하지 않고 이사명이 형벌에 복종하여 죽은 뒤에야 비로소 승복하였으며, 인신의 도리가 이 지경에 이른 것을 통탄하면서, "죄상으로 헤아리자면 만 번 죽여도 아까울 게 없겠지만 어찌 참작해 줄 길이 없겠는가. 절도에 위리 안치하라."고 명을 내렸던 것이다.

서포 김만중은 다시 남해 적소를 향해 귀양길을 떠나게 되었다. 이 소식을 들은 윤씨부인이 남성 밖의 막차에서 김만중을 전송하러 나왔다. 금오랑이 김만중에게 자기네들만 먼저 출발하겠다고 하면서, "들으니 대부인께서 나오셨다 하니 오늘은 잠시 머무르시고 내일 아침에 따라오셔도 무방합니다." 하였지만, 김만중은 그렇게 하는 것이 옳지 않다 생각하고 함께 출발하자고 하였다. 윤씨부인은 "차마 네가 길을 떠나는 것을 보지 못하겠으니 먼저 돌아가야겠다." 하고 가마에 올랐다.

서포 김만중은 가마 앞에서 절하여 하직하고 손수 가마의 주렴을 매어드리고 문 곁에 서서 바라보다가 길이 굽어져서 가마가 보이지 아니하자 눈물이 흘러 얼굴에 가득해져 비로소 자리에 들어가 앉았다. 윤

---

34 김병국 외 역, 『서포년보』, 서울대학교출판부, 1992, 182쪽

씨부인도 거리가 약간 멀어진 뒤에야 가마 안에서 소리나지 않게 울어 울음소리가 아들에게 들리지 않도록 했다.[35]

서포 김만중이 남해에 유배된 지 얼마 되지 않아 서포의 조카들 또한 여러 섬에 나뉘어 유배되었다. 즉 숙종 15년인 1689년 6월 1일에 김진구는 제주도에 유배되었고 김진규는 거제도에 각각 유배되었다. 서포 김만중은 남해 유배 중에도 집안의 재난과 궁궐의 위기는 극한을 향해 달려가고 있었지만, 주자학자로서의 자신의 학문을 더욱 심화시키고, 후세에 전하기 위하여 『서포만필』에 전하는 평론들을 지었다. 『서포년보』에 의하면 김만중은 귀양가던 해에 그곳 향교에서 『주자어류』 전질을 빌려다가 날마다 완독하며, 손수 그 요점을 초록하여 한 책을 엮어 내니 뒷사람들이 이름하여 『주어찬요』라 했다 고 하였다.

그런 와중에도, 서포 김만중은 9월 25일 모친의 생신날을 맞으면, 늘 하였듯 이 모친의 생신을 축하드리기 위하여 직접 축하의 예를 갖추지 못하는 것을 다음과 같은 칠언율시로 된 사친시를 지어서 읊는 것으로 대신하였다. 그러면서도 북받치는 설움을 가눌 길이 없어서 다시는 시를 짓지 않겠다는 절필의 뜻과 같은 표현을 하였다.

> 오늘 아침 어머니 그리는 말 쓰려 하니
> 글자도 쓰기 전에 눈물 이미 넘쳐나네
> 몇 번이고 붓을 적셨다가 다시 던져 버렸으니
> 문집 가운데 남해시는 응당 빠지게 되리.[36]

---

35 김병국 외 역, 『서포년보』, 서울대학교출판부, 1992, 245쪽
36 『西浦文集』, 卷六, 己巳九月二十五日. "今朝欲寫思親語字未成時淚已滋 幾度需毫還 復擲集中應缺海南詩"

이 시는 남해 적소로 방축되어 처음 맞이하는 모친의 생신날에 쓴 시이다. 생신을 맞이하여 어머님을 생각하며 시를 지으려 하지만, 글자가 이루어지기도 전에 벌써 목이 메이고 눈물이 철철 넘쳐나 몇 번이고 붓에 먹을 찍었다가 다시 던져 버리기를 반복하고 시를 짓지 못하며, 그리운 모친에 대한 안타까운 심경을 절절하게 토로하였다.

북풍이 쏴아 하고 대숲에 불어

오늘 아침 두 조카 생각나게 하네.

내 남쪽으로 쫓겨오며부터 너희 마음 괴롭더니

어찌 알았으랴 너희마저 해천의 남쪽인 것을.

바람과 물결 하늘에 넘쳐 넘을 수가 없는지

여섯 달 동안 지금까지 편지 한 장 없네.

나 이제 풍토병 앓아 날로 어질어질해지니

죽어서 떠나면 누가 강변의 뼈를 거두어 주나.[37]

서포 김만중은 귀양 가 있는 조카들에 대한 안타까움을 이렇게 애절하게 토로하고 있다. 또, 서포 김만중은 모친이 세상을 떠났다는 소식조차 모르고 있다가 해를 넘겨, 1690년 정월에 지난해 12월에 하세한 부음을 듣게 되었다. 그 엄청난 충격에 서포는 당상에 앉아 있다가 깜짝 놀라 부르짖으며 당하로 몸을 던져 까무러쳐서 오랫동안 깨어나지 못하였다고 하였다.[38]

서포 김만중은 당시에 겪었던 떠나간 모친을 향한 울적한 심회를 다

---

37 『서포집』, 卷二, 北風蕭蕭吹竹林　今朝憶我兩阿咸　自我南邊汝心苦　何知汝亦海天南　風濤滔天不可越　六月曾無一書札　我今病瘴日昏昏　死去誰收江邊骨

음과 같이 읊었다.

용문산 위에 뿌리가 같은 나무
가지는 꺾이고 부러져서 생사는 모르네
살았다고 서리 바람이 너그러운 것도 아니고
죽었어도 오히려 도끼날에 날마다 찍히네
우리 형제 평화롭던 그 옛날
때때옷에 노래소리 어머님 기쁨 추억일 뿐
팔십 노모 돌볼 이 없었으니
이승과 저승에서 품으신 한 언제나 다하실지.39

서포 김만중은 팔십 노모가 돌볼 사람 없이 한을 품고 세상을 떠난 일을 슬퍼한 것을 되돌아보면서, 지난날 비단옷 입고 노래부르며 어머님을 기쁘시게 해 드렸던 일들을 생각하는 것 자체가 이제는 이승과 저승으로 떨어져 있어서 노모에게 효를 다하지 못하는데 따르는 자책이었다.

서포 김만중은 모친이 세상을 떠나기 전에, 모친의 연세가 높고 병환이 많은데 받들어 모실 사람이 없었으므로 자신의 부인으로 하여금 모친을 모시게 하는 한편, 아들에게 "집을 떠나 적소에 자주 오지 말라."고 경계하기도 하였다. 그러면서, 서포는 56세 때인 1692년에는

---

38 『西浦年譜』, 앞의 책, p.248. "十二月夫人下世 而今始傳至 府君方坐堂上 聞訃驚號 自投堂下 昏絶不省者久之 設位所寓 朝夕臨饋"

39 『西浦文集』, 卷二, 南海謫舍有古木竹林有感于心作詩, "龍門山上同根樹 枝柯摧頹半 死生 生者風霜不相貸 死猶斧斤日丁丁 憶我弟兄無故日 綵服墳羨慈顔悅 母年八十無 人將 幽明飮恨何時曷"

집안 식구들을 적소에 가까운 곳으로 이사시키기로 해 놓고 결행치 못한 채, 부습과 해소와 혈담 등 증세가 심해져 병석에서 일어나지 못할 것[40]을 스스로 짐작하고 "몸의 여러 증세들은 진실로 끝내 지탱해 낼 도리가 없고 같은 시기에 쫓겨난 신하들은 모두 세상을 떠나 거의 없으니 인생은 진실로 한바탕 꿈인가 한다.[41]"고 하였다.

윤씨부인이 세상을 떠나자 서포 김만중은 슬피 울부짖으며 살 의욕도 상실한 듯하고 거처하시는 곳에 모친의 위패를 모셔놓고 소상 때까지 조석으로 메를 올리고 곡을 하며 슬픔을 달랬다.

2) 윤씨부인을 모델로 한 구제자인 관음보살과 아황·여영의 이미지

서포 김만중은 자신이 남해로 방축된 것에 대해 그토록 상심해 하던 조카들마저 제주도와 거제도에 유배되었고,[42] 반년이 지나도록 고향에서는 편지 한 장 오지 않는데, 병마까지 엄습하여 날로 쇠약해져 갔다. 방면되리라는 희망도 하기 어려운 처지 속에서도 서포는 끝내 이런 상황을 이겨내고, 자신이 평생 간직해 온 모친에 대한 효심을 다시 발휘하며 돌아가신 모친이 관음보살이 되어서 자신을 구제해 줄 수 있다는 소망을 펼치게 되었다. 그래서 『사씨남정기』에서는 『구운몽』과

---

40 귀양살이하고 있는 여러 친구들이 세상을 떠났다는 소식을 듣고, 운명하던 해 3월 六化公에게 답장하는 편지에서 자신의 운명할 것을 예측한 글을 남기고 있다.

41 김병국 외(역), 『西浦年譜』, 앞의 책, 254쪽. "三月 答六化公書曰 身上諸訂 固無一向 支撐之理 同時逐客 凋落殆盡 人生眞是一夢"

42 숙종 15년인 1689년 6월 1일에 김진구는 제주도에 유배되었고 김진규는 거제도에 각각 유배되었다.

는 달리, 적극적인 구제의 손길을 뻗어주는 모친의 이미지를 관음보살로 투사시켜 형상하였다.

서포 김만중은 모친 윤씨부인이 제행무상의 법칙을 따라 타계로 옮겼지만, "육신은 가도 법신은 상주한다."는 법문과 같이 열녀 이비와 관음보살로 화신하였다고 추존하였다. 그래서 『구운몽』에서 위부인으로, 양소유의 모친 유씨부인으로 형상하였듯이, 『사씨남정기』에서는 세상을 떠난 모친을 열녀 이비와 관음보살로 형상화하였다.

『사씨남정기』에서 작가 서포가 돌아가신 모친 윤씨부인의 이미지를 관음보살로 형상할 수 있었던 배경에는 서포는 2차 유배지인 선천에서 창작한 『구운몽』에서 이미 관음보살도와 관음보살을 주요 소재로 활용하였다는 선례가 있다. 즉, 이소화가 관음보살도에 찬시를 부탁한다고 속여서 정경패를 규중에서 불러내고, 정경패는 관음보살 앞에서 서원을 하고, 양소유는 남해에 가서 관음을 찾겠다는 의지를 보이기도 하였다. 그래서 서포의 3차 유배지인 남해군 작은 섬인 노도의 동편에 있는 금산의 보리암은 대표적인 관음도량이었기에 『사씨남정기』에서는 관음보살도를 중심 소재로 활용하게 되었다.

그는 『사씨남정기』에서 유현의 집에서 아들 유연수의 배필을 찾으면서, 규수감으로 사씨를 지목한 후, 사씨의 품행을 점검하는 방법으로 매파를 통하여 사씨가 관음보살도에 찬시를 짓게 하는 장면에서 관음화상이 처음으로 등장한다.

사씨와 유한림이 서로 혼인관계를 맺게 되는 인연으로 관음화상의 찬을 쓰는 것으로 설정하고 있는데, 그 구체적인 상황은 사씨의 필치로써 그녀의 인품을 파악하는 것으로 나타난다.

"남녀의 덕행은 필법에 나타나는지라. 이제 사씨의 필체를 보려면 한 묘한 계책이 있으니 우리 집에 간수한 남해관음화상은 당나라 사람 오도자가 그린 바라 내 본대 우화암에 보내어 시주코저 하였더니 이제 우화암 여승 묘혜를 불러 화상을 가지고 사씨댁에 가서 그 처자에게 관음찬을 청하여 그의 친필로 볼 것이니 묘혜 반드시 나를 속이지 아니하리이다."

두부인의 이러한 제안에 유현은 그 계책이 마땅하나 관음화상에 대한 찬시문을 짓기가 심히 어려운 것이니 어린 여자가 어찌 감당하겠느냐고 회의적인 태도를 보인다. 그러나 두부인은 어려운 글을 짓지 못하면 재녀라고 할 수 없다고 하므로, 유현이 그 안을 수용한다. 그러자 두부인은 사람을 우화암에 보내어 묘혜를 불러 사씨댁에 결친하려 하므로 신부의 현숙함과 현숙하지 않음은 알 길이 없으므로 관음화상을 가지고 사씨댁에 가서 소저에게 관음화상에 대한 찬시문을 받아오면 보고자 한다는 사실을 전하였다.[43]

이에 유현이 내어주는 관음화상을 묘혜가 받아가지고 사급사댁에 가서 뵈옵기를 청하였다. 그런데 부인은 본디 부처의 경문을 좋아하였고, 묘혜 또한 그 집에 여러 번 출입한 바 있으므로 잘 맞아 주었다. 묘혜는 암자가 퇴락하여 재물을 얻어 중수하느라고 틈이 없어 오래 문안치 못하였다고 하면서, 이제 역사를 마쳤으므로 와서 뵈옵고 시주를 청한다고 하였다. 부인은 불사에 쓰러 하는데 시주함을 아낄 수 없겠지만 빈한한 집에 재물이 없어 크게 시주치 못하니 구하는 것이 무엇인지를 물어보았다. 그러자 묘혜는 자신이 구하는 바는 부인은 불비시

---

43 설성경, 『서포소설의 선과 관음』, 장경각, 1999, 230쪽

혜요 소승에게는 천문보다 중한 것이라고 하면서, 암자를 중수한 후 어느 댁에서 당나라 사람의 명화인 관음화상을 시주하였는데, 오직 찬시문이 없는 것이 큰 흠이므로 소저의 금옥같은 친필로 찬문을 지어서 써 주시면 산문의 보배가 되어 그 공덕이 칠보를 보시하는 것보다 십배나 소중하고 소저의 수명이 장원할 것이라고 하였다. 그러자 부인은 자신의 여아가 비록 고금의 시문을 통하여도, 그런 글은 잘 짓지 못할 것 같지만 시험해 보겠다며 소저를 불렀다.

묘혜는 모친의 부름에 응해 나온 사소저의 모습이 짐짓 관음보살이 강림한 것과 같으므로 심중에 놀랐다.

부인이 사소저에게 이 대사가 멀리 와서 네 필치로 관음보살상에 대한 찬시문을 구하니 지을 수 있겠느냐고 물으니, 사소저는 노둔한 재주로 어찌 감당하겠으며, 더구나 여자가 시나 부와 같은 글을 짓는 것은 옛사람의 경계하는 바이기에 아무리 대사의 요청이지만 받아들이기가 어렵다고 하였다. 그러자 묘혜는 자신이 구하는 바는 원래 시문이 아니라 관음화상을 얻어 두고 높은 글을 얻어 그 공덕을 찬양코자 하는 것이므로 관음은 여자의 몸인 고로 꼭 여자의 문필을 받아야 마땅히 청정할 것이므로 여자 중에 사소저 아니면 능히 이 글을 지을 이 없으니 물리치지 말아달라고 하였다. 그러자 부인이 재주에 맞지 못하면 말려니와 그 글은 무익한 문자와 다르니 지어보라고 권하였다.

그 때 묘혜는 족자 하나를 내놓았다. 부인과 사소저가 받아서 펼쳐 보니 바다물결이 도도한 외로운 섬 중에서 관음보살이 흰옷을 입고 머리도 빗지 아니하고 영락없이 한 동자와 더불어 대숲을 헤치고 앉아있는 그림이었는데, 그린 기법이 기묘하여서 짐짓 살아있는 듯하였다.

사소저가 자신이 배운 바는 오직 유가의 글이며 불서에 대해서는 모르기 때문에 비록 짓고자 하지만, 대사의 존안에 들지 못할까 두렵다고 하자[44] 묘혜는 다음과 같이 말하였다.

> 소승은 들으매 푸른 연잎과 흰 연꽃이 빛은 비록 다르나 뿌리는 한 가지요, 공부자와 석가여래 도는 비록 다르나 성인인즉 한 가지라 하니 소저 비록 불서를 모르나 유가의 글로써 보살을 찬송하면 더욱 좋을까 하나이다.

이런 대답을 하고 나서 사소저는 손을 씻고 족자를 걸고 분향하고 배례한 후에 공경히 앞에 나아가 채필을 빼어 다음과 같은 관음찬 수백 자를 가늘게 족자에 썼다.

> 관음은 옛적 성인이라 그 덕행이 주나라 태암 태사와 같도다. 관저와 갈담이 부인의 할 일인즉 외로이 공산에 있음은 본의가 아니라 고요와 직설은 세상을 돕고 백이와 숙제는 주려 죽었으니 도는 같지마는 처지가 다름이라. 내 화상을 보건대 흰옷을 입고 아이를 안았도다. 그림을 인연하여 그 위인을 대강 알리로다.
>
> 옛날 절부는 머리털을 끊고 몸을 버려 세상과 인연을 끊되 오직 의리를 취하였거늘 시속 사람들은 부처님 글을 잘 알지 못하고 한갓 거짓말하기를 좋아하니 윤기에 해로움이 있도다. 슬프다 관음보살은 어찌하여 여기 계신고. 외로운 섬 대숲에 바다물결이 만리로다. 극진한 공부 윤회에 벗어나고 어진 덕이 세상에 비취니 억만창생이 뉘 아니 공경하리오. 만고에

---

44 설성경, 『서포소설의 선과 관음』, 장경각, 1999, 231쪽

그 이름이 불생불멸하니 거룩한 그 덕을 붓으로 찬양키 어렵도다.

모년 월 일에 사씨 정옥 재배서

묘혜는 문장에 대한 식견이 높았으므로 문장과 필법을 크게 칭찬하며 무수히 사례하고 돌아왔다. 그때 유공이 두부인으로 더불어 묘혜를 기다리더니 묘혜 돌아와 웃고 족자를 드리므로 유현이 사소저의 재주와 용모가 과연 어떠한지를 물으니 묘혜는 족자 가운데 사람과 같다고 하였다.

유현과 두부인은 사소저가 지은 이런 내용의 찬시를 보고는 크게 칭찬하면서 필법과 문장이 이렇듯 기묘하니 재덕이 겸비함과 온화유순한 덕성이 글씨에 나타나므로 매파가 칭찬하던 말이 허언이 아님을 확인하고 통혼하야 사씨가의 허론함을 얻을 방안을 강구하였다.[45]

이처럼 사씨남정기의 발단에 위치한 유씨와 사씨의 결연장면은 관음화상의 찬시를 인연으로 시작된다. 또 이러한 이야기 전개 속에서 서술자는 사씨는 그 외모에 있어서도 관음보살과 흡사한 자비의 능력과 심성을 갖춘 여인으로 묘사하고 있다.

이 때 사씨가 찬시를 부탁받고 보게 되는 관음보살도는 구체적인 묘사가 없지만, 그 보살도를 보고 지은 찬시의 내용에서 "내 화상을 보건대 흰옷을 입고 아이를 안았도다."라고 하였다. 이를 통해서 보면, 이 관음보살도는 일반적인 관음보살도와 다른, 변형된 관음보살도에 해당된다. 즉, 일반적인 관음보살도는 중앙에 관음화상이 위치하고, 그 아래 쪽에 남순동자가 자리하고 있다. 그러나 여기서 묘사된 관음화상

---

45 설성경, 『서포소설의 선과 관음』, 정경각, 1999, 233쪽

은 관세음보살이 아이를 안고 있는 것으로 되어 있다. 이러한 차이는 이 관음화상에 대하여 사씨가 유가 집안의 처녀이기 때문에, 관세음보살을 유가의 성인에 비유하여 찬시를 짓게 되는 것을 고려하여 작가가 의도적으로 변형시킨 것으로, 유가적 분위기를 반영시킨 관세음보살도라고 할 수 있다.

또, 작가 서포 김만중이 자신의 모친 윤씨부인의 이미지를 관세음보살에 투사시키면서, 윤씨부인이 작가 서포를 1637년 정축호란에 피난할 때 뱃속에서 유복자로 낳아 어려운 여건 속에서 성장시킨 사건을 관음화상에 접목시켜 풍랑 심한 바닷가에서 머리를 풀어헤치고 아이를 안고 있는 열녀의 모습으로 변형 묘사한 것으로 판단된다. 이는 작가의 의도로서 사씨 소저의 내심을 점검하는 매개로서만이 아니라, 장차 사씨가 결혼 후에 열녀가 될 근거의 복선이기도 하다.

두 번째는 사씨가 교씨의 유혹에 빠진 유연수에게 축출을 당하여, 남행을 한 후에, 동정호 군산에 있는 수월암에 걸린 관음화상이다. 즉, 교씨의 유혹에 빠진 유연수는 일가 친척 앞에서 사씨의 죄상을 논죄하고, 사씨를 이끌어 조종의 영위에 나아가 하직하게 하였다. 사씨는 쫓겨난 후, 성동에 있는 시부모 산소를 찾아갔다. 시부모의 선영에 이르러 사씨는 몇 칸의 초옥을 짓고 거처하면서 부모와 구고를 생각하였다. 그리하여 처량한 신세를 슬퍼하여 눈물과 한숨으로 세월을 보내며 지냈다. 사씨를 축출시킨 후, 교씨는 동청과 의논하니 동청은 사씨가 유씨 묘하에 머물고 본가로 가지 않음은 지난날 옥지환을 잃은 일을 발명하면서 유씨집안의 자부로 자처하여 후일을 바람이며, 유씨 집안에 인정을 끼쳐 후일에 도움이 되게 하면서 한림이 춘추로 묘하에 다니다가 무궁한 고초를 당하는 사씨를 보고 마음에 감동을 주고자 함이라 하였다.

이런 꾀임에 교씨는 사씨를 죽여야겠다고 판단하였다. 그러나 교씨에게 동청은 갑자기 사씨가 죽으면 유한림이 의심할 것이므로 냉진의 첩을 삼게 하면 유한림이 절개가 꺾인 사씨에 대해 마음을 끊을 것이라고 일러주었다. 교씨 일행은 모의 끝에 사씨를 유인하기로 하였다. 그들은 거짓으로 두추관 댁에서 모시고 오라는 두부인의 편지를 보여주며 사씨를 속였다. 그런 상황을 모른 채 사씨가 기뻐하고 있을 때, 사씨의 꿈에 유소사와 최부인이 나타나 유소사는 사씨에게 참언을 듣고 어진 부인을 어렵게 하니 마음이 편치 못하며, 두부인의 편지는 가짜임을 알려주었다. 또, 최부인은 교녀의 제사를 받아 흠향함이 슬퍼기도 하지만 한편으로는 현부와 이곳에서 의탁하여 즐겁게 지냈으나 이제 다시 멀리 보내게 되어 슬프다고 하였다. 사씨는 울면서 어찌 떠나겠느냐고 하자, 소사는 편지가 거짓이며, 7년 재액이 아직 남았으니 남방으로 피난해야 하므로 급히 이곳을 떠나 남방으로 수로 5천리를 향하여 가라고 하였다. 사씨는 울면서 여자의 몸으로 어찌 칠년을 유리하겠느냐고 하자, 소사는 하늘이 정한 운수라 피할 수 없으며 6년 이후 4월 15일에 배를 백빈주에 매였다가 급한 사람을 구할 것을 명심하라고 하였다.

이런 꿈을 꾸고서 사씨는 꿈속에 알려준 존구의 말씀이 일깨워주는 말임을 깨닫고 두부인이 보냈다는 편지를 살펴보았다. 두주관의 부친 이름이 '강(羌)'자이므로 평소에 '강(羌)'자를 쓰지 않았는데, 그 편지에는 '강'자를 썼으므로 가짜인 줄 알게 되었다. 날이 밝자 사씨는 유모에게 존구께서 남방으로 수로 5천리를 가라 하였으니, 장사땅은 남방이며 두부인이 가실 때에 수로로 5천리나 된다 하였으니, 두부인을 찾아

가 의탁하겠다고 하였다.[46]

이러한 상황 속에서 사씨의 멀고도 기구한 남행은 시작되었다.

사씨가 배에 올라 남방으로 향할 때, 만경창파는 하늘에 닿은 듯하고 새벽달 찬 바람 속에 오가는 장삿배의 닻 감는 소리는 수심을 자아내었다. 사씨는 규중의 여자로 누명을 입고 일신을 만경창파 속의 일엽편주에 의지하여 장사로 향하는 자기 신세를 생각하니 가슴이 무너지는 듯하여 하늘이 자기를 내고 명도의 가구함이 이토록 점지한 것을 슬퍼하고 통곡하였다. 그러자 차환 또한 슬픔을 참지 못하여 서로 붙들고 울었다. 유모는 울음을 그치고 위로하기를, 하늘은 높으시어 살피심이 자상하시니 어찌 매양 이러하지는 않을 것이니 귀체를 보중하오며 슬픔을 진정하라고 하였다. 사씨부인은 눈물을 거두면서, 자신의 팔자가 기박하여 함께 고초를 겪고 있으니 너희들은 주인을 잘못 만남이며, 자신이 여자의 몸으로 일신을 일엽편주에 의지하여 해상에 떴으나 두부인이 자신을 기다리는 것도 아니며, 구가에서 쫓겨난 몸이 구차히 장사로 가는 슬픈 신세가 되었으니 몸을 창파에 던져 굴원의 충혼을 좇겠다고 하였다. 그때 유모와 차환 누 사람이 위로하여 겨우 남방 장사로 향하는데 풍랑은 크게 일어났다. 그래서 그들은 강가에 올라가 한 초가집을 찾아가니 십사오 세 되는 임씨여인이 있었다. 후히 대접을 받고 며칠 후에 장사로 향하여 떠났다.

그 후에 다시 출행하여 장사에 도착하기 얼마 전에 홀연 풍랑이 크게 일고 배가 바람에 쫓겨 동정호로 향하더니 악양루 앞에 이르렀다. 그곳은 옛적 열국 때 초나라 땅이었다. 순임금이 나라 안을 순행하다

---

46 설성경, 『서포소설의 선과 관음』, 정경각, 1999, 235쪽

가 창오들판에 와서 죽게 되자 두 왕비인 아황과 여영이 따라 죽지 못하여 소상강 가에서 피눈물을 흘리면서 울었다. 그때 대숲의 대에 핏방물이 튀어 아롱진 점이 박혀 소상반죽이 되었다는 것이다. 그 뒤에 초나라의 충신 굴원은 충성을 다하여 회왕을 섬기다가 간신의 참소를 만나 귀양을 그곳으로 와서 몇 간의 초옥을 짓고 있다가 멱라수에 몸을 던졌으며, 또 한나라의 가의는 낙양의 재사로서 대신에게 모함당해 장사에 내쫓기어 그곳에 이르자 제문을 지어 강물에 던지며 굴원의 충혼을 조상하였다.

이러한 까닭으로 그곳은 지나가는 사람들에게 가장 강개한 회포를 자아내게 하는 곳이 되었다. 그러므로 구의산에 구름이 끼고 소상강에 밤이 들고 동정호에 달이 밝고 황릉묘에 두견이 슬피 울 때면 비록 슬프지 아니한 사람이라도 자연 눈물을 뿌리지 않을 수 없는데, 하물며 신세가 처량한 사람이야 그 마음이 어떠할까. 더욱이 사씨부인은 요조숙녀의 빙옥같은 몸으로 요괴로운 여인의 참소를 입어서 가장의 내침을 받아 외롭고 약한 몸이 그곳까지 이르렀으니 옛 사람을 느끼고 자기 신세를 생각하여 뱃전에 비겨 서서 밤이 늦도록 잠을 이루지 못하였다.

그때 옆배의 상인들이 어진 두추관이 가고 새로 재물을 탐내는 유추관이 왔다는 말을 하므로, 탐문해보니 과연 두추관은 성도로 자리를 옮겼고, 두부인도 남편을 따라갔다고 하였다. 이에 사씨부인은 옛 사람은 액운을 당한 자가 하나 둘이 아니었으나 자연 구해주는 사람이 있어 몸을 보전하였으나 이제 자신의 일은 그렇지 못하여 연연약질이 위로 하늘에 오르지 못하고 아래로 땅에 들어가지 못하니 죽어서 옛 사람으로 더불어 꽃다운 이름을 나타내는 것이 행복한 일이라고 하며 강물로 뛰어들려고 하였다. 유모와 차환이 울면서 천신만고하여 부인을 모시고 여기에까지 이르렀는데 사생을 한 가지로 하겠다고 하였다. 사씨부인은 자신은 죄인이므로 죽지만 두 사람은 따라죽을 이유가 없다면서 각각 몸을 보중하였다가 북방사람을 만나거든 내가 이곳에서 죽은 사실을 알리라고 하며 "사씨 정옥은 시집에서 쫓겨나 이에 이르러 물에 빠져 죽노라."하는 글을 나무에 깎아 썼다. 그런 동안에 동천에 달이 오르니 사면에서 귀신이 울고 황릉묘 위에 두견의 소리가 처량하고 소상강 대숲 아래에는 잔나비 슬피 울었다. 유모 등이 밤이 깊었으니 밤을 지내고 내일 사생을 판단하자고 하므로 사씨는 마지못하여 악양루에 올라갔다. 그곳에는 아로새긴 들보가 반공에 솟아 강물에 이르렀는데 오색 채운이 구의산으로 좇아 일어나 악양루를 둘렀으며 월색은 난간에 가득하였다.

사씨는 악양루에서 내려와 강가의 숲속에 이르러 눈물을 흘리며 아무리 생각하여도 강물에 몸을 던질 수밖에 없기에 강에 뛰어들려고 하였다. 유모와 차환은 망극하여 사씨를 붙들고 통곡하는 사이에 사씨부인은 갑자기 기운이 쇠진해져서 유모의 무릎을 의지하여 삼간 졸게 되었다. 그 때 한 여동이 와서 따라가자고 하므로 따라가다 한 곳에 이르니 한 전각이 강변에 있어 광활하였다. 그 전각 속으로 여동이 부인을 데리고 들어가니 이윽고 발이 걷히고 전상에서 소리가 났다.

우리는 다른 사람이 아니라 순임금의 두 왕비라 상제께서 우리의 정상을 측은히 여기시고 이곳 신령을 시키시므로 여기 있나니, 이러므로 고금 절부열녀를 따라 세월을 보내더니 그대 이제 일시 화를 만나 이곳에 이름이로다. 천정한 운수니 아모리 죽고저 하나 무가내라 마음을 너그럽게 하라. … 중략 … 부인을 청함은 다름이 아니라 부인이 천금보다 중한 몸을 헛되이 버려서 굴원의 자취를 따르고저 하니 이는 하늘의 명하심이 아니라 부인이 호천통곡함은 천도 무심함을 한함이니 이는 평일 총명이 흐리게 됨이라. 그러므로 특별히 의논을 펴서 회포를 일러 위로코저 청함이로다.

이런 말에 사씨는 사례하기를, 낭랑의 가르치심이 이와 같으므로 자신의 소회를 말하겠다면서 엄부를 여의고 편모에게 자라나 배운 바 없어 행실이 불민하더니 존구가 세상을 떠나고 세상 일이 크게 변하여 동해를 기우려도 씻지 못할 누명을 입고 규문을 나온 후 눈물을 뿌려 구고의 묘하를 지키던 중 마침내 강호에 나부끼는 몸이 되어 갈 바를 알지 못하여 앙천탄식하다가 하릴없어 만경창파에 몸을 던져 고깃배에 장사하려 하여 여자의 마음에 망령됨을 깨닫지 못하였기에 죄가 많다고 하였다. 그러자 낭랑은 다시 말하였다.

매사가 다 천정이요 인력으로 못하나니 어찌 굴원의 죽음을 본받으며 하늘을 원망하리오. 부인은 아직 장래의 복록이 무궁하나니 어찌 자처하리오. 유씨집은 본대 적선한 가문이라 오직 유한림이 너무 조달하야 천하의 일을 통달하나 사리에 주밀치 못하므로 하늘이 잠간 재앙을 나리사 크게 경계코저 함이어늘 부인은 어찌 이토록 조급히 구느뇨. 부인을 참소하는 자는 아즉 득의하야 방자 교만하나 비컨대 똥에 버러지가 제 몸이 더러운 줄 아지 못함과 같으니 어찌 족히 말하리오. 하늘이 장차 큰 벌을 내리시리라. 그러나 부인은 안심하고 바삐 돌아갈지어다.

그러자, 사씨는 낭랑이 자신의 허물을 더럽다 아니하고 밝게 가르치시니 감격하지만, 돌아가 의탁할 곳이 없으니 시녀로 있게 하면 낭랑을 모시고 영원히 있을까 한다고 하였다. 그러자 낭랑은 웃으면서 장차는 사씨도 이곳에 머물겠지만 지금은 남해도인과 인연이 있으니 빨리 돌아가서 거기에 잠깐 의탁함이 하늘의 뜻이라고 하였다. 사씨가 남해는 하늘 한 가이라 길이 멀거늘 어찌 가겠느냐고 하니, 낭랑은 연분이 있으면 자연 가게 될 것이니 염려하지 말라고 하였다. 그리고는 동벽에 앉아있는 얼굴이 아름답고 눈빛이 별같은 부인을 가르치면서 이는 위국부인 장강이라고 하고, 또 한 부인을 가르치면서 이는 한나라 반첩여라고 하였다. 여타의 다른 이들도 소개를 해주면서 여기까지 왔으니 서로 알게 함이며, 매사에 힘써 하면 오십 년 후 이곳에 자연 모일 것이라고 하였다.[47]

그러자 곧 사씨는 절을 하고 나서 뜰 아래로 내려올 때 전상에서 열두 주렴 지우는 소리에 놀라 잠에서 깨어나게 되었다. 깨어난 사씨는 유모와 차환에게 자신이 꿈속에 대숲 속으로 들어갔다 하니 믿지 않으므로 따라오라고 하며 함께 수풀로 들어가니 황릉묘란 현판이 붙은 한 사당이 있었다. 그곳은 꿈에 보던 것과 같았으되 단청이 퇴색하고 심히 황량해진 것만 달랐다. 사씨가 전상을 바라보니 두 왕비의 화상이 완연히 꿈 속에 만났던 것과 다름이 없으므로 절을 하고나서 축원하기를 낭랑의 가르치심을 입었으니 좋은 때를 만난다면 성덕을 어찌 명심치 않겠느냐고 하였다.

사씨는 자기들 삼인이 두루 방황하여 의지할 곳이 없자 신령이 희

---

47 설성경, 『서포소설의 선과 관음』, 정경각, 1999, 239쪽

롱함이라고 하며 주저하는데 밤은 점점 깊어가고 달빛은 몽롱하였다. 사씨는 사람이 세상에 나매 부귀빈천이 팔자에 있으나 여자로서 씻지 못할 누명과 허다한 고초를 겪고 마침내 이곳에 이르렀으나 의지할 바 없게 되니 죽는 것이 상책이라고 생각하였다. 그런데 뜻밖에 사당 문 앞으로 두 사람이 들어와 말하기를, "부인이 어려움을 만났으나 어찌 물에 빠져 자처코저 하느냐" 하기에 놀라서 눈을 들어보니 늙은 여승과 여동이었다. 그 까닭을 물어보니, 여승은 황망히 예를 갖추면서 말하였다.

소승은 동정 군산사에 있더니 아까 비몽사몽간에 관음이 현몽하사 어진 여자 환난을 만나 갈 바를 모르고 장차 물에 빠지려 하니 빨리 황릉묘로 가서 구원하라 하시매 급히 배를 저어왔더니 과연 부인을 만나니 부처님 영험하심이 신기하도소이다.

이와 같은 여승의 말에 사씨는 죽게 된 자기들을 구해주는 자를 만나니 실로 감격하지만, 스님의 암자가 멀고, 또 그 암자에 폐를 끼치게 될까 염려라고 하였다. 그러자 여승은 "출가한 사람은 본디 자비를 일삼는데, 하물며 부처님의 지도하심이니 어찌 그런 말을 하느냐"고 하였다. 그리고는 그들을 붙들어 언덕에 나려 자리를 정하게 하였다. 여승이 여동과 함께 배를 저어 타고 가는데 한 바탕 순풍을 만나 순식간에 군산에 도착하였다.

동정호 속에 위치한 군산은 외로이 있어서 사면이 다 물이요 여러 봉에는 대수풀이 있고 인적은 희소하였다. 여승이 배에서 내려서 사씨를 붙들어 길을 따라 나아갔다. 열 걸음에 한 번씩 쉬어 암자에 들어가니 암자 이름은 수월암이라 하였다. 그 곳은 가장 깊숙하고 정결하여 인간 세상 같지 아니하였다. 종일 고생을 하였으므로 잠이 들어 밤이 밝아옴을 깨닫지 못하였다. 여승이 불당을 소쇄하고 향을 피우고 경쇠를 치며 부인을 깨워 예불을 하라고 하므로 사씨는 차환 등과 더불어 법당에 올라가 분향하고 배례하였다. 그때 눈을 들어 살펴보다가 문득 놀라며 눈물을 머금었다. 그 까닭은 그곳에 있는 부처는 다른 이가 아니라 십육 년 전에 자기가 찬을 지어서 썼던 백의관음화상이었기 때문이었다.

여승 묘혜는 사씨의 태도를 보고 이상히 여겨 왜 부처의 화상을 보고 슬퍼하느냐고 하였다. 사씨는 관음화상 위에 글을 쓴 것이 자기가 아회 때에 지어 쓴 찬이므로, 그 찬시를 여기에 와서 보게되어 자연 슬픈 감회를 금하치 못한다고 하였다. 이 말에 여승은 크게 놀라서, 그렇다면 부인이 신성현 사급사댁 소저가 아니냐고 하며, 부인의 용모와 성음이 이목에 있는 것을 이상히 여겼다고 하며, 자신이 그때 부인에게 글을 받아온 우화암 묘혜라고 하였다. 여승은 유소사의 명을 받아 부인에게 관음찬을 받아가므로 소사가 보시고 크게 기뻐하여 혼인을 정하시고 자신을 중상하기에 그때 머물러 혼사를 보려다가 스승이 찾기를 서두르므로 산으로 돌아와 스승을 따라 십 년을 수도하였다고 하였다. 스승이 돌아간 얼마 후에 이곳에 와서 유벽한 곳에 암자를 짓고 고요히 공부하며 불상을 뵈올 때마다 부인의 옥설 같은 용모를 생각하였는데 부인이 어찌하여 이 지경에 이르렀느냐고 하였다.

사씨가 눈물을 흘리면서 그간 겪었던 전후의 곡절을 일일이 이야기하니, 묘혜는 탄식하면서 세상 일은 본디 이같은 것이니 너무 슬퍼하지 말라고 하였다. 부인이 불상을 다시 보니 외로운 섬 가운데 앉아 기운이 생생하여 완연히 살았는 듯하고 찬시의 의미가 자기의 유락함을 그린 듯하였다. 사씨는 세상일을 다 하늘이 정한 것이니 어찌하느냐고 탄식하면서, 이날부터 관음보살에게 분향하여 인자를 다시 만나기를 축원하였다.

여승 묘혜가 조용한 때를 타서 부인에게 이제 여기에 와 계시니 복색을 어찌하겠느냐고 물으니, 사씨는 자신이 부득이하여 이곳에 있으나 변복은 어찌하겠느냐고 하였다. 그러자 묘혜는 자신의 생각으로는 유한림이 현명한 군자이므로 한때 참언을 받아드렸으나 후일에는 일월같이 깨달아 부인을 맞아갈 것이라고 하였다. 그러면서 자신이 일찍 스승에게 수도할 때 사주도 약간 배웠는데 부인의 사주를 보면 팔자는 대길하지만 초년에는 잠깐 재앙이 있고 나중에는 부부안락하고 자손이 영화하여 복록이 무궁할 것이라 하였다.

한편 유한림은 금의옥식으로 생활하다가 뜻밖에 귀양살이를 하게 되자, 그 고초가 측량없고 또 수토가 사나워서 지난 일을 생각하고 사씨가 일찍 동청을 꺼리더니 그 말이 옳았으니 지하에 돌아가면 무슨 면목으로 선조를 뵈올 것인가를 뉘우치며 심화가 병이 되어 죽을 지경에 이르렀다. 그러나 그곳은 본디 약이 없는 곳이므로 병세는 날로 깊어가고 있었다.

그러던 중에 하루는 비몽사몽 간에 한 늙은 할미가 병을 가지고 들어와서 병이 위중하니 이 물을 먹으면 좋을 것이라고 하기에, 누구냐고 물어보니 자신은 동정호 군산에 산다고 하였다. 그리고는 병을 뜰 가운데 놓고 가므로 다시 묻고자 하는데 문득 깨달으니 꿈이었다. 이튿날 아침에 노복이 뜰을 쓸다가 이상한 낯빛으로 들어와서 뜰에서 물이 솟아난다고 하므로 한림이 이상히 여겨 창을 열고 보니 꿈에 노고의 병을 놓던 곳과 같았다. 물을 떠 오라고 하여 먹어보니 맛이 달고 시원하여 감로를 먹은 듯하고, 나쁜 수토에 상한 병이 구름이 걷히듯 없어지고 원기가 되살아났다. 또 그 물은 마르지 아니하므로 수십 집이 나누어 먹으니 그 곳 사람들 그 우물을 학사정이라 하였다.[48]

한편 궁성에서는 천자가 태자를 책봉하고, 온천하의 죄인을 사하여 주었다. 유한림도 사면을 만났으나 서울로 바로 가지 아니하고 친척이 무창에 있으므로 그 곳으로 향하였다. 여러 날 행하여 장사지경에 이르자 때는 유월이 되었으므로 날이 대단히 덥고 몸은 피곤하므로 길가의 그늘에 앉아, 내가 신령의 도움을 입어 삼년 수토에 상한 병이 없어지고, 또 은혜로 사면되어 돌아오게 되었으니 서울에 가서 처자를 데리고 고향에 돌아가 농부가 되려고 생각하고 있었다. 그때 북쪽에서 사람의 소리 요란하며 붉은 곤장을 든 사령과 각색 깃대를 든 하급 관리가 쌍쌍이 오며 길을 치우라고 하였다. 한림이 몸을 수풀에 감추고 보니 한 관원이 금안백마에 위의를 거룩하게 하고 지나가므로 자세히 보니 분명 동청이었다. 한림은 놀라서 생각하기를, 저 놈이 저렇게 높은 벼슬을 한 것은 엄숭에게 붙어서 그리되었나고 판단하였다.

그 때에 유한림이 길을 찾아가며 자기가 음란한 부인의 간교한 말을 듣고 현처를 멀리하고 자식까지 잃어버리고 일신이 표박하게 되었으니 만고의 죄인이라 무슨 낯으로 지하에 돌아가 부인과 자식을 대하겠는가를 생각하며, 약주 땅으로 향하였다. 그곳에 이르러 강가에 배회하면서 사람을 만나 사부인의 종적을 물었으나 모두 모르겠다고 하였다. 유한림이 또다시 한 노인을 만나 물으니, 그 노인은 어제 한

---

48 설성경, 『서포소설의 선과 관음』, 정경각, 1999, 242쪽

부인이 두 여자를 데리고 악양루에 올라 밤을 지내고 장사로 갔는데, 그 뒷일은 알지 못한다고 하였다. 유한림은 더욱 슬퍼져서 강가로 나가서 두루 찾는데, 문득 길가에 소나무를 깎아 크게 써 놓은 글에 '모년 모일에 사씨 정옥은 이곳에서 눈물을 뿌리고 물에 빠져 죽노라'는 글이 있었다. 이를 본 유한림은 통곡 기절을 하니, 종자들이 황망히 안정시켜 깨웠다.

깨어난 유한림은 슬픔을 이기지 못하여 탄식하기를, 부인이 현숙한 덕행으로 이렇게 참혹히 죽었으니 어찌 슬프지 아니하리오. 마땅히 제사를 지내리라 하고 길가 술집에 들어가 방을 빌려 제문을 쓰려 하니 마음이 아득하여 눈물이 앞을 가리웠다. 그때 홀연 밖에서 함성이 진동하므로 살펴보니 도적들이 창검을 들고 들어오며 유연수를 잡아라고 하였다. 유한림이 놀라 달아나는데 큰 강이 앞을 막고 있으므로 처자를 무죄히 박대하였으니 어찌 천벌이 없겠느냐고 하면서 남의 손에 죽을 바에야 차라리 물에 빠져 죽겠다고 하였다. 그때 문득 배를 젓는 소리가 은은히 들리므로 유한림이 찾아나가니 어떤 사람이 유한림의 위급함을 구하고자 하였다.

위기에 처해 있다가 뜻밖에 구출된 유한림은 묘혜의 노래를 듣고 무슨 말인 줄 모르다가, 배 안으로 들어가니 한 부인이 소복단장으로 앉아서 슬피 울기에 자세히 보니 사씨부인이었다. 슬프고 반가움을 이기지 못하여 서로 붙들고 한 바탕 통곡을 하다가 유한림이 말하기를, 배에서 상봉함은 천만 뜻밖이라며 자신이 낯을 들어 부인을 보니 부끄러움을 이기지 못하며, 무슨 말을 하겠느냐며 부인은 정신을 진정하여 자신의 불명함을 들으라고 하였다. 그리고는 부인이 집을 떠난 후 일어난 전후의 일들을 다 이르며 교녀가 정십랑과 함께 방자하던 말과,

설매가 옥지환을 도적하여 동청을 주매 동청이 냉진을 보내어 속였던 말을 하였다. 사씨부인은 눈물을 흘리면서 이 말씀을 아니해주셨으면 자신이 구천에 돌아간들 어찌 눈을 감을 수 있었겠느냐고 하였다.

사씨가 말하기를, 자신이 선산의 묘하에 있을 때에 도적이 위조편지를 하여 위급한 화를 당하게 되었는데, 그때 구고가 현몽하여 모년 모월 모일에 배를 백빈주에 매여 급한 사람을 구하라 하던 말을 일일이 전하며, 다행히 저 스님을 만나 여태껏 의지하였으며 회사정의 글은 죽으려 할 때 썼으나 저 스님의 구해주어 잔명을 보존하였는데, 여기서 상공을 만날 줄이야 어찌 뜻하였겠느냐고 하였다. 유한림은 우리 부부를 묘혜스님이 구한 바 은혜가 태산과 같다고 하며 묘혜를 향하야 절하고 사례하였다. 그리고 유한림은 다시 스님이 본디 우화암에 있던 묘혜선사가 아니냐고 물으면서, 당초에 우리 부부의 결혼을 담당하고 또 우리 부부를 죽을 땅에서 구하니 하늘이 우리 부부를 위하여 스님을 내셨다고 하였다. 그러자 묘혜는 사양하면서 상공과 부인의 천명이 거룩하심 때문이지 어찌 자신의 공이겠느냐고 하면서 자신의 암자로 가자고 하였다.

유한림이 성명을 감추고 행세하니 아는 자가 없었다. 유한림이 가속으로 더불어 농업에 힘써 양식을 군산 수월암에 보내어 부인께 드리고 안부를 알아오라고 하니, 가동이 돌아와서 부인은 무양하시고 악주관문에 방이 붙어 상공을 찾기에 그 연고를 물으니 천자가 유공을 이부시랑으로 임명하고는 종적을 몰라서 각처에 방을 붙여 찾고 있다고 하였다.

또, 사씨부인은 유시랑에게 노창두가 죽었다는 말과 황릉묘를 수축하기를 원한다는 사실을 전하였다. 그러자 유시랑은 즉시 가동을 명하여 황릉묘를 증수하고 늙은 창두의 시체를 찾아서 관곽을 갖추어 다시 장사하게 하고, 묘혜와 임씨에게는 금백을 후히 보내었다. 묘혜는 즉시 수월암을 중수하고 군산 동구에 탑을 세워 이름을 부인탑이라 하였다.[49]

이러한 사건으로 구성된 서사적 전개를 보면, 사씨의 남정한 이야기는 사건 전개의 중추적 기능을 하고 있다. 주인공 사씨는 유한림의 부인이지만 첩 교씨의 모함에 의해 집을 쫓겨난다. 그러나 사씨는 친정으로 돌아가지 않고 시댁의 선영이 있는 성도의 묘하로 향하는 남정길을 시작한다.[50] 그 남정의 길은 성도에서부터 수로를 통하여 주로 진행된다. 이 남행의 길은 꿈에 조상신들의 현몽을 통한 계시 중에 악인의 모함을 피해 남쪽으로 가라는 지시를 따라 시가의 친척 두부인이 있는 장사를 향해 택하게 된 길이었다.

사씨는 풍랑에 밀려 동정호 가에 이르게 되었다. 즉, 장사에 있는 두부인을 찾아 가던 중 풍랑으로 인해 뜻밖에 동정호 가에 이르게 된 것이다. 의지할 곳이 없어 자결하려 하지만 동행하던 유모의 만류로 뜻을 이루지 못하였다. 깊은 밤 사면에서는 귀곡성이 요란하고 황릉묘 위에는 두견성이 처량하게 울고 있었다. 소상강 죽림에 귀신우는 소리가 끊어지지 않는 분위기 속에서 그날 밤을 악양루에 올라 보내게 되었다. 하룻밤을 보낸 사씨가 기운이 진하여 유모의 무릎을 의지하고 잠깐 조는데 비몽사몽 간에 이비의 사당인 황릉묘에 올라 아황과 여영을 비롯한 위국부인 등을 만나서, 앞으로 십 년의 액운이 있다. 그러나 그 이후에 남해도인, 즉 관음보살의 도움으로 액운을 면하리라는 계시

---

49 설성경,『서포소설의 선과 관음』,장경각, 1999, 245쪽
50 禹快濟, 南征記의 南征路를 通해 본 西浦의 中國認識 考察, 앞의 논문, 63쪽

를 받았지만, 사씨는 남해가 하늘 끝이라 길이 멀어 갈 길을 염려하는 데 인연이 있으면 가능하다고 하였다. 꿈을 깬 사씨는 이비의 사당인 황릉묘를 찾아보았지만 멀리 있는 남해는 찾아갈 엄두를 내지 못한 채 다시 자결하려고 물에 뛰어들려 하였을 때, 관음보살의 뜻에 따라 동정호 군산사의 승려 묘혜가 사씨를 구해주었다.

결국 사씨가 남정한 곳은 남해가 아닌 동정호 안의 군산으로, 그곳은 순임금의 두 부인인 아황과 여영이 순절한 곳으로, 열녀의 대표적 행적이 깃든 곳[51]이다. 즉 이비묘를 비롯한 상비사 등을 세워 아황과 여영의 절의를 기리는 유가의 성지였다. 이는 결국 사씨가 남행한 곳은 남해에 있는 동정호 속의 군산으로서 그녀의 남정 행로의 최종 목적지는 열녀의 표상이 있는 유가적 성지였다. 그러므로 이는 유가의 이비성지와 불가의 관음보살의 진신이 머문 남해 성지의 이미지를 하나의 공간으로 교직시켜서 유가의 열녀담과 불가의 관음 구제담을 융합시킨 것이다.

이처럼, 작가 서포는 동정호 군산에 있는 수월암의 관음보살도를 구제자의 능력을 구사하는 신격으로 등장시켜, 고행 속의 사씨와 유한림을 구제하고, 유한림의 각성과 두 사람의 귀환을 가능하게 해주었다. 이것은 결국 작가 김만중이 돌아가신 모친 윤씨부인은 자신과의 관계가 끊어진 것이 아니라, 모친이 관음보살로 화신하여, 남해 유배지에 있는 자신을 구제해주는 신으로 좌정하고 있기를 염원한 결과이며 모친에 대한 무궁한 존경심의 발로이다.

---

51 禹快濟, 二妃傳說의 小說的 受容 考察, 古小說研究, 第1輯, 韓國古小說學會, 1995, 76쪽

제6장

윤씨부인의 정신세계로 본 『구운몽』 저작시기에 대한 편견

남해군의 일부 향토학자들은 『구운몽』의 저작이 남해에서 이루어진 것으로 주장하고 있다.

서포의 모친이요, 『구운몽』의 대표 독자인 윤씨부인이 살아 있다면 『구운몽』을 아끼고 지역을 위한다는 집착 때문에, 학계의 정설 내지 통설을 거부하는 적절치 못한 행동을 하는 이들을 경계하라고 당부할 것이다.

윤씨부인의 삶과 그 정신

　서포 김만중은 유배지 남해에서『선비정경부인 해평윤씨행장』을 집필한 다음에 다시 돌아가신 모친의 영혼을 위로하고, 모친이 염원하던 숙종이 장희빈에 대한 총애를 벗어날 수 있는 지혜와 깨달음을 위한『사씨남정기』를 창작하였다. 여기서는『구운몽』의 대각 장면에서 성진과 육관대사의 관계와 같이, 사씨와 관세음보살의 관계를 설정하였다. 이러한 설정을 통하여 유한림에게 쫓겨나서 고생하는 사씨를 남해의 동정호 속의 군산으로 불러들인 관세음보살이 구제해주는 사건을 통하여 유한림에 축출된 사씨, 황제에게 축출된 유한림을 거듭 관세음보살에 의하여 구제되는 이야기로 전개하고 있다.

　이러한 표면적 서사의 이면에서는 숙종에 은유되는 유한림이 순천부로 돌아간 후, 사씨를 모함하여 어진 아내 사씨를 쫓아내게 했던 첩 교씨를 처단하는 내용을 담고 있다. 이런 작가 서포의 시비의식은 유가의 의리정신에 따른 표폄과 권선징악적 윤리관에 근거한 것이다.

　윤씨부인의 유가적 정신세계를 물려받은 서포 김만중은 모친이 강조하였던 시비의식과 권선징악에 근거하여『사씨남정기』에서 첩이면서도 어진 정처인 사씨를 모함하고 그 자리를 빼앗은 교씨가 저지른 언행의 실상을 깨달은 유한림이 감악한 교씨를 엄중히 처단하는 냉엄성을 보여주었다. 용서와 화합을 내세운『구운몽』과는 달리『사씨남정기』에서 구현하는 시비의식에 의한 징벌도 윤씨부인의 삶과 정신세계가 아들 서포 김만중을 통하여 표현된 주제의식인 셈이다.

　그런데, 서포 김만중이 남해에서 창작한『사씨남정기』에서 이토록 강조하였던 시비의식은 21세기 초반인 2011년에 일어나고 있는 경상남도 남해군의 문화현실에서 윤씨부인의 아름다운 마음꽃으로 활짝 피어나고 있을까? 이런 질문을 던지는 필자는『사씨남정기』에서 문제로 거론한 교씨가 모함으로 사씨를 괴롭히고, 엄숭이 간교하게 황제의 눈을 가려 유한림을 축출하는 부정적 환경들과 유사한 사건들이 여전히 일어나고 있다고 판단하기 때문이다.

필자가 경복당 윤씨부인의 삶과 정신세계의 최절정에 해당되는 제6장에서 내거는 화두는 윤씨부인의 아름다운 마음꽃을 남해군에서 활짝 피어냄으로써, 그녀의 정신세계를 전국에서, 나아가 세계에서 피어나게 하고픈 바람이다.『사씨남정기』의 창작지인 남해군에서부터『사씨남정기』의 시비의식과 권선징악의 윤리의식이 통하지 않는다면 우리는『구운몽』이나『사씨남정기』를 이 시대의 살아있는 고전이라 일컫기에는 다소 부끄러움이 따른다.

이런 전제에서, 윤씨부인이 헌정받은 작품이『구운몽』이 아니라는 주장, 즉 남해군의 향토학자가 벌리고 있는 활동의 일부를 소개하여, 윤씨부인과 서포소설의 독자들에게 한번쯤 이 문제에 대해 관심을 가져주기를 기대한다. 특히, 남해군을 이끌어가는 지역문화계의 유지들이 이 문제를 더 이상 방관하지 말고, 이 현안에 대하여 성찰하여 남해군의 문화발전과 서포소설의 고전적 가치를 선양하는 데에 이바지해주기를 제안한다.

『구운몽』의 저작 시기와 장소에 대한 연구사를 개관해보면, 1950년대부터 〈선천 창작설〉이 한 흐름을 이루고 있었다.

서포 김만중이 평안북도 선천 유배시기에『구운몽』을 창작하였다고 규정한 최초의 연구자는 연세대학교 교수 연민 이가원이었다. 그는 서포의『선비정경부인 해평윤씨행장』과 이재의『삼관기』의 기술을 근거로 하여『구운몽』의 창작 시기와 창작지를 숙종 13년과 14년 사이에 '선천'에서 창작되었다고 주장하였다.[1] 1970년대에 들어서 이가원의 뒤를 이어, 서울대학교 교수 백영 정병욱은 고전문학대계의 한 편으로 출간된『구운몽』의 해설에서 이가원의 선천설에 이규경의『오주연문장전산고』의 기록을 더 보완하여 숙종 13년 9월부터 14년 11월 사이의 선천 적소 시기[2]가『구운몽』의 저작 시기[3]로 판단하였다. 또, 1988년 서울대학교 교수 김병국은 일본 천리대학 도서관에서『서포년보』를 발굴하여, 이를 토대로 하여『구운몽』의 창작지를 '선천'으로 확정지었다. 즉, 그는『구운몽』을 김만중이 선천 유배 시기에 창작되었다는 선행의 논의는 '변증'에 불과하였지만, 자신이 새로이 발굴한 일본 천리대 소장『서포년보』에 의한 다음의 논거는 선천 유배시기의 창작 사실을 확실하게 입증해주는 기록임을 다음과 같이 강조하였다.

『서포년보』의 "정묘[숙종 13, 1687] 부군 오십일세" 조에 보면, 구월 무자일에 입시하여 주강하는 자리에서 언사로 말미암아 금부에 대명하라는 엄지를 받는다. 다음 날인 기축일에는 원찬의 명을 받고 선천 배소로 떠난다. 이 대목에는 예의 "赴謫時, 尹夫人送之曰, 嶺海之行, 前修所不免, 行矣自愛, 勿以我爲念, 聞者莫不出涕"라는 기사와 함께 송시열이 김만중에게 보낸 위로와 편달의 서신 내용을 인용 소개한 후, 우리의 최대 관

---

1 이가원, 「구운몽평고」, 『구운몽』, 덕기출판사, 1955, 15~16쪽
2 그는 선천과 남해의 두 배소생활의 시간을 보면 선천적소에서는 14개월이고, 남해적소에서는 10개월 미만의 짧은 시간임을 많이 고려하였다.
3 정병욱, 『구운몽』, 민중서관, 1972, 21쪽

심사인 다음과 같은 구절이 보인다. 즉, "부군이 배소에 도착하여 윤부인의 생신(9월 25일)을 맞이하니, 시에 기로되, "멀리 어머님께서 자식 생각에 흘리실 눈물 생각해보니, 하나는 살아 이별, 하나는 죽어 이별이구나."라 읊었다. 또 책을 지어 붙여 보냈는데, 소일거리를 삼고자 함이었다. 그 뜻은 일체의 부귀와 번화가 도무지 몽환이라는 것이다. 또한 이런 뜻을 넓혀서 자신의 슬픔을 달래고자 한 까닭이다. 귀양살이 하는 곳의 이름을 따 스스로 서포라 호하였다. 귀양살이 해에 늘 문을 닫고 단정히 앉았었다. 인근에는 조야한 무변들이 많아서 장관들도 모두 꺼렸으나, 부군께서는 청풍고절로 스스로를 지켰다. 변방의 풍속 때문에 애초에 문자를 모르던 선천·정주 같은 곳이나 근읍의 인사들이 많이 문에 이르러 학업을 청하였다. 부군의 가르침에 힘입어, 그 후 많이들 과업을 이루거나 또는 행실 바른 사람이라 칭찬을 받았다.4

이상 인용한 내용은 예의 어머니와의 이별 장면 다음 대목이니, 그 기사 전말의 순서가 『삼관기』의 그것과 부합함을 알 수 있다. 『삼관기』와 『서포년보』의 상호 신빙성을 확인할 수 있을 것이다.

위에서, 어머니 생신일의 시와 함께 "又著書寄送 俾作消遣 其旨以爲一切富貴繁華 都是夢幻 亦所以廣其意 而慰其悲也5"라 했으니, 이것은 저 "稗說有九雲夢者卽西浦所作 大旨以功名富貴 歸之於一場春

---

4 府君旣到配, 値尹夫人生朝有詩曰, 遙想北堂思子淚, 半緣死別反生離, 又著書寄送, 俾作消遣之資, 其旨, 以爲一切富貴繁華, 都是夢幻, 亦所以廣其意, 而慰其悲也, 因謫寓之地, 自號西浦, 在謫二歲, 常閉戶端坐, 龘弁之爲隣比, 守宰者皆憚, 府君風節而自戢, 邊俗始不知文字, 如宣川定州及近邑人士, 多造門請業, 賴府君牖導, 其後多成科, 亦以行誼見稱.

5 又著書寄送 俾作消遣 其旨以爲一切富貴繁華 都是夢幻 亦所以廣其意 而慰其悲也

夢 要以慰釋大夫人憂思"나 "九雲夢…世傳西浦竄荒時 爲大夫人銷愁 一夜製之"와 함께 모두 같은 기사의 다른 기술임에 분명하다. 따라서 "또 글을 지어 부쳐 보냈다."고 한 '저서'는 바로『구운몽』임에 틀림이 없는 것이다. 그렇다면,『구운몽』은 숙종 13년(1687) 선천 배소에서 어머니 생일을 맞이하여 쓴 시「구월이십오일적중작」이후 얼마 아니 된 사이에 지은 것이 된다.[6]

이처럼, 서울대학교 교수 김병국은 이재의『삼관기』와 이규경의『오주연문장전산고』이외에 새로 발굴한 기록인『서포년보』의 기록을 증거로 덧보태면서 서포의 선천 유배 시절에 모부인 윤씨를 위로하기 위하여 지어보낸 '몽환'이라는 요지의 작품이『구운몽』임을 입증하였다. 이러한 김병국의 논문은 국문학계의 큰 성과로 평가되어, 그 이후로는 선천 창작설이 학계의 통설로 장착되었다.[7]

그런데 남해 지역에서는『구운몽』연구를 한다는 향토학자들이『구운몽』이해에 심각한 혼란을 야기시키고 있다.

그 한두가지 사례를 들면, 남해역사연구회에서는 다음과 같은 활동을 전개하고 있다.

---

6 김병국,「구운몽 저작 시기 변증」,『한국학보』, 51집, 70~71쪽
7 필자는 이 논문이 발표되기 이전까지『구운몽』이 남해에서 창작된 것으로 주장해왔으나, 이 논문의 논지에 동의하여, 그 후에는 남해 창작설을 포기하고, 학계 일반의 경향처럼 선천 창작설을 정설 내지 통설로 수용하였다.

남해 왜, '『구운몽』의 고장 남해'를 널리 펴야 하는가

… 전략 …『구운몽』 저작지가 평안북도 선천이라고 똑 부러지는 확정된 근거가 있는 것도 아닌 마당에 말이다. 명명백백 우리 땅인 독도를 죽도로 둔갑시키려는 일본의 수법을 보고만 있을 것인가 말이다. '때늦은 후회' 같은 우를 범하지 않아야 할 것이다. 유배문학관 개관 전부터 당시 남해군 관내 곳곳에 '인문학의 메카·『구운몽』의 고장 남해' 현수막을 내걸었고, 개관식장에서는 현수막을 위리안치의 상징물인 가시나무 울타리에 매달아 놓고 위리안치 선포식을 가져야 했었다.

문제는 행정 당국에서 『구운몽』의 저술지 〈남해설〉를 포기하고, 〈선천설〉을 주장하는 행정 당국의 밀어붙이기식 남해유배문학관 운영정책은 이제 돌아올 수 없는 강을 건넜다고 할 수 있겠다. 이는 해도 너무하는 것이다. (솔직히 말하자면 이와 같은 '밀어붙이기식 운영정책'은 마치, 소경(시각장애인)이 소경을 안내하는 형국이라 할 수 있겠다. 남해는 유배문화의 덕분으로 인재가 많다고 하는데, 남해 사람으로서 눈 밝은 지식인과 어른은 어디에서 무엇을 하고 있는지. 진정 남해를 지키는 등 굽은 소나무를 애타게 찾고 있다.)[8] …

『구운몽』 저술지는 남해가 틀림없다

남해의 대표적인 유배객으로 손꼽히는 이는 서포 김만중 선생이다. 그래서 유배문학관 개관식 때 (사)남해역사연구회는 '인문학의 메카·『구운몽』의 고장 남해'를 브랜드화하기 위해 선포식을 갖자고 주장한 바 있다. 이는 서포문화제 개최로 전국 유배문학의 메카로 남해를 각인시키기 위함이었다. 오는 24일 (사)남해역사연구회 남해용문사 광산김씨남해문중

---

8 2011년 4월 7일 남해뉴스 namhae@namhae.in

주최로 남해 용문사에서 '제5회 서포선생 319주기 추모제'를 봉행한다. 오늘에 이르기까지『구운몽』의 저작지가 평안북도 선천이라고 똑 부러지는 확정 근거는 없다. 군민과 향우들은 남해에서『구운몽』이 저술된 것으로 믿고 있다.[9]

이런 남해역사연구회의 주장을 주도하고 있는 박성재 위원은 어떤 수준의 표절 경력이 있는 연구자인가는 다음의 글에서 확인된다.

설성경의 〈구운몽과 남정기의 위상〉	박성재의 〈작품 속에 깃든 서포의 혼〉
1. 들머리	1. 머리말
서포 金萬重은 여러 소설을 창작하였다는 기록이 있지만, 현재는『구운몽』과『남정기』두 작품만 그의 작품으로 확인되고 있다. 이들 두 작품은 얼핏 보기에는 동일 작가의 작품으로는 상당한 거리를 가진 작품으로 이해되기 쉽다. 하지만, 작품의 基底를 꼼꼼히 분석해보면 두 작품은 한 작가의 작품이기에 가능한 공통적인 요소들이 자리하고 있다. 　이들 공통부분을 통하여 西浦小說의 한국 소설사상의 位相, 서포 소설의 두 작품간의 위상을 밝혀내	西浦 金萬重은 여러 소설을 창작하였다는 기록이 있지만, 현재는「구운몽」과「남정기」두 작품만 그의 작품으로 확인되고 있다. 이들 두 작품은 얼핏 보기에는 동일 작가의 작품으로는 상당한 거리를 가진 작품으로 이해되기 쉽다. 하지만, 작품의 基底를 꼼꼼히 분석해보면 두 작품은 한 작가의 작품이기에 가능한 공통적인 요소들이 자리하고 있다. 　이들 공통부분을 통하여 西浦小說의 한국 소설사상의 位相, 西浦小說의 두 작품간의 위상을 밝혀내

---

9 남해역사연구회, 2011년 4월 8일자 남해신문

설성경의 〈구운몽과 남정기의 위상〉	박성재의 〈작품 속에 깃든 서포의 혼〉
는 것이 이 발표의 목표이다. 이러한 목표에 이르기 위해서, 西浦小說에 나타난 佛經의 투영상을 먼저 살펴보고, 다음에 儒家的 측면으로 본 공간적인 의미를 추출하고자 한다. 이런 과정에서 밝혀지는 결과들을 가지고, 서포는 유가적 주제를 불교적인 이야기 속에서 어떻게 형상했으며, 그 수준은 여타의 소설에 비하여 어떤 개성과 수준상의 차이를 보이고 있는가를 드러내보고자 한다.	는 것이 이 발표의 목표이다. 이러한 목표에 이르기 위해서, 西浦가 남해의 謫居生活 중 어떻게 儒者가 佛敎와 관계되었는지에 대하여 살펴보고, 다음에 西浦小說에 나타난 佛經의 투영상을 살펴보고자 한다. 이 위대한 소설 두 편은 佛緣地인 남해 유배지에서 써진 것이다.
2. 서포소설에 나타난 佛經과 　　佛畵素材의 활용상 2-1.『구운몽』과『금강경』	2. 西浦小說에 나타난 禪과 觀音 2-1.「구운몽」과 금강경
『구운몽』에서는 大乘佛敎의 대표적인 경전 중의 하나인 金剛經이 직접적인 소재로 제시되고 있다. 작품 서두에서 육관대사가 천축국에서 금강경을 지니고 중국의 남악 형산에 자리를 잡았고, 그 연화도량에서는 金剛經을 가지고 제자들을 깨달음의 길로 이끌었다고 서술하고 있다.	「구운몽」에서는 大乘佛敎의 대표적인 경전 중의 하나인 金剛經이 직접적인 소재로 제시되고 있다. 작품 서두에서 육관대사가 천축국에서 금강경을 지니고 중국의 남악 형산에 자리를 잡았고, 그 연화도량에서는 금강경을 가지고 제자들을 깨달음의 길로 이끌었다고 서술하고 있다.
六觀大師는 그곳에서 10년을 보낸 어느 하루의 사건이다. 그날 '낮	六觀大師는 그곳에서 10년을 보낸 어느 하루의 사건이다. 그날 '낮

설성경의 〈구운몽과 남정기의 위상〉	박성재의 〈작품 속에 깃든 서포의 혼〉
의 外出', '밤의 禪夢', '새벽의 說法' 이란 세 시간대를 거치면서 妙法으로 제자인 性眞이 깨달음의 경지에 이르도록 도와준다. 그러나, 이 깨달음의 길은 육관대사가 분위기와 길만을 마련해줄 수 있는 것이지, 체득하여 깨달음을 얻는 것은 전적으로 제자 성진 스스로에 달린 것이다. 　그러기에, 성진의 願力이 빛을 보는 '10년 수도의 완성'은 스승과 제자의 이러한 傳受 관계 속에서 이루어진다. 육관대사가 길을 열어주고, 성진자신이 직접 그 길을 찾아가보고서 깨달음에 이르는 것이다. 그래서 '10년 수도의 마지막 날'이 작품의 핵심 사건이 일어나는 날이다. 스승 육관대사가 안내하는 '지혜에 이르는 길'는 일찍이 스승 석가세존이 제자 수보리에게 설법한 그 내용이다. 그 내용을 담은 金剛經을 스승 육관은 제자 수보리에게 '相'이 무엇이며, '非相'이 무엇인지, '非無相'이 무엇인지를 세 차원의 관계상을 통하여 일깨워주는 것이다. 이런 세계 인식상의 세 차원에서 각기 위치한 '相'을 작가는 육관대사의 제자 성진을 이끌	의 外出', '밤의 禪夢', '새벽의 說法' 이란 세 시간대를 거치면서 妙法으로 제자인 性眞이 깨달음의 경지에 이르도록 도와준다. 그러나 이 깨달음의 길은 육관대사가 분위기와 길만을 마련해줄 수 있는 것이지, 체득하여 깨달음을 얻는 것은 전적으로 제자 성진 스스로에 달린 것이다. 　그러기에, 성진의 願力이 빛을 보는 '10년 수도의 완성'은 스승과 제자의 이러한 傳受 관계 속에서 이루어진다. 육관대사가 길을 열어주고, 성진 자신이 직접 그 길을 찾아가보고서 깨달음에 이르는 것이다. 그래서 '10년 수도의 마지막 날'이 작품의 핵심 사건이 일이니는 것이다. 스승 육관대사가 안내하는 '반야에 이르는 길'은 일찍이 스승 석가세존이 제자 수보리에게 설법한 그 내용이다. 그 내용을 담은 金剛經을 스승 육관은 제자 수보리에게 '相'이 무엇이며, '非相'이 무엇인지, '非無相'이 무엇인지를 세 차원의 관계상을 통하여 일깨워주는 것이다. 이런 세계 인식상의 세 차원에서 각기 위치한 '相'을 작가는 육관대사의 제자 성진을 이끌

설성경의 〈구운몽과 남정기의 위상〉	박성재의 〈작품 속에 깃든 서포의 혼〉
어가는 시공간 차원의 층위를 통하여, 현실에서 꿈으로, 다시 꿈에서 '꿈 속의 꿈'으로 구심적 원천을 만들어낸다. 　세존은 金剛經에서처럼 '相'과 '非相'과 '非無相'의 관계로 제자 수보리를 비롯한 여러 제자들에게 설법하지만, 『구운몽』의 육관대사는 금강경의 이치를 '현실'과 '꿈', 그 '꿈'과 '꿈의 꿈'이란 서사적 장치로 전환시켜 제시한다. 지혜에 이르는 인식의 차원 바꾸기를 이야기의 전개 논리인 '현실'과 '꿈'과 '꿈의 꿈'이란 전환은 작가 서포의 창의력이다. 　구운몽에서의 '현실'과 '꿈', 그 '꿈'과 '꿈의 꿈'의 서사적 장치는 參禪의 심리적 전개의 서사화에 해당된다. 이는 불교의 第9識으로 나아가는 길을 단계별 제시요, '마음 비우기'의 방식의 '마음 비우기'에 다시 '비운 마음을 다시 비우기'에 해당한다. '無心', '寂靜'의 경지를 이렇게 표현한 것이다. 성진은 체득한 심리적 인식을 토대로 10년 금강경을 공부의 핵심인 '一切有爲法 如夢幻泡影 등'의 진정한 의미를 깨달아 大悟 大覺하게 된다. 그러므로 『구운몽』의 꿈의 旅程은 성진	어가는 시공간 차원의 층위를 통하여, 현실에서 꿈으로, 다시 꿈에서 '꿈 속의 꿈'으로 구심적 원천을 만들어낸다. 　세존은 金剛經에서처럼 '相'과 '非相'과 '非無相'의 관계로 제자 수보리를 비롯한 여러 제자들에게 설법하지만, 「구운몽」의 육관대사는 금강경의 이치를 '현실'과'꿈', 그 '꿈'과 '꿈의 꿈'이란 서사적 장치로 전환시켜 제시한다. 지혜에 이르는 인식의 차원 바꾸기를 이야기의 전개 논리인 '현실'과 '꿈'과 '꿈의 꿈'이란 전환은 작가 서포의 창의력이다. 　「구운몽」에서의 '현실'과 '꿈', 그 '꿈'과 '꿈의 꿈'의 서사적 장치는 參禪의 심리적 전개의 서사화에 해당된다. 이는 불교의 第9識으로 나아가는 길을 단계별 제시요,'마음 비우기'의 방식의 '마음 비우기'에 다시 '비운 마음을 다시 비우기'에 해당한다. '無心', '寂靜'의 경지를 이렇게 표현한 것이다. 성진은 체득한 심리적 인식을 토대로 10년 공부한 핵심인 '一切有爲法 如夢幻泡影 등'의 진정한 의미를 깨달아 大悟 大覺하게 된다.　　　그러므로 「구운몽」의 꿈의 旅程은 성진

설성경의 〈구운몽과 남정기의 위상〉	박성재의 〈작품 속에 깃든 서포의 혼〉
이 禪을 몽한 심리적 여정을 표현한 것이고, 그 여정 위에 유가적 주제를 실어내고 있는 것이다.	이 禪을 통한 심리적 여정을 표현한 것이고, 그 여정 위에 儒家的·道家的 주제를 실어내고 있는 것이다.
2-2. 『남정기』의 觀音圖	**2-2. 「남정기」의 觀音圖**
『남정기』는 華嚴經에서 유래한 水月觀音圖를 소재로 삼고 있다. 『구운몽』에서 이미 이소화와 정경패의 만남 사건에서 觀音圖를 매개로 삼고 있다. 구운몽의 이 소재가 남정기에 와서는 본격적인 소재, 즉 주제적인 소재로 확대된다. 이는 동일 작가의 소재의 연속성에 근거한 관음도 소재의 심화 현상이다. 　華嚴經에서 南巡童子가 善知識을 찾아 순회하듯, 『남정기』에서는 사씨와 유한림이 자신의 의지는 아니지만, 결국 정의가 승리하는 세계를 찾아 탐색의 길을 나아간다. 그것이 곧 남해관음이 있는 곳을 찾아 떠나는 남행의 길이요, 부부가 각기 전개하는 '南征'의 은유적 의미이다. 북쪽의 가정과 궁궐에서 생겨난 갈등은 관음이 주도하는 남쪽에서 해결이 된다. 가정과 국가 차원의 갈등과 오해의 판을 벗어나게 되고, 새로운 和解와 和	「남정기」는 華嚴經에서 유래한 水月觀音圖를 소재로 삼고 있다. 「구운몽」에서 이미 이소화와 정경패의 만남 사건에서 觀音圖를 매개로 삼고 있다. 구운몽의 이 소재가 남정기에 와서는 본격적인 소재, 즉 주제적인 소재로 확대된다. 이는 동일 작가의 소재의 연속성에 근거한 관음도 소재의 심화 현상이다. 　華嚴經에서 南巡童子가 善知識을 찾아 순회하듯, 「남정기」에서는 사씨와 유한림이 자신의 의지는 아니지만, 결국 정의가 승리하는 세계를 찾아 탐색의 길을 나아간다. 그것이 곧 남해관음이 있는 곳을 찾아 떠나는 南行의 길이요, 부부가 각기 전개하는 '南征'의 은유적 의미이다. 북쪽의 가정과 궁궐에서 생겨난 갈등은 관음이 주도하는 남쪽에서 해결된다. 가정과 국가 차원의 갈등과 오해의 판을 벗어나게 되고, 새로운 和解와 和睦

설성경의 〈구운몽과 남정기의 위상〉	박성재의 〈작품 속에 깃든 서포의 혼〉
睦의 판으로 전환하는 그 공간이 바로 관음이 머무르고 있는 세계인 남행의 목적지이다. 　이곳에 대한 공간 설정은『구운몽』의 결미에서 양소유가 남해의 관음을 찾겠다는 대목에서도 비친 것으로서, 작가 서포가 꿈꾸는 이상향이다. 　3. 서포소설의 공간소재와 　　그 동질적 의미망 　3-1.『구운몽』의 서두와 동정호 『구운몽』은 천하제일의 형산을 중심으로 전개된다. 형산은 그 남쪽에는 九疑山이, 그리고 북쪽에는 洞庭湖가 있고, 瀟湘江 이들을 둘러싸고 있다. 이는『구운몽』의 표제가 은유하는 의미망을 구축한다.	의 판으로 전환하는 그 공간이 바로 관음이 머무르고 있는 南海인 것이다. 그리고 서포의 理想鄕인 그곳이 남행의 목적지이다. 　이곳에 대한 공간 설정은『구운몽』의 결미에서 양소유가 남해의 관음을 찾겠다는 대목에서도 비친 것으로서, 南海 謫所는 작가 서포가 꿈꾸는 이상향이다. 　3. 兩大小說은 南海 謫所에서 　　저작되었다 　3-1.「구운몽」과 동정호 「구운몽」은 천하제일의 형산을 중심으로 전개된다. 그 남쪽에는 九疑山이, 그리고 북쪽에는 洞庭湖가 있고, 瀟湘江 이들을 둘러싸고 있다. 이는「구운몽」의 표제가 은유하는 의미망을 구축한다. 여기서 이미「구운몽」의 첫 무대와 배경에서 서포가 꿈에서 그리는 한국적 이상향을 발견했다고 한다. 　서포가 인현왕후 출척의 여화로 유배생활을 하였던 "南海는 陶淵明의 무릉도원과 방불한 고장으로서, 그는 그곳에서 한국적 이상향을 발견하였다고 한다. 서포가 그

설성경의 〈구운몽과 남정기의 위상〉	박성재의 〈작품 속에 깃든 서포의 혼〉
	리는 동경의 마을은 도화가 피고, 청학이 와서 춤추고, 죽림에서 거문고 타는 천연의 마을이었다. 거기가 바로 서포가 「구운몽」을 이룩하게 한 낙원이요, 무릉인 것이다. 그곳의 자연적 환경 또한 중국의 南海 洞庭湖와 南海 龍沼와는 너무도 흡사하다고 할 수 있다. 실제로 남해를 무대로 설정하고 싶었지만 그 영역이 너무 좁고, 장엄하지 못하기 때문에 중국의 무대를 차용해 온 것이라고 한다.
동정호는 역사적 의미가 깊은 湘江과 같이 제시된다. 명산 형산에 우뚝 솟은 육관대사의 연화도량은 절의 문이 동정호로 열려 있다. 즉, 형산 산사는 동정호 위에 우뚝 솟아 있고, '동정'을 향하여 열려 있는 淸淨한 도량으로 독자들이 인식하도록 설정되어 있다.	동정호는 역사적 의미가 깊은 湘江과 같이 제시된다. 명산 형산에 우뚝 솟은 육관대사의 연화도량은 절의 문이 동정호로 열려 있다. 즉, 형산 山寺는 동정호 위에 우뚝 솟아 있고, '동정'을 향하여 열려 있는 淸淨한 도량으로 독자들이 인식하도록 설정되어 있다. 이는 마치 서포가 노도에서 바라보는 용문사와 앵강만을 연상케하는 장면과 흡사하다고 볼 수 있을 것이다.
성진은 동정호로 내려갔다가 혼미한 정신세계로 접어들지만, 다시 양소유의 꿈을 통해 동정호로 갔을 때는 세상의 치열한 갈등을 끝내 극복하고 형산 연화봉에 올라 그	성진은 동정호로 내려갔다가 혼미한 정신세계로 접어들지만, 다시 양소유의 꿈을 통해 동정호로 갔을 때는 세상의 치열한 갈등을 끝내 극복하고 형산 연화봉에 올라 그

설성경의 〈구운몽과 남정기의 위상〉	박성재의 〈작품 속에 깃든 서포의 혼〉
곳 山寺에 머물기를 소망한다. 양소유의 發願은 그 당시에는 실현되지 않지만, 노년의 양소유가 출가 수도하는 꿈을 거듭 꾸고는 불가의 인연을 인식하므로써 禪夢 속의 윤회환생을 종결하고 형산 蓮花峰으로 환원함에서 실현된다.	곳 산사에 머물기를 소망한다. 양소유의 發願은 그 당시에는 실현되지 않지만, 노년의 양소유가 출가 수도하는 꿈을 거듭 꾸고는 佛家의 인연을 알아차림으로써 禪夢속의 윤회환생을 종결하고 형산 蓮花峰으로 환원함에서 실현된다. 여기서 서포가 남해 謫所에서「구운몽」을 저작하게 한 분위기를 본다면, 서포가 肅宗 15년 南海에 안치당한 것으로 추정되는 현지를 답사하면『西浦集』에 산견되는 시상들이 지금도 되살아나는 것 같고,『九雲夢』에 나오는 지명들이 생소하지가 않다. 중국(唐)을 배경으로 하고 있으면서 많은 지명이 이 지방의 지명과 합치하는 것은 바로 남해가 그의 이상향을 그려낸 꿈의 고장이기 때문이다. 南海君 二東面 龍沼里의 마을 뒷산이 遠山(지금은 虎丘山)인데, 이 山門에 龍門寺가 있고, 바로 이 龍門寺가 서포가 인생의 유서처럼 남긴 작품들의 본거지이다. 여기에서 五里쯤 가면 花開이니, 노장사상에서 유래한 도연명의 무릉도원과 유사한 고장이요, 曹植의 유명한 청학동의 두류산 양단수에 서

설성경의 〈구운몽과 남정기의 위상〉	박성재의 〈작품 속에 깃든 서포의 혼〉
	있는 기분이다. 다시 五里쯤 바다의 굴곡을 끼고 들면 소위『九雲夢』첫 장면에 나오는 南面 石橋里가 나온다.
3-2.『남정기』의 남행과 동정호	3-2.「남정기」와 동정호
서포가『구운몽』에서는 구의산과 동정호를 통해 표제의 의미를 은유했다면『남정기』에서는 사씨가 南征한 이야기를 표제로 내세워 동일한 의미망을 구축한다.	서포가「구운몽」에서는 구의산과 동정호를 통해 표제의 의미를 은유했다면,「남정기」에서는 사씨가 南征한 이야기를 표제로 내세워 동일한 의미망을 구축한다. 그렇다면, 서포소설의 兩大作品은 남해 적소에서 저작되었다고 볼 수밖에 없을 것이다.
사씨는 유한림의 첩 교씨의 모함에 의해 집에서 쫓겨난 후, 시댁 先塋이 있는 成都로 향한 남행길을 떠난다. 成都에서부터 양자강 하류로 내려가다가 결국 악양루에까지 가게 된다. 사씨의 남행로는 성도에서 남경으로 향하는 길로서 배를 타고 가는 수로의 남행길로 서술되고 있다. 그 양자강에는 屈原廟, 黃陵廟가 자리하고 있다.	여기서「남정기」의 내용을 요약하면, 사씨는 유한림의 첩 교씨의 모함에 의해 집에서 쫓겨난 후, 시댁 先塋이 있는 成都로 향한 남행길을 떠난다. 성도에서부터 양자강 하류로 내려가다가 결국 악양루에까지 가게 된다. 사씨의 남행로는 성도에서 남경으로 향하는 길로서 배를 타고 가는 수로의 남행길로 서술되고 있다. 그 양자강에는 屈原廟, 黃陵廟가 자리하고 있다.
사씨는 長沙에 있는 杜夫人을 찾아가던 중 풍랑으로 동정호에 이른	사씨는 長沙에 있는 杜夫人을 찾아가던 중 풍랑으로 동정호에 이른

설성경의 〈구운몽과 남정기의 위상〉	박성재의 〈작품 속에 깃든 서포의 혼〉
다. 사씨는 그곳에서 자결하려 하지만, 유모의 만류로 뜻을 이루지 못하고, 악양루에서 밤을 보낸다. 그때 꿈에 황릉묘에 올라 아황과 여영을 비롯한 위국부인 등을 만나니, 그녀들은 사씨가 후에 南海道人인 觀音菩薩의 도움으로 액운을 면할 것이라고 한다. 사씨는 꿈을 깬 후 관음보살의 뜻에 따라 찾아온 洞庭湖 君山寺의 승려 묘혜에 의해 구제된다. 묘혜는 동정호의 君山으로 사씨를 데리고 간다. 그러므로 사씨가 나아간 南征의 종점은 순임금의 두 부인이었던 아황과 여영이 순절한 곳이 된다. 　이러한 설정은 작가가 유가 열녀의 聖地와 불가 관음보살의 眞身이 머문다는 나해 聖地를 하나의 공간권역으로 연계시킨 결과이다. 그래서 『남정기』의 남정이란 뜻 속에는 善才童子가 선지식을 찾아가듯 불가의 觀音救濟 이야기에, 유가의 二妃열녀와 충신의 상징인 굴원을 찾아가는 이야기가 중첩되어 있는 허구화된 신선공간이 목적지로 자리하고 있다. 　결국, 서포소설의 공간소재와 그 동질적 의미망은 『구운몽』의 중심	다. 사씨는 그곳에서 자결하려 하지만, 유모의 만류로 뜻을 이루지 못하고, 악양루에서 밤을 보낸다. 그때 꿈에 황릉묘에 올라 아황과 여영을 비롯한 위국부인 등을 만나니, 그녀들은 사씨가 후에 南海道人인 觀音菩薩의 도움으로 액운을 면할 것이라고 한다. 사씨는 꿈을 깬 후 관음보살의 뜻에 따라 찾아온 洞庭湖 君山寺의 승려 묘혜에 의해 구제된다. 묘혜는 동정호의 君山으로 사씨를 데리고 간다. 그러므로 사씨가 나아간 南征의 종점은 순임금의 두 부인이었던 아황과 여영이 순절한 곳이 된다. 　이러한 설정은 작가가 儒家 열녀의 聖地와 佛家 관음보살의 眞身이 머문다는 남해 聖地를 하나의 공간권역으로 연계시킨 결과이다. 그래서 「南征記」의 南征이란 뜻 속에는 善才童子가 선지식을 찾아가듯 佛家의 觀音救濟 이야기에, 儒家의 二妃열녀와 충신의 상징인 굴원을 찾아가는 이야기가 중첩되어 있는 허구화된 신선공간이 목적지로 자리하고 있다. 　결국, 서포소설의 공간소재와 그 동질적 의미망은 「구운몽」의 중심

설성경의 〈구운몽과 남정기의 위상〉	박성재의 〈작품 속에 깃든 서포의 혼〉
공간이 형산권역이듯, 『남정기』 또한 형산권역, 즉 동정호를 의미상의 중심 공간으로 삼고 있다고 볼 수 있다. 　서포소설의 이 神聖空間圈은 실제의 지리적 상황으로는 너무나 먼 거리이다. 즉, 형상, 동정호, 황능묘는 먼 거리에 위치한다. 이런 원거리를 하나의 광역권의 神聖空間圈으로 설정한 것은 작가의 지리적인 무지에 기인한 것이 아니라, 격조 높은 창의력에 의해 구축된 거시 공간인식에 의한 유불신성 권역의 원융적 인식의 결과이다. 즉 단지 『구운몽』에서는 형산권역에서 禪夢을 빌려 意識의 층위 이동을 통해 환원시키며 깨달음을 얻게 함에 반하여, 남정기에서는 南行을 통해 육신의 행동이란 외적 공간의 이동으로 형산권역에 찾아가서 문제를 해결하고 난 후에 다시 북으로 환원한다는 보다 일반적인 형식을 택하고 있다는 점이 다를 뿐이다.	공간이 형산권역이듯, 「南征記」 또한 형산권역, 즉 동정호를 의미상의 중심 공간으로 삼고 있다고 볼 수 있다. 이와같이 　서포소설의 이 神聖空間圈은 실제의 지리적 상황으로는 너무나 먼 거리이다. 즉, 형상, 동정호, 황능묘는 먼 거리에 위치한다. 이런 원거리를 하나의 광역권의 神聖空間圈으로 설정한 의도는 작가의 지리적인 無知에 기인한 것이 아니라, 차원 높은 창의력에 의해 구축된 거시 공간인식에 의한 儒佛神聖 권역의 원융적 인식의 결과이다. 즉 단지 「구운몽」에서는 형산권역에서 禪夢을 빌려 意識의 층위 이동을 통해 환원시키며 깨달음을 얻게 된 것이고, 「남정기」에서는 南行을 통해 肉身의 행동이란 외적 공간의 이동으로 형산권역에 찾아가서 문제를 해결하고 난 후에 다시 북으로 환원한다는 보다 일반적인 형식을 택하고 있다는 점이 다를 뿐이다. 　아무튼 서포의 유배지인 경남 南海는, 우리나라의 대표적인 관음신앙의 도량인 錦山 보리암이 있는 곳으로 (중략)

설성경의 〈서포소설의 선과 관음〉	박성재의 〈작품 속에 깃든 서포의 혼〉
『서포소설의 선과 관음』	4. 맺음말
서포의 소설은 한 작품 자체의 의미만 파악하기보다는 두 작품의 상관적 관계 속에서 그 의미를 보완시킬 수 있는 작품들이다. 한쪽이 '비움'으로 다른 한쪽은 '채움'으로 이끌어내는 원리는, 전혀 상반된 듯한 두 작품 속에서 조화로운 균형을 이루는 미적세계를 찾아낼 수 있게 한다. 한쪽이 철학적 思惟를 주축으로 하고 있다면, 다른 한쪽은 대중적 신앙으로 각각의 기능을 더 높이고 있다. 이처럼 두 작품간의 독자성과 연계성이 서포 소설을 진정한 혼융의 원리가 실현되는 작품이 되도록 한다. 이 점은 서포 소설이 유달리 儒佛圓融의 소설, 佛儒圓融의 소설 작품이라는 평가를 받게 하는 근거이다. 그러나 서포 소설의 진정한 가치와 창의성은 여기에서 끝나지 않는다. 평범한 수준의 원용이 아닌 불교가 이끌어 낸 '최고의 禪'과 新儒學이 찾아낸 '최상의 性'의 문제를 작품 속에 담아내고 있다. 『구운몽』에서는 불가의 '眞空妙有'와 유가의	서포의 소설은 한 작품 자체의 의미만 파악하기보다는 두 작품의 상관적 관계 속에서 그 의미를 보완시킬 수 있는 작품들이다. 한쪽이 '비움'으로 다른 한쪽은 '채움'으로 이끌어내는 원리는, 전혀 상반된 듯한 두 작품 속에서 조화로운 균형을 이루는 미적 세계를 찾아낼 수 있게 한다. 한쪽이 철학적 사유를 주축으로 하고 있다면, 다른 한쪽은 대중적 신앙으로 각각의 기능을 더 높이고 있다. 이처럼 두 작품간의 독자성과 연계성이 서포 소설을 진정한 혼융의 원리가 실현되는 작품이 되도록 한다. 이 점은 서포 소설이 유달리 儒佛圓融의 소설, 佛儒圓融의 소설 작품이라는 평가를 받게 하는 근거가 된다. 그러나 서포 소설의 진정한 가치와 창의성은 여기에서 끝나지 않는다. 평범한 수준의 원용이 아닌 불교가 이끌어 낸 '최고의 禪'과 新儒學이 찾아낸 '최상의 性'의 문제를 작품 속에 담아내고 있다. 「구운몽」에서는 佛家의 '眞空妙有'와 儒家의

설성경의 〈서포소설의 선과 관음〉	박성재의 〈작품 속에 깃든 서포의 혼〉
'無極太極'의 오묘한 원리를 걸림 없이 하나의 이야기 속에 실어 놓았다. 이 점이『구운몽』이 국내는 물론 불가의 종주국인 인도나 유가문학의 발생지인 중국문학에서도 창작된 적이 없는 세계적인 작품으로 부상시키는 조건이다.	'無極太極'의 오묘한 원리를 걸림 없이 하나의 이야기 속에 실어 놓았다. 이 점이「구운몽」이 국내는 물론 佛家의 종주국인 인도나 儒家文學의 발생지인 중국문학에서도 창작된 적이 없는 세계적인 작품으로 부상시키는 조건이다. 예컨대,「구운루」·「홍루몽」같은 중국고전소설은「구운몽」의 영향을 받고서 지은 것이라 한다. 黃鍾顯의 評文에 따르면, 특히「구운루」는 自序에 이르기를, "내가 西쪽 省의 관리로 있을 때, 배 안에서 얻어 보았는데, 조선인이 지은 것이었다. 줄거리에 취할 만한 것이 있으나 조선 사람은 패관야사에 익숙하지 않은 까닭에 개찬한다."고 하였다.
또한『사씨남정기』는 유가문학의 이상향인 굴원의「離騷」에 뿌리를 둔 동정호와 소상강을 둘러싼 충열 이미지와, 관음의 진신이 자리한다는 성스러운 남해 공간의 복합 이미지 공간으로서 형상화되고 있는 소설이다.	또한「사씨남정기」는 儒家文學의 이상향인 굴원의「離騷」에 뿌리를 둔 동정호와 소상강을 둘러싼 충열 이미지와, 관음의 진신이 자리한다는 성스러운 남해 공간의 복합 이미지 공간으로서 형상화되고 있는 소설이다.
서포 소설은 윤리·철학·종교의 최고 경지를 상반과 갈등 현상으로서가 아니라 조화와 균형, 상보의	서포 소설은 윤리·철학·종교의 최고 경지를 상반과 갈등 현상으로서가 아니라 조화와 균형, 상보의

설성경의 〈서포소설의 선과 관음〉	박성재의 〈작품 속에 깃든 서포의 혼〉
통합 圓融的인 이치로 작품 속에 승화시키고 있다는 점에서, 우리 고전소설의 절정에 서는 작품이 될 만하다. 이와 같이 서포 소설은 자연 친화의 정신처럼, 갈등과 상반적인 대결의 승패가 아닌 넉넉함에서 우러나오는 여유이며, 너그러움에서 솟구치는 해학과 같은 우리 민족의 원형적 심성이요, 삶과 문화의 원형질과 맞닿아 있는 작품이라는 점에서 소설사적 의의를 지닌다.	통합 圓融的인 이치로 작품 속에 승화시키고 있다는 점에서, 우리 고전소설의 최고봉에 서는 작품이 될 만하다. 이와 같이 서포 소설은 자연 친화의 정신처럼, 갈등과 상반적인 대결의 승패가 아닌 넉넉함에서 우러나오는 여유이며, 우리 민족의 원형적 심성이요, 삶과 문화의 원형질과 맞닿아 있는 작품이라는 점에서 소설사적·문화사적 의의를 지닌다.

위에 제시한 박성재 위원의 〈작품 속에 깃든 서포의 혼〉[10]은 필자의 강연 요지 〈구운몽과 남정기의 위상〉[11]과 필자의 저서인 『서포소설의 선과 관음』[12]에서 표절하여 편집한 것으로 그 결론에서는 학계의 정설 내지 통설과는 상반된 견해인 〈구운몽이 남해에서 창작되었음〉을 주장하였다. 이런 교재를 가지고 당시 남해문화사랑회 회원들에게 강의를 하였다. 이런 지역 분위기 속에서, 2010년 11월 1일에 개

---

10 2006년도 남해군 평생학습도시 특성화 프로그램 지원으로 남해군과 남해문화사랑회에서 2007년 3월에 공동 간행한 『역사와 문학기행을 통한 보물섬 재발견』이라는 교육교재. 여기서 집필자 박성재 씨는 당시에 남해역사연구회 문학분과위원장의 직함을 가지고 있었다.

11 설성경, 〈구운몽과 남정기의 위상〉(한글날 기념 전국학술대회)대전광역시·대전광역시 교육청, 1999

12 설성경, 『서포소설의 선과 관음』, 장경각, 1999

관을 앞둔 남해유배문학관에서는 전시실에『구운몽』관련 전시물을 설치하였다. 이들 전시물 중에는 서울대학교 김병국 교수의 확고한 논증에 의해 이루어진 중앙 학계의 정설 내지 통설과는 상반되게 〈구운몽 저작지〉가 '남해'로 표기되어 있었다. 이런 상황을 본 필자는 이런 전시 내용은 남해유배문학관을 방문하는 관광객에게 잘못된 지식을 제공할 뿐만 아니라, 남해군의 문화적 이미지를 실추시키는 결과를 가져올 수 있다고 판단하였다. 그래서 남해군에 진정서를 제출[13]하여 다음과 같이 저작지 표기가 학계의 통설과는 달리 서술되고 있음을 지적하였다.

제1사례

〈유배문학실〉의 『서포 김만중의 문학』의 〈『구운몽』 해설〉에서 "서포 김만중이 남해 유배시절 어머니 윤씨부인의 한가함과 근심을 덜어주기 위하여 지었다고 전해지는 한국소설의 대표적 작품이다. … 하략 …"

제2사례

〈유배문학실〉의 『전자책』의 〈『구운몽』 해설〉에서는 『구운몽』은 서포 김만중이 남해 유배시절 어머니 윤씨부인의 근심을 덜어주기 위하여 지었다고 전해지는 한국 양반소설의 대표적 작품이다."

---

13 2010년 10월 7일

제3사례

> 〈서포 특별실〉에서 〈김만중 소개〉에서는 "서포 김만중은 유배지인 남해에서 한글 소설인 『구운몽』을 창작하고 인현왕후를 폐위시킨 숙종을 꾸짖는 『사씨남정기』를 창작하였다."

제4사례

> 〈유배체험실〉의 『원통 퍼즐 게임』에서는 다음과 같이 서술하고 있다.
>
> 1단에는 "서포 김만중에 대해서 알아봅시다. 원통을 돌려서 그림을
> 맞춰보세요."
> 2단에는 "서포 김만중이 남해 유배 중에 저술한 대표적 소설을 무엇
> 일까요?"
> 3단에는 "구운몽: 조선 후기 숙종 때 지은 고대소설 "
> 4단에는 "사씨남청기: 조선 후기 숙종 때 한글로 지은 고대소설

그 결과로 현재 남해유배문학관에서는 『구운몽』의 창작지에 대한 설명이 유보되어 표기를 보류한 상태에 있다. 이러한 상황 하에서 필자는 이 문제에 대한 남해 군민들의 이해를 돕기 위하여 논문 「구운몽 남해 창작설에 대하여」14를 집필하여 지역언론을 통해서도 알렸다. 또 지역 언론에서도 이 문제의 해결을 위한 토론15의 장을 마련하여 『구운몽』

---

14 설성경, 「국학연구론총」 제6집, 택민국학연구원, 2010
15 정영식, 남해신문, 2010년 12월 10일

이 남해에서 창작되었다는 주장은 적절하지 않음을 지적하였다.[16]

특히, 지역민을 이해시키기 위하여 집필한 이 논문에서 필자는 박성재 위원이 지역 언론을 통하여 거듭『구운몽』남해 창작설을 애향심과 연계시켜 홍보하는 현실은 지역 문화를 위해서 올바른 길인가를 성찰[17]함이 필요하다고 지적하였다. 그러나 박성재 위원을『구운몽』연구의 대표자로 내세우고 있는 남해역사연구회에서는 앞에서 인용한 바와 같이 2011년 4월 28일에 서포선생 제 319주기 추모제 봉행과 함께 〈구운몽의 고장 남해선포식〉을 남해 용문사 봉서루에서 가졌다.

남해군에서는 이런 일련의 사태를 진정시키기 위해서 2011년 4월 29일에『구운몽』창작지에 대한 기자 브리핑을 하게 되었다. 그 핵심 내용은 다음의 보도 자료에서 볼 수 있듯이『구운몽』창작지 판정 유보로 나타났다.

『구운몽』창작지에 대한 남해군의 입장

1939년 김태준 교수의『구운몽』남해 창작설을 시작으로 현재까지 이가원, 김기동, 정병욱, 이재수, 김무조, 설성경 등 많은 학자늘이 남해와 선천 두 지역을 주장해 왔습니다. 그것은 1730년에 발행된『삼관기』에 나타나 있는 "패설에『구운몽』이라는 것이 있는데 곧 서포가 지은 것이다. 큰 뜻은 공명과 부귀가 일장춘몽으로 돌아가 버린다는 것이니, 대부

---

16 정영식, 남해신문, 2010년 12월 10일

17 〈결론〉에서 "이런 분위기를 조성하는 개인이나 조직이 끼치는 영향은 지역사회 구성원 간의 대립을 가져오고, 급기야는 객관성을 잃은 과도한 애향심이 오히려 국문학자들이나 관심있는 국민들에게는 비판의 대상이 될 수도 있다. 나아가서는 이런 문제들이 축적되어 종국에 가서는 개인이나 일부 조직의 이런 적절하지 못한 행동이나 태도가 남해의 지역민에 대한 부정적인 이미지를 만들게 될 수도 있을 것이다."라고 하였다.

인의 근심 걱정을 위로하고 풀어드리기 위한 것이었다. 이 책이 부녀자들 사이에 성행하였는데, 내가 어렸을 적에 흔히 이 이야기를 들었는데, 대개 석가세존의 말에 의지하였으며 그 중에는 석가세존의 뜻이 많았다.”라는 내용과, 『오주연문장전산고』의 “세상에 전하기를 『구운몽』은 서포가 귀양 갔을 때 대부인의 근심을 풀어드리기 위해 하룻밤에 지었다.”는 등의 서술에 근거한 것이었습니다.

그 후 1988년 『서포년보』에 “부군이 이미 귀양지에 이르러 윤부인의 생신을 맞이했다. 시를 지어 말했다. ‘멀리 어머님께서 아들을 그리며 눈물 흘리실 것을 생각하니, 하나는 죽어 이별, 하나는 생이별이구나’라 읊었다. 또 글을 지어 부쳐서 윤부인의 소일거리를 삼고자했다. 그 뜻은 일체의 부귀영화가 모두 몽환이라는 것이다. 또한 이런 뜻을 넓혀서 자신의 슬픔을 달래고자 한 까닭이다.”라는 내용이 발굴됨으로써 『구운몽』의 선천 창작설이 통설로 인정되기도 하였습니다.

하지만 하룻밤에 지었다는 『구운몽』의 비현실성과 ‘몽환’이라는 주제로 쓴 글이 비록 『구운몽』과 주제가 비슷하다 해서 확실한 『구운몽』이라고 볼 수 없다는 학자들의 의견과 함께 “인생은 진실로 한바탕 꿈”이라는 사실을 깨달은 남해 유배 시기에 마지막 작품으로 『구운몽』을 창작했다는 설도 주목할 필요가 있을 것입니다. 또한 『구운몽』의 남해 성진골 등의 지명과 성진과 팔선녀가 만난 석교가 용문사 인근에 있으며, 한문본에 용문산 용문동이라는 내용이 등장하는 것으로 보아 용문사를 자주 들렀던 김만중과의 관계 등을 근거로 남해 창작설을 주장하는 학자들도 있습니다.

선천설을 주장하는 설성경 남해유배문학관 명예관장과 (사)남해역사연구회를 비롯한 향토사학자들께서는 더 깊은 연구를 해 주시기를 부탁드리며, 남해군은 『구운몽』 창작지가 학술연구를 통해 남해나 선천으로 명확하게 밝혀지기 전까지는 창작지에 대한 공식적인 입장은 유보합니다. 그리고 남해군은 여러 학자들이『구운몽』창작지에 관한 연구에 동참할 수 있도록 모든 여건을 제공하여『구운몽』창작지 논쟁을 갈무리 할 수 있도록 노력하겠습니다.

여기에 더하여 〈군의회 군정 질의〉에까지 이 문제가 거론되게 되었다. 또, 2011년 8월에 12일에 열린 보물섬남해포럼 창립1주년 기념세미나의 포럼 논문집의 자유토론자 난에서 한국유배문화연구소장·국사편찬위원회 사료조사위원이라는 직함으로 박성재 위원은 〈구운몽의 성립 배경〉이란 글의 서론에서 다음과 같이 서술하였다.

지난 7월 18일 제 174회 남해군 의회 1차 정례회가 개최되었다. 이종표 의원의 군정 질문에서, '『구운몽』저작지 관련 유배문학관 명예관장의 발언에 대한 남해군의 입장'을 묻는 질문에 대한 행정당국의 답변은 "남해설과 선천설은 50 : 50이다."라고 하면서, "개인의 입장이 아니라 남해군의 입상은 남해설이라고 주장하기엔 어려움이 있다."라고 답변하였다. 이는 남해가 가지는 유배역사성을 지키면서 유배문화자산을 재생해야 하는 고민 끝에서 나온 답변이라 할 수 없겠다. 더욱이 '남해유배문학관 활성화' 방안을 찾고 '문학의 섬'을 추진하고자 하는 강한 의지가 있었다고 한다면 보다 전문성 있는 답변을 해주었더라면 하는 아쉬움이 남는다. 결국 남해 유배문화에 대한 인식과 태도의 변화를 이끌어내는데 필요한 자극과 계기를 제공할 수 있는 기회를 상실했다고 하겠다. … 중략 …

지난 24일 (사) 남해역사연구회 남해용문사 주최로『구운몽』의 본거지 남해 용문사에서 '319주기 서포 추모제'를 봉행했다. 이제는 더 이상

우물쭈물할 시간이 없기에 추모제와 함께 '『구운몽』의 고장 남해' 선포식을 가졌다.

이제까지 『구운몽』 창작지가 평안북도 선천이라고 똑 부러지는 확정된 근거가 있는 것도 아닌 마당에 말이다. 명명백백 우리 땅인 독도를 죽도로 둔갑시키려는 일본의 수법을 보고만 있을 것인가 말이다. 이는 마치 『구운몽』의 창작지를 밝히는 사안과 다르지 않다고 할 수 있겠다. 결국 "매뉴얼을 제때에 만들지 못하면 주장할 수 없다."는 결론에 도달하게 된다. '때늦은 후회' 같은 우를 다시는 범하지 않아야 할 것이다.[18]

필자가 판단하기에는, 만약 『구운몽』을 창작한 서포의 모친이요, 『구운몽』의 대표 독자인 윤씨부인이 살아 있다면 그가 지향하던 정신세계로 보아, 『구운몽』을 아낀다는 집착 때문에 이런 적절하지 못한 행동을 하는 이들을 경계하라고 당부할 것으로 믿는다.

---

18 박성재, 「구운몽의 성립 배경」, 『남해군의 미래발전전략과 실천방안』, 2011, 125~126쪽

제7장　　마무리

윤씨부인의 삶과 그 정신

경복당 해평 윤씨의 친정은 고조부 문정공 윤두수, 증조부 문익공 윤방의 2대에 걸친 영의정을 지낸 명가문이었다. 또, 윤씨부인은 선조의 따님이요, 후에는 인조의 고모가 된 정혜옹주의 슬하에서 정통적인 예절 교육을 받으며 덕성을 함양하며 자랐다. 윤씨부인의 시집 또한 이에 못지않는 삼한갑족으로 일컬어지는 광산 김씨의 중추인 사계 김장생 집안으로, 허주 김반과 충정공 김익겸으로 이어지는 명문가였다.

어렸을 때부터 이미 총명과 문장으로, 남자라면 대제학 재목이라는 칭찬을 받았던 윤씨부인은 결혼 초기까지는 이런 최상의 조건 속에서 출발하였지만, 큰 아들 김만기가 5세였을 때 정축호란을 만나서 남편 충정공의 순국으로 사별하였다. 피난길 뱃속에서 유복자 김만중을 낳고, 친정살이를 시작한 이후에는 미망인의 몸이지만, 가문의 전통을 이어갈 두 아들을 성공적으로 키워내야 할 부모의 역할을 함께 감당해야 하는 난관에 부닥쳤다. 이러한 어려움에도 불구하고, 윤씨부인은 남성 중심의 유교사회 속에서도 인고하면서 자신이 이룰 수 없는 소망과 가문의 번영을 위한 자녀 교육에 헌신적인 노력을 기울였다.

윤씨부인은 조선예학의 종가인 사계 김장생을 이어 그 증손인 두 아들이 예학의 전통을 성실히 이어갈 뿐만 아니라 양대 영의정에 부마도위를 한 친정의 가통을 온전히 계승할 자식이 될 수 있도록 하기 위하여 자신이 두 아들의 초기 교육에 직접 나서기도 하였다. 난리 직후이기에 어려운 생활임에도 불구하고 윤씨부인은 두 아들을 위한 일이라면 어떤 일도 가리지 않았고, 자애로운 모친의 모습과 더불어 엄하면서도 해박한 지식을 갖춘 스승의 모습을 동시에 보여주면서 자식을 솔선수범으로 이끌갔다.

이런 모친 윤씨부인의 자식에 대한 믿음과 자애, 엄한 지도와 편달, 그리고 치열한 노력의 조화는 두 아들의 과거길과 벼슬길이 남달리 큰 성과를 얻어내는 데 상승적이며 결정적인 힘으로 작용하였다. 윤씨부인이 보여준 이러한 결의와 효율적인 실천은 남편이 없는 결손 가정이기 때문에 그 책무를 자신이 대행한다는 의무감에서 나온 것도 있었지만, 그것보다는 윤씨부인 스스로가 천부적으로 타고난 총명과, 정혜옹주로부터 받은 초기의 덕성과 예절 교육, 스승이 될 만한 학문의 능력과 자질을 갖추고 있었기 때문이었다. 두 아들의 성공은 스스로의 노력 못지않게, 옛 선현들의 가르침에 어긋남이 없도록 교육한 윤씨부인의 가정 및 초기 교육의 기초 위에 다시 친정과 시집의 학자들을 비롯하여 우암 송시열, 동춘당 송준길과 같은 당대 최고 학자들 밑에서 최상의 학문과 의리교육을 전수받았기 때문이었다. 윤씨부인이 실천적으로 보여준 조직적이고, 전향적이고 지혜로운 방식에 따른 두 아들에 대한 지도력의 발휘는 그들이 가문의 명예를 더욱 끌어올리는데 성공하였다. 그렇게 함으로써 윤씨부인이 여군자로서, 열장부로서 특별히 구상한 자녀 교육의 전략은 빛을 발휘하여 두 아들은 조정의 중신으로, 대학자로서, 예학과 의리 집안의 당당한 자식들이 되어서 사계 선생 이후, 허주공 김반, 충정공 김익겸으로 이어지는 선대의 업적을 충실히 계승하게 되었다.

두 아들의 측면에서 보면, 큰 아들 서석 김만기는 정치적인 출세로 모친을 호강시켜드렸고, 작은 아들 서포 김만중은 충의를 실현하기 위해 당한 유배지의 생활 속에서도 초지일관하면서 문학적인 효행으로 모친을 위로해드렸다. 특히, 철학 종교 사상을 근거로 한 창의적 서사 구조 위에 전개된『구운몽』속에서 모친 윤씨부인을 지상으로 내려온 천상선관인 위부인과, 천하영웅 양소유의 모친 유씨부인으로 형상해서 살아계신 노모를 향한 특출한 효심을 발휘하였다. 그리고『사씨남정기』에서는 모친 윤씨부인을 관세음보살과 순임금의 두 왕비 아황 여영의 통합 이미지로 형상화하여 돌아가신 모친을 구원의 여인상으로 칭송하여 최고의 영광을 드리는 거대한 효심을 발휘하였다.

이런 결과로 볼 때, 전쟁 미망인이요, 청상과부라는 어려운 여건 속에서도 윤씨부인은 좌절하지 않고 남편의 순국 의리정신과 시모 서씨부인의 열녀정신을 물려받아, 생열녀 같은 의지로 집안에서는 총부로서 덕성과 지성으로 자식들을 교육시켜서 두 아들은 현종과 숙종 때의 국가의 대들보로 활동하게 하였다. 그래서 두 아들은 살아서는 물론, 사후에도 각각 현종과 숙종의 공신이 되었다. 손자 김진규 또한 대제학이 되었고, 손녀는 숙종의 초비인 인경왕후가 되었고, 증손자 김양택은 영의정이 되었다. 그리고 시부인 허주 김반, 부친 김익겸과 아들 김만기는 추증 영의정이 되었고, 자신도 여성으로서 오를 수 있는 최고의 품계인 정1품 정경부인에까지 올랐기에, 그 위계와 자손들에게 끼친 결실로는 조선조 여성 역사상 그 유례를 찾아볼 수 없다.

이러한 윤씨부인의 삶과 자식들이 바친 효심의 결과를 두고 본다면, 경복당 윤씨부인은 교육의 측면에서도 중국과 비교하면 맹자의 모친에 비교될 수 있고, 조선 내에서는 율곡의 모친 사임당 신씨와도 비교될만한 실질적인 성과를 거둔 여군자이다. 이런 평가는 단순한 과장에서 나온 것이 아니라, 윤씨부인과 두 아들이 자애와 효심으로 지도함과 지도받음에서 상호 우위적인 상생 방식의 길을 걸었던 사실을 보면 알 수 있다. 또 이들의 이상적인 관계는 안으로는 가정의 차원에서 모자라는 가족 관계로, 밖으로는 사회와 국가에 끼친 구국의 영웅들을 만들어 내는데에 상호적 역할을 한 결과에 근거한 평가이기 때문이다.

그 근거로는 윤씨부인이 젊어서는 정축호란을 현장에서 겪었고, 늙어서는 극심한 당쟁 시대, 젊은 국왕 숙종이 궁인 장씨에 현혹되어 국정의 난맥상을 보여주는 소용돌이 속에서도 조금도 흔들림 없이 조용히 집안을 지키면서, 두 아들을 대제학, 병조판서로 만들었고, 큰 아들은 숙종의 부원군이요, 작은 아들은 3차에 걸친 유배생활 끝에 결국은 유배지에서 생을 마감한 행동하는 충신이었으며, 손녀는 현종의 세자빈으로, 숙종의 왕비 인경왕후로서, 손자 죽천 김진규 또한 대제학으로 키워낸 여인으로서, 허주 김반 집안의 총부의 역할을 모범적으로 하여 가문의 창달을 이루는데 결정적인 기여를 하였기 때문이다. 그뿐만 아니라, 두 아들은 살아서도 각각 현종과 숙종에게 인척과 충신으로 기여하였고, 사후에도 두 아들은 충신으로 인정을 받아서 큰 아들은 현종의 배종공신, 작은 아들은 숙종의 배종공신으로 종묘에 함께 배향되는 초시대적인 충신으로 만들었기 때문이다.

이러한 점을 종합적으로 고려해 보면, 경복당 윤씨부인은 역사의 뒤안길로 사라진 것이 아니라, 이제 그 진면목을 드러내면서 그녀가 뿌린 씨앗이 꽃을 피우고 값진 열매를 맺는 때를 맞이하고 있다. 한국 역사상 장한 어머니의 최상부에 오를 업적을 가진 윤씨부인은 격동기 규방에서 조용하나 준엄한 멘토로서, 사임당 신씨 같은 현모형 모친의 덕성과 적극적 전략으로서 두 아들이 자신들의 개성을 최대한 살려서 온건한 중신으로, 의리형 투사로서 활동하게 한 진취적 여장부였다.

참고문헌

김기동, 『이조시대소설론』, 정연사, 1962

김무조, 『서포소설연구』, 형설출판사, 1974

김병국, 구운몽 저작 시기 변증, 한국학보, 51집, 1998

김병국·최재남·정운채 공역, 『서포년보』, 서울대학교출판부, 1992

김병국, 『구운몽』, 서울대학교출판부, 2008

김진규, 『죽천집』, 연세대학교 도서관 소장

김태준, 『증보조선소설사』, 학예사, 1939

사재동(편), 『서포문학의 새로운 탐구』, 중앙인문사, 2000

설성경, 「구운몽의 구조적 연구(5) 도남조윤제박사고희기념논총」, 1976

설성경, 『구운몽연구』, 국학자료원, 1999

설성경, 『구운몽의 통시적 연구』, 새문사, 2007

설성경, 「서포소설의 선과 관음」, 1999

성현경, 『한국소설의 구조와 실상』, 영남대학교출판부, 1981

송백헌, 「서포가문 행장문학 연구」, 어문학 4호, 한국어문학회, 1976

송백헌, 『서포가문행장』, 형설출판사, 1977

안창수, 「구운몽 연구」, 영남대 박사학위논문, 1989

유병환, 「고전소설 구운몽 연구」 동국대학교 대학원 박사학위논문, 1989

이가원, 『구운몽』, 덕기출판사, 1955

이규경, 『오주연문장전산고』「소설변증설」규장각 소장

이금희, 「구운몽의 구조와 여성관계」, 『어문논집』1, 숙명여대 한국어문학연구소,
        1991

이명구, 「서포와 정경부인윤씨행장」, 『김만중연구』, 새문사, 1983

이원수, 「구운몽 현실과 꿈의 관계 및 그 중층적 의미」, 경남대어문논집, 1994

이　재, 『삼관기(이부)』, 고대도서관소장

이재수, 『한국소설연구』, 선명문화사, 1973

장효현, 「구운몽의 주제와 그 수용사에 관한 연구」, 『김만중문학연구』, 국학자료
        원, 1993

정규복,『구운몽 연구』, 고려대학교 출판부, 1974
정규복(편),『김만중문학 연구』, 국학자료원, 1994
정병설,『구운몽도』, 2010, 문학동네
정병욱,『구운몽』, 민중서관, 1968
정출헌,「구운몽의 작품세계와 그 이념적 기반」,『김만중문학연구』, 국학자료원,
　　　　1993
최기숙,「17세기 장편소설 연구」, 연세대학교 대학원, 대학원 박사학위논문,
홍인표(역주),『서포만필』, 일지사, 1987
황패강,『조선왕조소설연구』, 단국대 출판부, 1986

찾아보기

••인명색인

ㄱ

가춘운　197
갈선공　177
경종　164
계섬월　197
관음보살　12, 216
광산 김씨　26
광해군　104
교씨　221, 222
구양수　65
굴원　153, 162, 223, 224
궁인 장씨　93, 164, 270
김계휘　26
김공량　149
김단하　93
김대성　156
김만기　11, 28, 32, 33, 47, 51, 56, 57, 60, 61, 62, 79, 81, 82, 84, 85, 89, 90, 91, 129, 268
김만중　11, 28, 33, 36, 47, 48, 56, 66, 89, 91, 92, 94, 99, 110, 111, 112, 113, 115, 116, 119, 127, 128, 129, 132, 144, 162, 184, 207, 210, 268
김몽신　111

김반　30, 39, 153
김병국　241, 243
김상헌　27
김수항　87, 89, 90, 93, 94, 96, 97, 116, 127
김수홍　131
김양택　66, 158, 165, 166
김익겸　26, 27, 31, 32, 35, 39, 71, 93, 121, 122, 132, 133, 183, 268
김익경　27
긴이후　27
김익훈　27
김익희　32, 66, 79, 85
김장생　82, 152, 267
김진구　212
김진규　28, 45, 51, 53, 62, 66, 75, 91, 155, 157, 212, 270
김진려　27
김진화　91
김창협　93, 94, 96, 97, 104, 108, 116, 159
김창흡　127
김춘택　134, 155

김태준　162, 163
김홍광　26

ㄴ

남구만　94
남전사 도사　187
남치훈　113
냉진　233

ㄷ

동정용왕　174
동청　221, 233
두련사　188, 192

ㅁ

명성왕후　46
묘혜　218, 220, 229, 233, 235
문목공 윤신지　23
문언박　124
민진주　92

ㅂ

백광홍　145
백능파　197
백유양　149
변승복　148
복선군　82, 87
복창군　87
복평군　87

ㅅ

사도세자　165
사씨　221, 222, 223, 225, 226, 227, 229, 233, 234, 235, 240
사임당　270
서부인　34, 35
서씨부인　27, 31, 69
서원부부인　71, 72
석가세존　179
선조　149
설매　232
세존　14, 15
소동파　65
송상기　93
송시열　66, 86, 123, 210, 268
송준길　82, 86, 268
수보리　14, 15, 16, 17, 18, 19
숙종　48, 55, 70, 73, 74, 75, 84, 86, 87, 88, 90, 92, 93, 94, 114, 115, 116, 117, 118, 119, 120, 121, 122, 130, 131, 132, 164, 174, 183, 201, 209, 210, 211, 239, 243, 270
순임금　223
신성군　149
신완　93, 120
심요연　197
심재　160

ㅇ

아황　224
양곡신선왕　176
양소유　166, 174, 181, 182, 184, 185, 187, 188, 190, 193, 195, 196, 197, 198, 269
양승상　198, 199

양처사　181, 182, 185, 187
양희　177
엄숭　231, 240
여영　224
연잉군　165
열녀 이비　216
영조　164, 166
영창대군　26
오규　124
옥황상제　179
온성　98
왕보　177
왕안석　124
왕원　177
용골대　28
우임금　178
위부인　12, 20, 173, 174, 176, 177, 178, 179
위서　175, 176, 179
위화존　176
유명일　111, 112
유씨부인　20, 174, 181, 199, 269
유연수　216, 232
유한림　216, 230, 233, 235, 239
육관대사　173, 174, 178
윤두수　23, 267
윤방　23, 24, 267
윤선도　86
윤성준　112
윤신지　23, 24, 25, 32, 34, 54
윤씨부인　20, 26, 27, 29, 36, 37, 38, 44, 51, 54, 56, 60, 68, 70, 74, 89, 92, 120, 122, 127, 134, 140, 144, 153, 173, 207, 211, 215, 239, 269
윤지　23, 30, 32, 33, 34, 40, 44, 67, 175, 179
의인왕후　149
이가원　240, 241
이괄　26
이규경　161, 162, 163, 241, 243
이길　149
이단하　94, 97, 103
이발　149
이사명　114, 211
이산해　149
이소화　192, 201, 216
이수언　92
이식　30, 175
이이　23
이익　94, 97, 101
이인징　111
이재　132, 159, 163, 241
이정익　93
이주신　55
이징명　94
이홍조　210, 211
인경왕후　45, 46, 55, 57, 71, 73, 75, 82, 84, 91, 92, 270
인빈 김씨　25, 149
인선왕후　46
인순왕후　23
인조　24, 25, 26, 183
인현왕후　73, 91, 92, 210
임홍망　93, 117, 118, 119

ㅈ

자의대비	73, 86
장도릉	176
장소의	209
장숙원	92
장요좌	124
장희빈	239
적경홍	197
정개청	149
정경부인	55, 69
정경패	191, 192, 201, 216
정기명	152
정도전	197
정병욱	241
정숙옹주	25
정숙왕후	202
정신옹주	25
정안옹주	25
정언식	149
정여립	148
정영식	260, 261
정원군	25
정이천	81, 124
정조	164, 167, 169
정철	144, 146, 147, 148, 149, 152
정혜옹주	24, 25, 29, 33, 34, 58, 64, 203, 204, 208, 267, 268
정휘옹주	25
조대비	91
조대왕대비	92
조사석	90, 91, 94, 98, 103, 104, 113, 116, 117, 210
진채봉	188, 197, 201

ㅊ

최영경	149
최중태	93, 111, 112

ㅌ

태부인	202
택당 이식	61

ㅍ

8선녀	179
8처첩	198, 200

ㅎ

하빈공 윤지	61
한성우	94, 98, 103
해평 윤씨	11, 23
허적	82
허주 김반	26, 27, 28, 30, 31, 59, 61
현종	46, 69, 80, 86, 89, 270
현종대왕	99
홍명원	65
홍봉한	166
홍부인	29, 40, 58
홍수헌	93, 118
홍씨부인	38
홍치상	114
화협옹주	166
황태후	190, 200
황흠	93, 118, 120
효종	86
효종대왕	99, 103
후궁 장씨	91, 99, 102, 117

••서명&자료명 색인

ㄱ

「관동별곡」　145, 153, 154
「관서별곡」　145
『구운몽』　12, 13, 20, 156, 162, 179, 216, 239
『금강경』　13, 14, 20, 174, 198
『금강반야바라밀경』　13

ㄷ

『당시』　32
『대부인행장습유록』　28
『도덕경』　176

ㅁ

『맹자』　30, 59
『모시백선』　168

ㅂ

『반야바라밀경』　19
『북헌집』　134

ㅅ

「사미인곡」　147, 149, 153, 155
『사씨남정기』　12, 208, 216, 239, 240
『삼관기』　132, 159, 163, 241, 242, 243
『서전』　56
『서포년보』　114, 131, 158, 241, 242, 243, 262

『서포만필』　212
『선비정경부인 해평윤씨행장』　28, 157, 163, 201, 202, 203, 207, 208, 239, 241
『선조수정실록』　148
『소학』　32, 33, 79
「속미인곡」　147, 153
『송천필담』　160
『숙종실록보궐정오』　113
『시경』　165, 167, 197
『십팔사략』　32

ㅇ

『역전』　124
『오주연문장전산고』　161, 163, 241, 243, 262
「오악진형도」　177
『위서전』　175
『이소』　153, 154

ㅈ

『장자』　165
『조선소설사』　163
『조선왕조실록』　97, 98, 99, 104, 110, 112, 114, 130
『주어찬요』　212
『주역』　93
『주자서』　128
『주자어류』　212
『중용』　59
『증보조선소설사』　162

ㅊ

『참동계』 176
『춘저록』 168

ㅎ

『황정경』 145, 154, 173, 176

••기타색인

ㄱ

가복 90
갑술환국 164
강계 147
강화도 29
거제도 215
경복궁(景福宮) 197
경복당 197, 240
경연 93, 94, 113, 114
경연장 120, 165
계축옥사 26
공(空) 14
과거급제 52, 53
과거시험 61
관세음보살 221, 239
관음보살 234
관음보살도 216, 220, 235
관음보살상 218
관음찬 219
관음화상 216, 217, 220, 229
관저장 98
광성부원군 86, 88
광원부원군 28
광한전 150
교동도 79
교육관 64
구운몽도 167
구의산 225
국민문학 164
군부인 202

군산   233, 235
궁중 예법   66
권선징악   240
금성   90, 122
기년복   47, 62
기사사화   48
기축옥사   149

ㄴ

남악   178
남인   87, 130
남전산   187
남해   162, 208, 212, 215,
    239, 259, 260
남해군   259, 261, 263, 264
남해도   227
남해신문   260, 261
남해역사연구회   262
남해유배문학관   259, 260
노도   216
노론   130
능정업장분   17, 18

ㄷ

당쟁   198
대부도   79
대승경   13
대승불교   14
대제학   66, 87, 90, 93, 270
대중문학   164
동인   148
동정호   174, 223, 224, 228, 230,
    234, 235

ㅁ

만수전   115
목판본   164
몽환   157, 262
무위법   19
무위복승분   15
묵죽가   175
문효(文孝)   167

ㅂ

배종공신   270
법계통화분   18
별시문과   86
병자호란   35
부귀공명 일장춘몽   162
부마 간택   189, 190
부상대제군   176
비비상(非非相)   14

ㅅ

사구게(四句偈)   15
삼강행실   133
삼복의 변   82
삼전도   183
삼천대천 세계   14, 18, 19
상(相)   14
상소   97, 195, 196
서인   147, 148, 149
서포 졸기   130
서포소설   11
선생(船生)   31
선천   122, 123, 136, 137, 139, 157,
    162, 173, 182, 183

성묘 132
소상강 225, 234
송강가사 144, 153, 156
수월암 233, 235
숙원 92
승정원 110, 111
시비의식 240

ㅇ

아상(我相) 14
아승지 세계 19, 20
악양루 223, 225
암행어사 90
양관대제학 27
양반문학 164
언근 104, 105, 110, 117, 118, 119, 120, 123, 210
여법수지분 16
역사편찬위원회 264
영돈녕부사 42, 86
영의정 23, 24, 27, 28, 149, 165
영해 122
예부상서 188, 190
예송 69, 80
옥찰금문 176
우화암 233
원종공신 27
유가사상 200
유교사상 67
유배 48, 52, 121, 122, 123, 124, 143, 147, 183, 212
유배생활 136
유배지 137, 138, 139, 179, 182, 208, 216
유복자 122, 174, 182
윤회대간 103
윤회정승 103
응화비진분 19
의금부 110, 112, 122, 123
의금부판사 93
의리정신 239
의법출생분 14
이상적멸분 16
인삼탕 48
인상(人相) 14
일야제지(一夜製之) 162

ㅈ

자녀 교육 64, 66, 75
자수병풍 167
자허원군 177
장원급제 91
전후사미인곡 153
정경부인 122, 202
정숙부인 202
정축년 41
정축호란 35, 38, 48, 59, 67, 270
제주도 215
제행무상 144, 216
제호탕 48
죽도 148
중생상(衆生相) 14
지경공덕분 16
지경연관 93
지상세계 182

ㅊ

청허동천　176
초계문신　167
충신연주　148, 173
충절의식　28

ㅌ

타락죽　48

ㅍ

판의금부사　90, 91
패관　82
패관소설　134
패관잡기　133
패설　156, 159, 176
평산냉연　165
평양　147
평장사　26
표절　245, 258
필기잡록　160
필사본　163

ㅎ

학사정　231
한국유배문화연구소　264
한양　123, 173
함괘　93
형산　143, 173
혼정신성　83, 124, 202
환국　70
황릉묘　224, 233, 234
황정내경　176

회상전　82
회현방　79, 80, 82
효성　130
효심　128, 130, 131, 133, 134, 138, 179, 185, 193, 196, 200, 201, 215
효행　67, 135, 202
효행문학　127
효행시　135
후궁　113, 116, 149, 209, 210
후미인곡　154
훈련도감　89
희정당　88

저자소개

설성경

1944년 대구 출생
연세대 국어국문학과 졸업
연세대학교 대학원 국어국문학과 수료(문학박사)
계명대학교·한양대학교·연세대학교 교수 역임
현 연세대학교 국어국문학과 명예교수

• 저서
『춘향전의 역사적 연구』(연세대출판부)
『춘향전의 비밀』(서울대출판부)
『홍길동의 삶과 홍길동전』(연세대출판부)
『홍길동전의 비밀』(서울대출판부)
『구운몽 연구』(국학자료원)
『구운몽의 통시적 연구』(새문사) 등

윤씨부인의 삶과 그 정신

초판 인쇄 | 2011년 10월 20일
초판 발행 | 2011년 10월 31일

저　　자　설성경

책임편집　윤예미

발 행 처　도서출판 지식과교양
등록번호　제 2010-19호
주　　소　서울시 도봉구 창5동 320번지 행정지원센터 B104
전　　화　(02) 900-4520 (대표)/ 편집부 (02) 900-4521
팩　　스　(02) 900-1541
전자우편　kncbook@hanmail.net

ⓒ 설성경 2011 All rights reserved. Printed in KOREA

ISBN　978-89-94955-49-0　93810　　　　　　　　　　정가　19,000원

저자와 협의하여 인지는 생략합니다. 잘못된 책은 바꾸어 드립니다.
이 책의 무단 전재나 복제 행위는 저작원법 제98조에 따라 처벌받게 됩니다.

이 도서의 국립중앙도서관 출판도서목록(CIP)은 e-CIP홈페이지(http://www.nl.go.kr/ecip)에서 이용하실
수 있습니다. (CIP제어번호: CIP2011004504)